江原 民謠의 世界

李東喆 著

국학자료원

序 文

十餘 年의 工程을 겪어 깃동 이 한 줌의 亂藁를 묶는다. 힘겹게 살아 오는 사이사이로 餘技인 양 다독거려 온 民謠에 대한 一抹의 情表라고나 할까?

가뜩이나 荒凉한 세상에, 상대적으로 더없이 瘠薄한 江原道의 山野를 오르내리면서 모아 둔 것이 이 몇 갈피 村民들의 엘레지이다. 좀 더 불리고 다듬어 볼 料量이었으나, 응석받이 제자들과 어울려 기꺼운 다리 품을 팔던 소박한 趣向이나마 이제는 웬지 돌아 오지 않는 시간의 저편으로 가 버린 일만 같아서, 서둘러 정리해 보기로 한 것이다.

册名은 '江原 民謠' 云云 했지만 실은 그저 虛名일 뿐이다. 기껏해서 嶺東 民謠의 糟粕을 긁었을 따름이다. 또 <附錄>으로 高麗 俗謠에 관한 글을 붙인 것은 나름대로의 便宜를 위한 것이었음을 밝혀 두고자 한다.

그런데—.

洪水처럼 밀려 드는 物量과 技能 爲主의 劃一的 風潮 앞에 우리의 전통적인 정서는 무방비 상태로 내몰리고 있는 것이 昨今의 현실이다. '基層 文化의 꽃'이라고 일컬어 왔던 民謠 또한 예외가 아니어서, 이제는 그 氣脈마저 衰殘해져 버리지 않았던가?

江原 民謠의 경우, '旌善 아라리'의 애틋한 가락도 들리지 않고, '江陵 오독떼기'의 홍겨운 모습도 찾아 볼 길이 없다. 생활을 위해 '束草 뱃노래'가 그저 허공에 메아리 칠 뿐이다.

民謠는 文字 그대로 '庶民들의 歌謠'이다. 따라서 民謠의 永遠한 主體나享有層 또한 그들이라고 할 수 있다.

바람보다 늦게 누워도
바람보다 먼저 일어나고
바람보다 늦게 울어도
바람보다 먼저 웃는다
날이 흐리고 풀 뿌리가 눕는다.

金洙暎의 詩 '풀'에 등장된 바로 그 '民草'에 다름 아니다.

民謠는 어차피 외지고 고단한 사람들의 몫이기 때문에 여기에는 남다른 喪失感과 虛無 意識, 忍苦의 悲哀와 닿을 길 없는 理想에 대한 愛憐이 망울져 있다. 그런가 하면 익살과 넋두리, 揶揄와 情念의 세계도 짝하여 있다. 그리고 이 모든 多樣한 情緖는 諦念과 純粹의 뜨락에 모여 있는 것이다.

그래서 나는 '가난'과 '서름'을 宿命처럼 데불고 살아 가는 江原道의 이름 모를 醇朴한 村民들에게 이 조그마한 冊子를 정성껏 바치련다.

끝으로 出版界의 어려운 상황을 마다 않고 商業性도, 學的인 寄與도 없는 이런 雜同散異를 맡아서 欣快히 上梓해 주신 鄭贊溶 社長님에게 眞心으로 謝意를 表하는 바이다.

庚辰 季冬

著 者

目 次

第一部 江原 民謠의 몇 局面

Ⅰ. 江原道 東海岸 地域 民謠 攷

1. 序論

민속학의 여러 대상 중에서 가장 큰 비중을 차지하고 있는 것은 '口碑傳承' 분야이다. 이것은 민속학 연구의 디딤돌이 된 A.H. Krappe의 <The science of Folklore>(1929)의 전체 18개 Chapter 중 10개 Chapter를 여기에 할애하고 있는 것만 보아도 능히 짐작 할 수 있는 일이다.

'구비전승'은 近者에 와서 '구비 문학'이라는 하나의 독립된 '學'으로 자리 잡고 있는데, 여기의 중핵적인 존재는 말할 것도 없이 민요이다.

민요란 문자 그대로 "서민들의 가요"이다.

이를 좀더 구체적으로 표현해 본다면 "민요는 서민(혹은 민중)들의 생활·사상·감정을 솔직하게 나타낸 노래로 된 구비전승"이라고 할 수 있다.

한국 민요 연구사에 커다란 족적을 남긴 高晶玉(一名 高渭民)은 <朝鮮 民謠 研究>(1949)에서 민요의 개념과 본질에 대하여 다음과 같이 언급한 바 있다.

1. 個에 대한 民.문학이 개인의 제작임에 반하여 민요가 문자 그대로 민 (집단)의 공동제작이라는 점에 민요의 본질이 看取되는 것이다.
2. 君·官에 대한 民.민요는 인민의 매일매일의 노동을, 본능적인 肉親愛 를, 赤裸裸한 동물적 욕망을, 양반에 대한 야유와 선망을 단적으로 直 截鮮明히 노래하고 있다.
3. 國에 대한 民. 민요는 국가의 노래가 아니고 민족의 노래이다.[1]

---

1) 고정옥, 조선민요연구(京城 : 首善社, 1949), pp.10∼14.

다소간 용어상의 문제가 있기는 하나 論旨 자체는 납득할 수 있을 것 같다.

민요에 대한 국문학상의 명칭이야 '國風'이든 '讖謠'이든 그 자체는 '종합예술'이다. 즉 노래로 불려진다는 점에서는 '음악'이며, 歌詞를 지니고 있다는 점에서는 詩, 곧 '문학'이며, 민요가 대부분 노동이나 오락 등의 생활적 기능과 결부되어 있다는 점에서는 '민속'과도 밀접한 관계를 맺고 있는 것이다.

따라서 민요에 대한 고찰은 음악·문학·민속학 등 종합적인 관점에 입각할 수밖에 없을 것이다. 민요 연구의 중간 결산을 이룩한 任東權도 이러한 견해를 수용한 듯, 민요 연구의 방법으로 ① 음악적 연구 ② 문학적 연구 ③ 민속학적 연구 등 세 가지 방향을 제시하고 있다.2)

서지학적 측면에서만 본다면 갑오경장 이래 최초의 민요 수집은 J.S. Gale의 <Korean Songs>(1898)에서 이룩되었다고 하겠다. 반면, 민요 연구의 始發은 C.S.C生의 "다정다한의 경북 민요"3)에서 비롯되었다고 할 수 있다.

자료의 수집은 그 뒤 조선총독부에 의해서 두 차례 이루어졌고,4) 池松旭5)·嚴弼鎭6) 등의 노력에 의해 기초가 잡히었으며, 金素雲7)과 林和·李在郁8)등의 발전 단계를 거쳐서 임동권9)·한국 정신문화연구원10) 등에 의해서 대대적으로 이루어진 바 있다.

한편 연구사 쪽에서 본다면 고정옥11)의 탁월한 업적과 이를 보완한 임동

---

2) 임동권, 한국민요연구(宣明文化社, 1974), p.20.
3) C.S.C 生, "다정다한의 경북민요", 開闢 통권 39권 (경성:개벽사, 1923.6).
4) 1912년에 수집한 39편 182수와 1933.1935년에 수집한 2편 2수가 임동권,『한국 민요집』Ⅵ(集文堂, 1981)에 수록되어 있음.
5) 지송욱, 新舊時行雜歌(경성 : 新舊書林, 1914).
6) 엄필진, 조선동요집(경성 : 彰文社, 1922). ※최초의 본격적인 민요집.
7) 김소운, 조선민요집(東京 : 岩波書店, 1933).
_____, 조선구전민요집(日文) (경성 : 第一書房,1933).
_____, 구전민요선(경성 : 博文書館, 1939).
_____, 조선민요선(경성 : 박문서관, 1940).
8) 林和·李在郁, 조선민요선(경성 : 學藝社, 1939).
9) 임동권, 한국민요집 Ⅰ~Ⅳ(집문당, 1961~1981).
10) 한구정신문화연구원, 한국구비문학대계(정문연, 1981~1983).
11) 고위민, "조선민요의 분류", 春秋 2권3호(경성 : 춘추사, 1941.4). ※ 高大 民族文化

권12)의 노력으로 눈부신 성과를 거둔 바 있다.

지금까지의 연구 방향을 유형별로 보면 대략 다음과 같다.

　　① 한국 민요 일반에 대한 개괄적 연구
　　② 영호남 민요, 제주 민요 등 권역별 연구
　　③ 아리랑, 오독떼기, 미나리 등 개별 작품 연구

이제 강원 민요의 경우를 살펴 보기로 한다.

먼저 수집의 경우를 본다면, 앞서 말한 조선총독부의 작업13)에서 구체적인 수집이 시작되었다고 할 수 있겠다. 그 뒤 <開闢>誌에서 "조선 문화 기본 조사 : 강원도 편"이라는 특집을 꾸며서 민요와 동요 약간을 수록한 바 있다.14)

최근에 와서 임동권의 <한국 민요집>과 정신문화연구원의 <한국 구비문학대계>등에서 대대적인 수집이 이루어졌고, 비록 소규모이기는 하나 강원대의 <人文學 研究>등에서 지역별 민요 수집이 몇 차례 행해지기도 하였다.

연구사의 관점에서 보면 金昌錄의 단편적 논문15)이 나온 이래 얼마간의 논저들이 뒤를 이었으나, 다양성과 구체성에 있어서 미흡한 면이 없지 않았다. 다만 '아리랑'에 대한 일련의 연구16)와 강릉 민요에 대한 金善豊의 애착17)은 예외로 보아도 될 것 같다.

　　研究所. 한국논저해제(고대민연,1972), p.94에서 이 논문의 발표 시기를 "1916년 4월"로 잘못 기록한 것이 발단이 되어, 이후 有關 모든 논지에서 이를 그대로 답습해 오고 있음.
12) 註2) 참조
13) 註4) 참조
14) 개벽 제4권 20호(경성 : 개벽사, 1923.12), pp.97~99에는 강원도 민요 4편(5수와 동요 2편 (3수)가 수록되어 있다. 그런데 고정옥, 조선민요 연구, p.81과 조동일, 한국문학통사5(지식산업사, 1994), p.261에는 민요 7편, 동요 3편으로 잘못 기재되어 있다.
15) 김창록 "영동지방의 민요 고찰", 文湖 창간호(건국대, 1960).
16) 朴敏一, 한국 아리랑 문학 연구(강원대 출판부, 1989).
　　姜騰鶴, 정선 아라리의 연구(집문당, 1988).
17) 김선풍, "강원민속문학연구", 관동대 논문집3(관동대 출판부,1975).
　　＿＿＿, "강원민속문학연구"(博論, 고려대학원, 1977).

지금껏 진행되어 온 강원도 지역 구비 문학에 대한 조사와 그 성과를 언급하는 가운데 徐俊燮은 "특히 동해안 어촌 지역의 경우에는 부실했거나 소외되어 있다."[18]는 점을 지적한 바 있고, 柳仁順도 강원도 구비 문학 연구의 현황을 말하는 중에 민요 부문에 대해서 "같은 민요 장르라 할지라도 '정선 아리랑'에 대한 연구는 많이 보이나, 農謠·漁謠 등에 대한 깊이 있는 천착은 보이지 않는다."[19]고 말하고 있다.

이러한 견해들은 강원도 민요에 대한 종래의 연구들이 대개 동해안 지역의 그것에 관해서는 매우 소홀했음을 지적해 주고 있다고 할 수 있다.

本稿에서는 강원도 어촌 지역에서 새로 채록한 114편의 민요를 대상으로 해서 형태와 내용에 관해 언급해 보고자 한다. 조사 대상 지역은 강릉시·속초시·동해시·삼척시 등 4개 시와 고성군·양양군 등 2개 군 관내에서 어촌계가 조직되어 있는 마을을 중심으로 하였다.[20]

민요의 채록은 공휴일이나 야간, 혹은 일기가 불순한 때를 이용하는 것이 여러 가지로 유리하다는 사실을 잘 알고 있었지만, 如意치 못한 현실적 조건 때문에 단기간 내에 강행군 할 수밖에 없었던 점이 못내 아쉬움으로 남는다. 이러한 작업은 장기간에 걸쳐서 많은 전문 인력이 동원될 때 소기의 성과를 거둘 수 있다고 생각한다.

민요는 어차피 가난하고 소외된 서민들에 의해서 창출되고 전승되는 경우가 대부분이므로, 거기에는 남다른 哀調와 眞率이 내재되어 있다고 생각한다. 한편에는 익살과 풍자, 걷잡기 어려운 관능적 표현도 수반되어 있다.

도시화·산업화의 도도한 물결에 밀려 나서 점점 空洞化해 가는 것이 우리네 어촌의 현실이다.

이러한 절박한 상황에서 더 늦기 전에 한 편의 민요라도 더 채록하고 보존하는 작업은 "민중 생활의 이해"라는 일상적 차원을 넘어 "값진 무형 문화의

---

18) 서준섭 "강원도 동해안 구비문학" 강원문화연구3(강원대 강원문화연구소, 1983) p.102.
19) 유인순, "강원 구비문학사", 강원문화연구 11(강원대 강원문화연구소, 1992), p.252.
20) 강원도 내에는 행정 구역상 7개시, 11개군이 있다.

보전"이라는 관점에서 더욱 뜻깊은 일이라고 믿는다.

2. 形態 攷

먼저 韻律에 대해서 살펴보기로 한다.

어기서 운율이라 한은 字數(音數)律과 音步律을 가리킨다.

兩者의 경우 모두 어느 특정한 Pattern을 완벽하게 갖추고 있는 민요 작품은 그리 흔하지 않다. 대부분의 민요들은 流動 혹은 轉移되어 오는 동안에 '엮음 조'나 Mozaic식으로 내용과 형식이 혼합되어 있기 때문이다.

따라서 이런 작품들은 빈도수가 높은 요소들을 취해서 대표적인 유형으로 삼는 수밖에 없을 것이다. 또 후렴구나 助興句는 本 歌詞의 운율과 동떨어진 것들이 많기 때문에, 이런 경우에는 實歌詞를 중심으로 해서 운율을 추출할 수밖에 없을 것이다.

먼저 자수율의 경우를 보기로 한다.

<부록>에 나타난 자수율의 빈도 순위는 다음과 같다.

① 4·4조 : 65편 ② 3·4조 : 19편 ③ 3·3조 : 18편 ④ 2·3조, 3·3·4
조, 3·5조, 4·5조 : 각각 2편

⑤ 4·2조, 4·3조, 5·2조, 5·3조 : 각각 1편 (소계 114편)

4·4조가 64편 (57%)으로 단연 우세하다.

이 Pattern은 한국 민요의 대표적인 특질의 하나임을 고정옥[21]과 임동권[22] 이 이미 지적한 바 있다.

성님성님 사촌성님 시집살이 어떻던가

---

21) 고정옥, 상계서, pp.500~502.
22) 임동권, 한국민요연구, pp.227~232.

동상동상 말두마라 (시집살이 말두마라)
모시당포 열폭치매 눈물닦다 다썩었다.
— <시집살이요>, 고성군 민요 35 —

완벽한 4·4조의 민요이다. 다만 통상적으로 들어 있는 "시집살이 말두마라"(제2행 후구)가 생략된 것이 특이하다.

저어서 보지에야 —
이어서 보지에야 —
우리네 동무들에야
잘도한다. 에야아
— <노 저을 때 하는 노래>, 고성군 민요 9 —

두 번째로 빈도수가 높은 3·4조이다. 셋째 행은 3·5조이고, 끝 행은 4·3조로 변형되어 있으나, 대체로 볼 때 3·4조이다.
3·3조 역시 두드러진 음수율이 하나이다.

곤드레 만드레 쓰러진 해골로
우리집 삼동서 호남불 따보세
— <정선 아라리>, 고성군 민요 27 —

정확하게 3·3조의 리듬을 밟고 있다.
또 호흡이 긴 것으로 3·3·4조도 있다. 이것은 물론 6·4조도 간주할 수도 있다.

아리랑 아리랑 아라리요
아리랑 고개로 넘어간다
아리랑 고개는 열두고개
내가는 고개는 한고개 뿐이네
— <아리랑>, 속초시·양양군 민요 22 —

앞에서 말했듯이 완벽하게 어떤 특정의 음수율로만 구성되어 있는 민요는 매우 드물다. 대개는 부분적으로 不定律이거나, 아니면 작품 전체가 도무지 뒤죽박죽이 되어 버린 경우도 있다.

> 세끼에 백발을 쓸곳이나 있는데
> 사람의 백발은 쓸곳이 없네
> 호박은 늙으므는 단맛이나 먹지
> 사람은 늙으믄 무엇에 쓰나
> 아리랑 아리랑 아라리요
> 아리랑 고개도 넘어간다.
>
> ― <아리랑>, 속초시·양양군 민요 24 ―

위의 민요는 3·3·4·3 3·3·3·2 3·4·4·2 4·3·3·2(3·3·4 3·3·4)의 음수율을 보이고 있다. 이를 좀더 축약하면 6·7 6·6 7·6 7·5(6·4 6·4)로 된다. 편의상 3·3조로 분류해 보았지만, 그 不整性은 명백히 드러나 있다.

더욱이나 '남강 아기'(고성군 민요 30)나 '해녀 뱃노래'(삼척시 민요 14)와 같은 장형 민요에 이르면 그 부정성은 정도가 극에 달하게 된다.

이번에는 음보율에 관해서 살펴 보기로 한다.

역시 <부록>에 나타난 빈도 수의 순위를 보면 다음과 같다.

① 4음보 : 98편 ② 3음보: 9편 ③ 2음보 : 7편

4음보가 96편(84%)으로 대표적임을 알 수 있다.

> 명사십리 아니라면 해당화는 왜피며
> 춘삼월 아니라면 두견새는 왜우나
>
> ― <김매는 노래>, 고성군 민요 24 ―

완벽한 4음보의 민요이다.

　　월앙월앙 위야디야 내사랑이로구나
　　친구중에 못할친구는 처녀친구라네
　　애태머리 양태정은 영이별이로구나
　　　　　　　　　　　　　 ― <월앙가>, 고성군 민요 16 ―

위의 민요는 복잡한 대로 3음보이다.
보다 완벽한 3음보는 '아리랑' 類에서 찾아 볼 수 있다.

　　아리랑 아리랑 아리리요
　　아리랑 고개로 넘어간다

다음의 민요는 2음보로 구성되어 있다.

　　가래가래라 가래로구나 (에이야 가래라소)
　　요번가래는 누구의가랠까(에이야 가래라소)
　　요번가래는 이도령의 가래요(에이야 가래라소)
　　두번째가래는 춘항의 가래(에이야 가래라소)
　　　　　　　　　　　　　 ― <고기 푸는 소리>, 속초시 민요 5 ―

　實歌詞는 실가사대로, 후렴구는 후렴구대로 2음보로 구성되어 있다(물론 이
둘을 묶어서 4음보로 볼 수도 있다).
　다음으로는 歌唱 方式에 관해서 보기로 한다.
　가창 방식이란 唱者들이 어떻게 조직되어서 노래를 부르는가를 말하는데,
여기에는 先後唱·交換唱·獨唱(或은 齊唱)등이 있다.
　선후창은 후렴을 제외한 가사를 선창자가 부르고, 이어서 후렴을 후창자가
부르는 방식이다. 의미의 유무 간에 꼭 같은 구절이 일정한 간격을 두고 되풀

이되면 이것은 후렴으로 볼 수 있다.

선후창으로 노래를 할 때에는 가사를 선택하는 권리는 선창자에게만 있고, 후창자는 후렴만 노래하면 된다. 그렇기 때문에 선창자는 운율만 벗어나지 않는다면 임의로 가사를 불러도 된다.

교환창도 선창자와 후창자로 나누어 가창하는 방식이지만. 선창자나 후창자가 다 의미 있는 말을 변화 있게 노래하고, 후렴구가 없는 점이 선후창과 다르다. 교환창에서는 흔히 선창의 가사와 후창의 가사가 문답이나 대구로 되어 있다.

이에 비해 독창은 혼자서 부르는 것인데, 독창 민요는 여러 사람이 같이 부르는 齊唱으로도 부를 수 있다는 것이 특징이다.

이러한 기준에 의거해서 가창 방법상의 빈도수를 보면 다음과 같다.

① 선후창 : 62편 ② 독창 : 49편 ③ 교환창 : 3편

이 가창 방법의 통계는 얼마간의 오차가 존재하게 마련이다.

예를 들자면 '아리랑'이나 '잡가'등은 원래 독창 민요이지만, 후렴구가 있는 경우도 있다. 또 '오돌또기'나 '메나리'의 경우는 일반적으로 선후창으로 부르는 것이 제격이겠지만, 新採錄 민요의 경우에는 독창의 형식으로 채록된 것들도 있기 때문이다.

그러나 선후창이 55%를 넘나들고 있으므로 대표적인 가창 방법임은 틀림없는 사실이라고 하겠다. 독창 또한 상당한 비중을 차지하고 있는 가창 방법의 하나이다.

> 어기여차 어기여차 (선소리)
> 어차 어기어차 어차 (후소리)
> 어기어차 땡겨라 (선소리)
> 어기어차 (후소리)
> ― <멸치 떠는 노래>, 고성군 민요 8 ―

가장 단순한 선후창의 민요이다.
대개의 남성 노동요가 그렇듯이 이 어업요도 선후창으로 짜여 있다.
정회를 노래하는 민요는 대개 독창으로 되어 있다.

> 산천초목도 물물마다
> 임자가 있는데
> 요놈의 과부는 뭘로 생겨서
> 임자가 없나
>
>   — <과부타령> 고성군 민요 22 —

홀로 사는 여인의 고독한 정회를 노래한 독창의 민요이다.

> 갈매골 연당안에 연밥따는 저처녀야
> 연밥은 내따줄꺼니 내품안에 잠들어라
>
> 잠들기는 어렵지 않아도
> 연밥따기가 늦어간다
>
>   — <나물 캐는 노래> 고성군 민요 26 —

이것은 교환창이다. 앞쪽 노래는 남성의 몫이고 뒤쪽 노래는 여성의 몫이다.
이상에서 서술했듯이 강원도 동해안 지역의 민요는 음보율에 있어서는 민
요의 일반 형태와 비슷한 형태를 띠고 있다. 다만, 가창 방식에 있어서는 노동
요 중심으로 채록을 했으므로, 민요의 일반적 특징과 다소 거리가 있을 수 있
다고 본다(이 가창 방법에 대한 통계는 제시된 것이 없다.)

3. 内容 攷

　본고에서는 내용에 관한 몇 가지 측면을 살펴 보기로 한다.

　먼저 민요의 성별 비율을 보면 ① 남성요 : 69편(60.5%) ② 여성요 : 45편(39.5%)로 나타나 있다. 이것은 채록의 대상이 주로 어촌이라는 지역적 특수성과, 또 어업요가 많이 채집된 데에서 연유하는 것 같다.

　남성요의 경우는 내부분이 노동요이고, 여성요의 경우는 애정을 내용으로 하는 민요가 중심을 이루고 있다.

　또 문체나 문장의 성격으로 보면 古謠로 볼 수 있는 민요가 92편(82%), 近謠로 볼 수 있는 것들이 22편(18%)이다.

　그러나 실제의 내용은 대단히 복잡해서, 이질적인 요소들이 혼합되어 있는 경우가 많다. 고요에 근요가 접합된 것, 고정 민요와 유동 민요가 뒤섞인 것, 심지어는 최신 유행어에 倭色 요소까지 혼합되어 있는 것 등이 다 그러한 예가 된다.

　이러한 잡다한 내용들은 타지역에 비해서 상대적으로 유동 인구가 많은 이 지역의 특수성에서 기인된 것으로 보인다.

　무의미한 어사의 반복이 많고(어업요의 경우가 특히 현저하다.) 長型 민요의 경우는 그 내용이 연이나 단락마다 통일성이 결여되어 있는 경우도 있다.

　이렇게 내용과 문체 모두 '엮음조'로 된 작품에서 주제를 도출해 내는 것은 여간 어려운 일이 아니다.

　또 지적할 수 있는 것은 민요의 제목과 내용, 기능상의 장르와 주제가 서로 일치하지 않는 경우가 많다는 사실이다. 예를 들면 '오독떼기'나 '미나리'는 노동요이기 때문에 작업의 독려나 노동의 즐거움이 主調를 이루고 있어야 할 터인데도 오히려 관능적 애욕이나 심란한 정회, 여간한 신세 한탄까지 곁들이고 있는 민요들이 상당히 많다.

　지금부터는 민요의 기능상 분류에 의거해서 살펴 보기로 한다.

　민요의 분류를 맨처음 본격적으로 시도한 이는 고위민이다.[23] 그 뒤 임동권에 의해서 보다 세분·확충되었다.[24] 이 민요의 분류는 최근까지도 여러 각도에서 시도되어 왔다.

본고에서는 서술의 편의상 조동일의 견해[25]를 참조해서 다음과 같이 분류해 보았다. (노동요의 하위 분류는 조동일의 견해에 준함)

    1. 기능요 : ① 노동요 ② 의식요 ③ 유희요
    2. 비기능요 : ① 정회요 ② 정연요 ③ 유흥요

主題와 題材를 아울러 고려한 분류이다.

여기서 '정회요'란 喜怒哀樂의 일상적 감정을 표출한 민요를 가리키며, '정연요'란 異性間의 애정을 내용으로 하는 민요를 말한다. 또 '유흥요'란 유람·취흥 등의 흥청거리는 정서를 노래한 민요를 지칭한다.

이러한 분류 기준으로 빈도수를 집계해 보면 다음과 같다.

    1. 기능요(51편) : ① 노동요(농업요 : 22, 어업요 : 21, 길쌈요 : 3, 토목요 :
       2, 운반요 : 1) 소계 49편 ② 의식요 2편
    2. 비기능요(63편) : ① 정회요 : 49편 ② 정연요 : 13편 ③ 유흥요 : 1편

기능요와 비기능요의 비율은 45% : 55%로서 후자가 다소 우세하게 나타나

---

23) 註 11) 참조. 고위민의 논문에서는 ① 남요(하위분류 15항목) ② 동남동녀 문답체요 ③ 부요(하위분류 6항목) ④ 동녀요로 분류하고 있다. 그 뒤 고정옥으로 改名하여 낸 <조선민요연구>에서는 ① 남요(16개항의 하위분류) ② 부요(7개항의 하위분류)로 분류하였다.
24) 임동권은 <한국민요연구>에서 다음과 같이 분류하고 있다.
  1. 민요 ① 노동요 ② 신앙성요 ③ 내방요 ④ 정연요 ⑤ 만가 ⑥ 타령 ⑦설화요
  2. 동요 ① 동물요 ② 식물요 ③ 연모요 ④ 애무자장요 ⑤ 정서요 ⑥ 자연요 ⑦ 풍소요 ⑧ 어희요 ⑨ 수요 ⑩ 유희요 ⑪ 기타요
25) 張德順 外, 구비문학개설(一潮閣, 1987)에서 조동일은 민요를 1. 기능요 2.. 비기능요로 나눈 뒤 기능요를 다시 노동요 (농업, 토목, 제분, 어업, 채취, 수공업, 운반, 길쌈, 가내)·의식요(세시,장례)·유희요(무용, 경기, 機具, 언어)등으로 세분하고 있다.

있다.

　실제의 작품 몇 편만 예시하기로 한다.

　　　명사십리 해당화
　　　꽃이 진다고 서러마라
　　　명년삼월 봄이오면
　　　그꽃도 다시 빛나리라
　　　이농사를 이리지어
　　　누구하고 먹자드냐

　　　　　　　　　　　　　— <메나리>, 삼척시 민요 5 —

　노동요 중에서 가장 큰 비중을 차지하고 있는 농업요 중의 하나이다. 정회
와 농사 일의 소중함을 노래하고 있다.
　농업요의 대표적인 것으로는 '메나리(미나리)'·'오독또기'등이 있다.
　'뱃노래'는 어업요를 대표한다고 볼 수 있다.

　　　앵하 저어라 내라
　　　일락서산 해는 지고 앵하
　　　월출동방 달이 솟았네 앵하
　　　우리 갈길은 천리 같고 앵하
　　　　　　　　　　　— <배 나갈 때 부르는 소리>, 속초·양양군 민요 7 —

　작업 독려와 풍어에 대한 소망, 어업의 고달픔 등이 복합적으로 나타나 있다.
　'상여소리'는 의식요를 대표한다고 하겠다.

　　　이제 가면 언제 오나
　　　명년 춘삼월엔 다시 올까
　　　해는 지고 저문 날에
　　　날 버리고 가시면 어디로 가나
　　　이렇게 원통한 일이

어디 있단 말인가
— <상여 소리>, 속초시·양양군 민요 12 —

인생의 무상함과 기약없는 영이별의 서름을 노래하고 있다.
또한 '아리랑'은 비기능요의 대표적인 장르 중 정회요의 가장 전형적인 민
요의 하나이다.

아리랑 아리랑 아리리요
아리랑 고개도 넘어간다
세월이 갈라면 너 혼자나 가지야
아까운 우리 청춘을 왜 데려 가나
— <아리랑>, 속초시·양양군 민요 21 —

'아리랑' 중에는 정연요에 속하는 것들도 많이 있다.

떨어진 베보자기에 감자떡을 싸가져
삼각산 산넘어 임 찾아가자
아리랑 쓰리쓰리랑 아리리가 났네
아리랑 고개를 넘어간다.
— <아리랑>, 속초시·양양군 민요 31 —

끝으로 유흥요의 예를 보기로 한다.

에야 디히야 에야 디히야
어 어기야 여차 뱃노래 가잔다.
— <뱃노래>, 속초시·양양군 민요 10 —

위의 민요는 어업요로서의 '뱃노래'가 아니고, 유흥요의 하나라고 하겠다.
끝으로 주제에 관해서 알아 보기로 한다.
새로 채록한 민요 114편의 주제를 우선 ① 困苦 ② 督勵 ③ 無常 ④ 發願 ⑤

悲哀 ⑥ 相思 ⑦ 愛情 ⑧ 自足 ⑨ 情懷 ⑩ 懷疑 등의 항목으로 설정해서 그 빈도 수를 보면 아래의 표와 같다.

여기서 '상사'란 異性間의 연정을 말하는 것이므로 향락적이고 관능적인 것 까지를 포함한 내용이다. 한편 '애정'이란 부모의 자식에 대한 사랑, 아랫 사 람에게 베푸는 도타운 정, 부모에 대한 효성 등 순박하고 희생적인 사랑을 가 리킨다.

아래의 빈도표에서 '독려' 항목이 단여 우세한 것(22%)은 농업요, 어업요 등 에서 작업을 독려하는 내용이 많기 때문이다. 이것은 노동요가 49편이나 된다 는 사실과 상관되는 일이다.

'상사'가 17%에 가까운 것은 여성요 중 많은 작품이 이성간의 연정을 노래 하고 있기 때문이다.

이들을 생활 자세 면에서 분류해 본다면 긍정적인 면과 부정적인 면으로 양분해 볼 수 있다. 즉, 독려·발원·애정·자족 등은 대개 긍정적이고 적극 적인 자세에서 우러나온 것들이라고 할 수 있고, 반면에 곤고, 무상, 비애, 회 의 등은 부정적이거나 소극적인 내용이라고 할 수 있겠다.

이렇게 긍정적인 것 : 부정적인 것 : 양면적인 것들을 비율로 본다면 45편 (40%) : 33편(29%) : 36편(31%)으로 되어 있다.

어쨌든 긍정적이고 적극적인 주제들이 부정적이고 소극적인 주제들을 압

主題	해당작품번호	소계	순위
곤고	4 11 28 30 35 97 112	7편	7
독려	8 9 10 18 23 34 39 41 43 44 45 50 76 79 88 90 91 94 95 96 99 101 102 113	25편	1
무상	14 15 29 49 53 57 58 61 77 84 93 103 110	13편	4
발원	3 56	2편	9
비애	54 55 60 63 64 65 66 68 70 92 114	11편	6
상사	2 21 22 26 33 59 62 67 69 71 73 74 75 76 78 81 86 87	19편	2
애정	17 25 31 48 52	5편	8
자족	6 7 20 32 36 37 38 40 42 46 47 104 107	13편	4
정회	12 13 16 19 24 27 51 80 82 83 85 89 98 100 108 111	17편	3
회의	1 5	2편	9

도하고 있다고 보아야 할 것이다(물론 이 경우, '상사'나 '정회'가 엇비슷하게 양분된다는 前提 下에서 가능하다). 이러한 양상은 "민요란 소외된 서민들의 정과 한을 담은 소극적이고 애상적인 노래"라는 일반 통념과는 사뭇 거리가 있는 흥미로운 한 양상이라고 할 수 잇다.

고정옥은 "조선 민요의 특질"에 관해서 언급하는 가운데 "풍부한 해학성, 순종성, 유교 교리의 침윤"[26] 등을 지적한 바 있고, 임동권도 그 특질로 "풍부한 해학성, 유교적 순종성"[27]을 들고 있지만, 신채록된 민요에서는 그러한 특징이 뚜렷이 나타나고 있지는 않은 것 같다.

이제 빈도수가 높은 주제가 나타나는 작품 몇 편을 예시하기로 한다.

> 아 해는 저물어 가는데
> 농부들 같이 일들하세
> 해는 서산에 모락모락 하고
> 우리들 농부는 일들하세
>
> — <미나리>, 고성군 민요 34 —

작업에 대한 독려이다.

김을 매는지, 모를 심는지 그 상황은 자세하지 않으나, "벌써 황혼 무렵이 되었으니 오늘 일을 서둘러서 끝을 내자."는 식의 독려의 뜻을 담고 있다.

> 오라버니 장개는 후년에 가고
> 깜장고무신 사가지고 날 시집보내주게
>
> 아리랑 아리랑 아라리요
> 아리랑 고개를 넘어간다
>
> 정든님 오시는데 인사를 못해

---

26) 고정옥, 전게서, pp.497~500.
27) 임동권, 전게서, pp.227~230.

　　　행주치마 입에 물고 입만 뻥긋하네
　　　　　　　　　　　　　 ― <아리랑>, 속초시·양양군 민요 22 ―

古謠와 近謠의 접합, '아리랑'과 '잡가'의 엮음으로 된 상사의 노래이다.
다음의 민요는 정회를 담고 있다.

　　　노들 강변에 봄바람 분다.
　　　휘늘어신 가시에나 매어나 볼까
　　　무정 세월 칭칭 감아 메어나 볼까
　　　봄버들도 못믿으리로다
　　　에헤야 데헤야
　　　　　　　　　　　　　 ― <잡가>, 고성군 민요 12 ―

　봄날의 주체할 길 없는 정서와 덧없는 세월에 대한 무상감 등, 잡다한 정회
가 뒤엉켜 있는 민요이다.
　다음의 민요에는 자족감이 나타나 있다.

　　　올해도 풍년 내년에도 풍년
　　　세세년년 풍년이 오네
　　　명년 춘삼월은 화전놀이 가자
　　　저 건너 김도령 거동을 보소
　　　노적가리 앞에다 놓고
　　　춤만 두둥실 추는구나
　　　　　　　　　　　　　 ― <풍년가>, 고성군 민요 20 ―

　거듭되는 풍년에 대한 자족감과 농업에 대한 무한한 자긍심이 넘쳐 흐르는
민요이다.
　끝으로 무상을 주제로 한 민요를 보기로 한다.

　　　경사땅 십리허에

> 높고 낮은 저 무덤은
> 영웅 호걸이 몇몇이며
> 절대 가인이 그 누구냐
> 우리네 인생 한번 가면
> 저기 저 무덤이 되는고야
> 어라망소 어라 대신이야

— <성주풀이>, 삼척시 민요 4 —

잡가체 민요로서 인생의 무상함을 노래하고 있다.

이상에서 살펴 본 것처럼 강원도 동해안 지역에서 채록한 민요에 나타난 주제는 그 분량에 비해서 상당히 다양한 모습을 띠고 있다고 볼 수 있다.

4. 結 論

이상에서 논의해 온 바를 요약해서 결론으로 삼고자 한다.

민속학 연구의 여러 대상 중 가장 큰 비중을 차지하고 있는 것은 '구비전승' 분야이고, 그 중에서도 특히 중시되어 온 장르는 민요이다.

이 민요에 대한 연구는 지금껏 다각도로 진행되어 왔지만, 강원도 지방 민요에 관한 연구는 다양성과 구체성에 있어서 미흡한 면이 많이 있다고 본다.

본고에서는 강원도 동해안 지역에서 새로 채록한 민요 114편을 대상으로 해서 그 형태와 내용을 점묘식으로 고찰해 보았다. 그 결과 다음과 같은 결론에 도달하게 되었다.

● 형태적인 면

① 자수율은 4·4조가 57%를 차지할 정도로 대표적인 형태이며, 3·4조나 3·3조도 상당히 많이 나타나고 있다.

② 음보율의 경우는 4음보가 84%로서 지배적 Patten이다.

③ 가창 방식에 있어서는 ① 선후창 ② 독창이 대다수이며, 교환창도 드물게 나타나 있다.

● 내용적인 면

① 성별 비율을 보면 남성요가 여성요보다 약간 우세하다.

② 문체상으로는 고요가 근요에 비해 압도적이다. 그러나, 엮음조 등에서는 양자가 혼용되어 나타나기도 한다.

③ 제목과 내용, 기능상의 장르외 주제가 괴리 현상을 빚고 있는 민요기 상당수에 이른다.

④ 기능상의 분류에 입각해 보면 비기능요가 기능요보다 다소 우세하다. 기능요의 경우는 노동요가 대부분이며, 비기능요의 경우는 정회요가 월등히 많다. 또 노동요의 경우, 농업요와 어업요가 주종을 이루고 있다.

⑤ 주제면에서 보면 '독려'가 22%로서 단연 우세하게 나타나고, 그 뒤를 상사> 자족·무상 등이 뒤따르고 있다.

⑥ 한국 민요의 일반적이 특질로 지적되어 온 '해학성'·'순종성' 등이 신 ─ 채록 민요에서는 그렇게 뚜렷이 나타나 있지 않은 것 같다.

이상과 같이 강원도 동해안 지역 민요에 관해서 몇가지 측면에서 서술해 보았다.

僅僅月餘에 자료와 내용을 정리하다 보니 보다 세밀한 고찰이 이루어지지 못한 아쉬움이 남는다.

또한 이들 민요에 나타난 어휘, 고정 민요와 유동 민요 대비 등은 훗날의 과제로 남겨 놓고자 한다.

참고문헌

고위면. "조선민요의 분류". 춘추 2권 3호. 춘추사, 1941.

고정옥. 조선 민요 연구. 수선사, 1949.

김창록. "영동지방의 민요 고찰". 문호 창간호, 건국대, 1960.

서준섭. "강원도 동해안 구비문학" 강원문화연구3. 강원대 강원문화 연구소, 1983.

유인순. "강원문화연구사". 강원문화연구11 강원대, 1992.

임동권. 한국민요 연구. 선명문화사, 1974.

장덕순 외. 구비문학개설. 일조각, 1987.

〈附錄〉 新採集 民謠 一覽表

일련번호	제 목	음수율	음보율	가창방법	기능직 분류		주 제	비 고
1(고-1)	시집살이요	4.3	4음보	독창	비기능요	정회요	시집살이에 대한 염증	○ △
2	아라리요	3.4	4음보	독창	비기능요	정연요	相思	○
3	새 쫓는 노래	4.4	4음보	독창	기능요	노동요	농작물 피해를 걱정함	△농업노동요
4	시집살이요(1)	3.3	4음보	독창	비기능요	정회요	생활의 고달픔	○ △
5	시집살이요(2)	4.4	3음보	독창	비기능요	정회요	들 뜬 心思	○
6	지경다지는 노래	4.4	4음보	선후창	기능요	노동요	명당자리임을 강조함	토목노동요
7	나물 캐는 노래	3.3	4음보	독창	비기능요	정회요	생활의 즐거움	
8	멸치 뜨는 노래	4.4	2음보	선후창	기능요	노동요	작업 독려	어업노동요
9	노저을 때 하는 노래	3.4	4음보	선후창	기능요	노동요	작업 독려	어업노동요
10	고기 퍼지르는 소리	3.4	3음보	선후창	기능요	노동요	작업 독려	어업노동요
11	아라리	3.3	4음보	선후창	비기능요	정회요	생활의 곤고함	○
12	잡가	3.4	4음보	독창	비기능요	정회요	봄날의 정서	
13	아리랑	3.3	3음보	독창	비기능요	정회요	생활의 흥취	
14	연은가(1)	3.3	4음보	독창	비기능요	정회요	인생의 무상함	
15	연은가(2)	3.4	4음보	독창	비기능요	정회요	인생의 무상함	
16	월양가	4.4	3음보	독창	비기능요	정회요	생활의 정서	
17	자장가	4.4	4음보	독창	비기능요	정회요	아기에 대한 사랑	○
18	권학가	4.4	4음보	독창	비기능요	정회요	청년기의 면학을 강조함	
19	장부타령	4.4	4음보	선후창	비기능요	정회요	생활의 풍류	
20	풍년가	2.3	4음보	독창	비기능요	정회요	풍년의 즐거움	○
21	사랑타령	4.4	4음보	선후창	비기능요	정연요	연정	○
22	과부타령	3.4	4음보	독창	비기능요	정연요	상사	○
23	모심기 노래	3.4	4음보	독창	기능요	노동요	작업 독려	농업노동요
24	김매는 노래	3.4	4음보	독창	기능요	노동요	봄날의 정서	농업노동요
25	자장가	4.4	4음보	독창	비기능요	정회요	자식에 대한 사랑	○
26	나물캐는 노래	4.4	4음보	독창	비기능요	정연요	연정	
27	정선 아리랑	4.4	4음보	독창	비기능요	정회요	생활의 정서	○
28	해녀 뱃노래	3.3	4음보	선후창	기능요	노동요	노동의 고통	○어업노동요
29	베틀노래	4.4	4음보	독창	기능요	노동요	부모 사망의 충격	○△길쌈노동요
30 (고30)	남강아기	4.4	4음보	독창	비기능요	정회요	夫婦 破鏡의 비극	○
31	자장가	4.4	4음보	독창	비기능	정회요	자식 사랑	○
32	양양노래	4.4	3음보	독창	비기능요	정회요	고향 찬양	△
33	잡가	4.4	4음보	독창	비기능요	정회요	상사	○
34	미나리	3.4	4음보	독창	기능요	노동요	작업 독려	농업노동요
35	시집살이요	4.4	4음보	교환창	비기능요	노동요	시집살이의 고통	○
36	멱감는 노래	4.4	4음보	선후창	비기능요	정회요	목욕의 상쾌함	○
37 (고37)	에야누야	3.3	4음보	독창	비기능요	정회요	자연예찬	

일련 번호	제 목	음수 율	음보 율	가창방 법	기능직	분류	주 제	비 고
38 (속-1)	노젓는 노래	4.4	4음보	선후창	비기능요	노동요	출어의 흥겨움	어업노동요
39	그물 당기는 노래	4.2	4음보	선후창	기능요	노동요	작업의 요령과 흥겨움	어업노동요
40	산대로 고기를 후 리는 소리	4.4	2음보	선후창	기능요	노동요	어획의 즐거움	어업노동요
41	그물 당기는 소리	4.4	2음보	선후창	기능요	노동요	작업의 독려	어업노동요
42	고기 푸는 소리	3.4	4음보	선후창	기능요	노동요	어획의 즐거움	어업노동요
43	산대 노래	5.2	2음보	선후창	기능요	노동요	작업의 독려	어업노동요
44	배 나갈때 부르는 소리	4.4	4음보	선후창	기능요	노동요	작업의 독려	어업노동요
45	다리여 소리	4.4	4음보	선후창	기능요	노동요	작업의 독려	△어업노동요
46	산대 소리	4.4	4음보	선후창	기능요	노동요	풍어의 기쁨	△어업노동요
47 (속-10)	뱃 노래	2.3	4음보	선후창	비기능요	유흥요	유흥의 즐거움	
48	자장가	4.4	4음보	독창	비기능요	정회요	자식 사랑	○
49	상여소리	4.4	4음보	선후창	기능요	의식요	인생 무상	
50	멸치잡이 노래	3.3	4음보	선후창	기능요	노동요	작업의 독려	어업노동요
51	베틀 노래	4.4	3음보	선후창	기능요	노동요	베틀의 구조	○김쌈 노동요
52	성님가	4.4	4음보	독창	비기능요	정회요	동기간의 우애	○
53	상여나가는 노래	4.4	4음보	선후창	기능요	의식요	인생 무상	
54	엄마 기다리는 노 래	4.4	4음보	독창	비기능요	정회요	어머니를 잃은 슬픔	○△
55	팔자 노래	4.4	4음보	독창	비기능요	정회요	신세 한탄	○
56	모심을 때의 노래	4.4	4음보	독창	기능요	노동요	소망	농업노동요
57 (속-20)	백발가	3.3	4음보	독창	비기능요	정회요	인생무상	
58	아리랑	3.3.4	3음보	독창	비기능요	정회요	세월의 덧없음	
59	아리랑	3.3.4	3음보	선후창	비기능요	정회요	상사	○△
60	창부 타령	4.4	4음보	선후창	비기능요	정회요	남편과의 사별	○△
61	아리랑	3.3	4음보	선후창	비기능요	정회요	인생 무상	○
62	아리랑	3.4	4음보	선후창	비기능요	정회요	상사	○
63	아리랑	4.4	3음보	선후창	비기능요	정회요	남편과의 이별	○
64	권주가	4.4	4음보	선후창	비기능요	정회요	기구한 운명	○△
65	이별가	4.4	4음보	선후창	비기능요	정회요	남편과의 사별	○
66	노랫가락	4.4	4음보	독창	비기능요	정회요	어머니를 잃은 슬픔	○△
67 (속-30)	베틀가	4.4	4음보	독창	기능요	노동요	상사	○△김쌈노동요
68	뱃노래	3.3	4음보	선후창	비기능요	정회요	울적한 심회	
69	아리랑	3.4	4음보	선후창	비기능요	정연요	상사	○
70	아리랑	3.3.5	4음보	선후창	비기능요	정회요	울적한 심회	
71	그네 뛰는 노래	4.4	4음보	독창	비기능요	정연요	연정	
72	상사 노래	4.4	4음보		비기능요	정연요	상사	
73	노세 노래	4.4	4음보	선후창	비기능요	정연요	연정	
74	노세 노래	3.3.5	4음보	선후창	비기능요	정연요	연정	
75	뱃놀이	3.3	4음보	선후창	비기능요	정연요	상사	○△

일련 번호	제 목	음수 율	음보 율	가창방 법	기능직 분류		주 제	비 고
76	모심기 노래	4.4	4음보	독창	기능요	정연요	작업의 독려	농업노동요
77 (속-40)	김매기 노래	4.4	4음보	독창	기능요	노동요	인생 무상	△농업노동요
78	오독떼기	5.5	4음보	선후창	기능요	노동요	상사	△농업노동요
79	김 마무리 소리	3.4	4음보	선후창	기능요	노동요	작업의 독려	농업노동요
80	양승백이	4.5	4음보	선후창	기능요	노동요	생활의 정회	농업노동요
81	사령가	4.4	4음보	독창	비기능요	정연요	상사	
82	동따래기	4.5	4음보	선후창	기능요	노동요	조롱	농업노동요
83	시집살이요	3.4	4음보	독창	비기능요	정회요	시집살이의 정회	○
84	느세느세	3.4	4음보	선후창	비기능요	정회요	인생무상	
85	아리랑	3.4	4음보	선후창	비기능요	정회요	생활의 정회	○
86	만물이 들었네	3.4	4음보	독창	비기능요	정회요	상사	○
87 (속-50)	양양 아리랑	3.3	4음보	선후창	비기능요	정연요	상사	○ △
88	운자군 노래	4.4	4음보	선후창	기능요	노동요	작업 요령	운반노동요
89	메질할 때 부르는 소리	4.4	4음보	선후창	기능요	노동요	생활의 정서	토목노동요
90	농부가	4.4	4음보	교환창	기능요	노동요	권농	농업노동요
91	양양 아리랑	4.4	4음보	선후창	기능요	노동요	작업독려와 상사	농업노동요
92 (속-56)	타북네야	4.4	4음보	교환창	비기능요	정회요	어머니를 잃은 슬픔	○
93 (강1)	뱃노래	4.4	4음보	선후창	비기능요	정회요	인생 무상	
94	고기 잡는 노래	3.3	2음보	선후창	기능요	노동요	작업 독려	어업노동요
95	멸치 잡는 노래	3.3	4음보	선후창	기능요	노동요	작업 독려	어업노동요
96	귀향할 때 부르는 소리	3.4	2음보	선후창	기능요	노동요	귀향을 서두름	어업노동요
97 (동-1)	아라리	3.4	4음보	선후창	비기능요	정회요	농민들의 고충	
98	김맬 때 부르는 소 리	3.3	4음보	독창	기능요	노동요	노동의 흥취	농업노동요
99	그물 당길때 부르 는소리	3.4	4음보	선후창	기능요	노동요	작업 요령	어업노동요
100 (삼-1)	뱃노래	3.4	2음보	선후창	기능요	노동요	출항의 흥거움	어업노동요
101	오독또기	4.4	4음보	선후창	기능요	노동요	작업 독려와 풍년 기원	△농업노동요
102	오독또기	4.4	4음보	선후창	기능요	노동요	작업 독려와 풍년 기원	△농업노동요
103	성주풀이	4.4	4음보	선후창	비기능요	정회요	인생 무상의 실의	농업노동요
104	메나리	4.4	4음보	독창	기능요	노동요	농사의 소중함	농업노동요
105	메나리	3.3	4음보	선후창	기능요	노동요	언어 유희	○△농업노동요
106	메나리	4.4	4음보	선후창	기능요	노동요	작업 독려	농업노동요
107	농부가	4.4	4음보	선후창	기능요	노동요	권농	농업노동요
108	사벽가	4.4	4음보	독창	비기능요	정회요	그림 속의 풍경 설명	
109 (삼-10)	장구타령	4.4	4음보	선후창	비기능요	정연요	상사	○△
110	메나리	4.4	4음보	선후창	기능요	노동요	작업의 독려와 연정	농업노동요

일련 번호	제 목	음수 율	음보 율	가창방 법	기능직 분류		주 제	비 고
111	메나리	4.4	4음보	독창	기능요	노동요	생활의 정서	농업노동요
112	정선 아리랑	4.4	4음보	선후창	기능요	정회요	시집살이의 고통	○
113	해녀 노래	4.4	4음보	선후창	기능요	노동요	작업의 독려와 생활의 비 애	○△어업노동요
114 (삼15)	이어도 사나	4.4	4음보	선후창	기능요	노동요	생활의 비애	○△어업노동요

※참조: 1. '비고'란의 ○표는 女謠, △표는 近謠를 각각 표시한 것임.

2. 각 권역별 작품은 일련번호로 표시했음.

① 고성군 민요: 1~37 ② 속초시・양양군 민요: 38~92

③ 강릉시 민요: 93~96 ④ 동해시 민요: 97~99

⑤ 삼척시 민요: 100~114

참고로 일련 번호 난에다 각 권역별 작품 번호도 명기해 두었음.

(고~1): 고성군, (속~1): 속초시・양양군, (강~1): 강릉시,

(동~1):동해시, (삼~1): 삼척시의 번호를 표시한 것임.

Ⅱ. 江原道 東部 地域 民謠의 考察

1. 序 論

하나의 '學'으로서의 '民俗學'의 대상으로는 多少間의 異同이 있을 수 있으나, 대개 口碑傳承 · 촌락과 가족 생활 · 衣食住 · 민간 신앙 · 세시 풍속 · 민속 예술 등이 그 범주에 속할 수 있으리라고 본다.

이들 여러 분야 중에서도 가장 重視되어 온 것은 '구비전승'이니, 민속학을 본격적인 학문의 궤도로 끌어 올린 名著로 꼽히는 A.H.Krappe의 <The Science of Folklore>(1929)가 전체 18개 Chapter 중 10 chapter(56%)를 여기에 할애하고 있다는 사실이 이를 웅변적으로 증명하고 있는 것이다.

近者에 와서 구비전승은 '口碑 文學'이라는 하나의 뚜렷한 '學'으로 독립된 바 있는데, 여기의 中核的인 존재는 말할 것도 없이 民謠이다.

민요란 單純語法으로 말한다면 "民衆들의 歌謠"이다. 이를 좀 더 敷衍해서 말한다면 "민요란 민중(서민)들의 생활 · 사상 · 감정을 솔직하게 나타낸 노래로 된 구비전승"이다.

한국 민요 연구사에 금자탑을 쌓은 바 있는 高晶玉은 <朝鮮 民謠 研究>(1949)에서 민요의 본질과 개념에 대해서 다음과 같이 언급하고 있다.

1. 문학이 개인의 제작임에 반하여 민요는 문자 그대로 民(집단)의 공동 제작이다.
2. 민요는 國家가 아닌 민족의 노래이다.
3. 민요의 향유 계급은 통치 계급이 아니고 민중이며 인민이다.[1]

用語上의 문제가 있기는 하나, 論旨 자체는 납득할 수 있을 듯하다.

국문학사상의 명칭이야 '國風'이든 '謠諺'이든, 민요 자체는 일테면 '종합 예술'이다. 즉 노래로 불리어진다는 점에서는 '음악'이며, 歌詞를 지니고 있다는 점에서는 詩, 곧 '문학'이며, 민요가 대부분 노동이나 오락 등의 생활적 기능과 결부되어 있다는 점에서는 '민속'과도 밀접한 관계를 맺고 있는 것이다.

따라서 민요에 대한 본격적인 접근은 음악·문학·민속학 등 종합적 관점에 입각할 수밖에 없을 것이다. 민요 연구를 集大成한 任東權도 이러한 견해를 바탕으로 한 듯, 민요 연구의 방법으로 ①음악적 연구 ②문학적 연구 ③민속학적 연구 등 세 가지 방향을 제시하고 있다.[2]

書誌學的 측면에서만 본다면, 甲午更張 以來 최초의 민요 수집은 J.S.Gale의 <Korean Songs>(1898)에서 이루어졌다고 하겠다. 反面, 민요 연구의 始發은 C.S.C生의 "多情多恨의 경북 민요"[3]에서 비롯되었다고 할 수 있다.

자료 수집 작업은 그 뒤 조선총독부에 의해서 두 차례 이루어졌고[4] 池松旭[5], 嚴弼鎭[6] 등의 초기 단계를 지나 金素雲[7], 林和·李在郁[8] 등의 발전 단계를 거쳐, 任東權[9], 韓國 精神文化研究院[10] 등에 의해서 대대적으로 이루어진 바 있다.

한편 연구사 쪽에서 본다면 高晶民[11]의 탁월한 업적과 이를 계승·발전시

---

1) 高晶玉, 朝鮮民謠研究(京城 : 首善社, 1949), pp.10~13.
2) 任東權, 韓國民謠研究(宣明文化社, 1974), p.20.
3) c.s.c生, "多情多恨의 慶北民謠", 開闢 通卷 39卷(京城 : 開闢社,1923.6).
4) 1912년에 수집한 39편 182수와 1933년·1935년에 수집한 2편 2수가 任東權, 韓國民謠集Ⅵ(集文堂, 1981)에 수록되어 있음.
5) 池松旭, 新舊時行雜歌(京城 : 新舊書林, 1914).
6) 嚴弼鎭, 朝鮮童謠集(京城 : 彰文社, 1922). ※최초의 본격적인 민요집.
7) 金素雲, 朝鮮民謠集(東京 : 岩波書店, 1933).
_____, 朝鮮口傳民謠集(日文)(京城 : 第一書房, 1933).
_____, 口傳民謠選(京城 : 博文書館, 1939).
_____, 朝鮮民謠選(京城 : 博文書館, 1940).
8) 林和·李在郁, 朝鮮民謠選(京城 : 學藝社, 1939).
9) 任東權, 韓國民謠集 Ⅰ~Ⅵ(集文堂, 1961~1981).
10) 韓國精神文化研究院, 韓國口碑文學大系(精文研, 1981~1983).

킨 任東權[12)]이 있어 민요 분야에서 눈부신 성과를 거두었다고 하겠다. 그러나 지금까지의 선행 업적들을 概括해 볼 때 방대한 자료 수집에 비해서 이를 검토, 연구하는 작업은 다소 미흡한 감이 없지 않다.

종래의 연구 방향을 유형별로 보면 대략 다음과 같다.

① 한국의 민요 일반에 대한 개괄적 연구
② 영호남 민요, 제주 민요 등 지역별 연구
③ 여성요, 노동요 등 영역별 연구
④ 아리랑, 오돌또기, 시집살이요 등 개별 작품에 대한 연구

이제 강원도 민요의 경우를 보기로 한다.

먼저 수집의 측면에서 본다면 前記한 朝鮮總督府의 작업[13)]에서 구체적인 수집이 시작되었다고 할 수 있겠다. 그 뒤 <開闢>誌에서 "朝鮮文化 基本調査 : 江原道 篇"의 특집을 꾸며서 민요와 동요 약간을 수록한 바 있다.[14)] 近著에 와서 임동권의 <한국 민요집>과 정신문화연구원의 <한국 구비문학대계> 에서 대대적인 수집이 이루어졌고, 비록 소규모이기는 하나, 江原大의 <人文 學硏究> 등에서 몇 차례 지역별 민요 수집이 행해지기도 하였다.

연구사 쪽에서 본다면, 金昌錄의 단편적인 논문[15)]이 나온 이래 얼마간의 論著들이 産出되기도 했으나, 다양성과 구체성에 있어서 미흡한 감이 없지 않다. 다만 아리랑에 대한 일련의 연구[16)]와 金善豊의 강릉 민요에 대한 집념[17)]

11) 高渭民, "朝鮮民謠의 分類", 春秋2卷 3號(京城 : 春秋社, 1941.4). ※高大 民族文化硏 究所, 韓國論著解題(高大 民硏, 1972), p. 94에서 이논문의 발표 시기를 "1916年 4月" 로 잘못 기록한 이후 此種의 모든 논저에서 이를 그대로 답습하고 있음.
※高晶民은 그 뒤 高晶玉으로 개명해서 朝鮮民謠硏究(首善社,1949)를 저술했음.
12) 註2) 참조.
13) 註4) 참조.
14) 開闢 第四卷 二十號(京城 : 開闢社, 1923, 12), pp.97~99에는 강원도의 민요 4편(5수) 과 동요 2편(3수)가 수록되어 있음.
※고정옥의 <조선민요연구> p.81과 趙東一, 한국문학통사5(지식산업사, 1994), p.261에는 민요 7편, 동요 3편으로 잘못 서술되어 있음.
15) 金昌錄, "嶺東地方의 民謠考察", 文湖 創刊號(建國大, 1960).

은 예외로 치부해도 좋다고 본다.

徐俊燮은 지금껏 진행되어 온 강원 지역 구비 문학 조사와 그 성과를 언급하는 가운데 "특히 동해안 어촌 지역의 경우에는 不實했거나 疏外되어 있다."[18]는 점을 지적한 바 있고, 柳仁順도 강원도 구비 문학 연구의 현황을 말하는 가운에 민요 부문에 관해서 같은 민요 장르라 할지라도 정선 아리랑에 대한 연구는 많이 보이나, 農謠·漁謠 등에 대한 깊이 있는 천착은 보이지 않는다.[19]고 말하고 있다.

이러한 견해들은 강원도 민요에 대한 종래의 연구들이 동부 지역의 그것에 대해서는 매우 소홀했음을 지적해 주고 있다고 할 수 있다.

本稿에서는 <한국 민요집>(임동권), <한국 구비문학 대계>(한국정신문화연구원), <강원도 민속지>(강원도)에 채록된 강원도 동부지역(固城郡, 束草市, 襄陽郡, 江陵市, 東海市, 三陟市 등 4개 市 2개 郡)의 민요 271편(441수)를 대상으로 해서 그 형태와 내용을 고찰해 보기로 한다. 이것은 筆者 등이 '江原道 東海出張所'의 지원 사업으로 진행한 "강원도 동해안 지역 구비·민속 자료 조사"[20]의 민요 부문과 相補 關係에 있다고 하겠다.

민요란 어차피 궁핍하고 소외된 서민들에 의해서 창작되어지는 경우가 대부분이기 때문에, 거기에는 남다른 哀調와 諦念, 眞率과 悲願 등이 내재되어 있을 것이라는 추측은 가능하다. 여기에 또한 익살과 풍자, 걷잡기 어려운 赤裸裸한 표현도 짝하여 있는 것은 자연스러운 현상일 것이다.

都市化·產業化의 거센 물결에 휘말려서 荒廢化의 길을 걷고 있는 것이 昨今의 우리네 農漁村의 實相이다. 그런 의미에서 상대적으로 더욱 척박한 강원

---

16) 朴敏一, 韓國아리랑 文學硏究(江原大出版部, 1989). 姜騰鶴, 정선아라리의 연구(集文堂, 1988).

17) 金善豊, "江原 民俗文學硏究", 關大論文集3(關東大出版部, 1975).
_____, "江原 民俗文學硏究"(博論, 고려대대학원, 1977).

18) 徐俊燮, "江原道 東海岸 口碑文學", 江原文化硏究 3(江原大, 江原文化硏究所, 1983), p.102.

19) 柳仁順, "江原 口碑文學史", 江原文化硏究 3(江原大, 江原文化硏究,1983), p.102.

20) 李東喆 外, 강원 어촌지역 전설 민속지(강원도, 1995).

도 동부지역의 민요에 대한 애착은 아직도 연구자들의 몫으로 남아 있다고
믿는다.

2. 形態的 考察

1) 韻 律

여기서 韻律이란 字數(音數)律과 音步律을 가리킨다.

兩者의 경우 모두 어느 특정한 유형을 완벽하게 갖추고 있는 민요 작품은
그리 흔하지 않다. 대부분의 민요들은 '엮음조'나 혹은 Mozaic式으로 형식과
내용이 혼합되어 있기 때문이다.

따라서 이런 작품들의 경우는 빈도 수가 높은 요소들을 취해서 대표적인
유형으로 삼는 수밖에 없다. 또 후렴구나 助興句는 本 歌詞의 운율과 동떨어
진 것들이 많기 때문에, 이런 작품들을 實歌詞를 중심으로 해서 운율을 추출
할 수밖에 없을 것이다.

먼저 자수율의 양상을 보기로 한다.

<부록 Ⅰ>에 나타난 자수율의 빈도수를 집계하면 다음과 같다.

> ① 4.4調 : 123篇 ② 3.4調 : 35篇 ③ 3.3調 : 21篇 ④ 3.3.5調 : 20篇 ⑤ 4.3調
> : 14篇 ⑥ 5.4調, 5.5調 : 各 13篇 ⑦ 3.3.4調 : 8篇 ⑧ 4.5調 : 7篇 ⑨ 2.3調,
> 3.3.3調 : 各 4篇 ⑩ 5.3調 : 2篇 ⑪ 3.2調, 3.5調, 4.2調, 6.5調, 6.6調, 3.4.5
> 調, 6.3.3調 : 各 1篇 (小計 271篇).

4.4調가 123篇(45.4%)으로 단연 우세하다. 이것은 필자가 최근에 조사한 "강
원 어촌 지역의 민요 조사"[21]에서도 비슷한 양상을 보여 주고 있다. 이 비율

---

21) 註 20) 참조. 필자가 新採錄한 강원도 동해안 어촌 지역의 민요 114편의 경우를
보면 ① 4.4調 : 65편(57%) ② 3.4調 : 19편(16.7%) ③ 3.3 調 : 18편(16.7%) 등의 빈도
순위를 보이고 있다.

은 3.4調나 3.3調의 경우도 類似하다.

歌辭나 民謠에서 '4.4調'가 단연 優位를 占하고 있는 현상에 대해서 高晶玉은 "조선 사람의 氣稟에 적응한 音調이기 때문"[22]이라는 견해를 피력한 바 있다. 이제 실제의 작품에서 음수률의 양상을 보기로 한다.

오독떼기 추야월에
달은밝고 명랑하다

선들선들 부는바람
모습조차 처량하다

— <오독떼기(1)>, 속·양 6[23] —

4.4調를 띠는 작품은 대개 2音步 1句, 2句가 1聯으로 구성되어 있다. 위의 작품은 그 완벽한 예문이 된다.

다음 작품은 3.4調로 구성되어 있다.

만물이 번성하니
산천이 지척이라
곤륜산 제일봉은
산악지 조종이라

— <답산가>, 속·양 3 —

3.4調나 4.3調가 다 7音이지만, 3.4調로 된 작품이 그 빈도에 있어서 우세하다.

어슬렁 달밤에
개구리 우는데

---

22) 高晶玉, 上揭書, pp. 54~55.
23) 속초시·양양군 민요 No.6을 표시함. 이하 작품 인용 시에는 다음과 같은 약어를 사용하기로 하겠음. 고1 : 고성군 민요 No.1, 속·양2 : 속초시·양양군 민요 No.2, 강3 : 강릉시 민요 No.3, 동4 : 동해시 민요 No.4, 삼5 : 삼척시 민요 No.5.

시집못간 처녀가
안달이 났구나

— <뱃노래(8)>, 강 109 —

완벽하지는 않지만 거의 3.3調로 구성되어 있다.

前述했듯이 완벽하게 어떤 특정 음수률로만 구성되어 있는 작품은 매우 희귀하다. 대개는 부분적으로 不定律이거나, 아니면 전 작품이 도무지 뒤죽박죽의 모습으로 되어 있는 작품도 상당수에 이르고 있다.

다음의 작품은 극단적인 不定律을 띠고 있다.

아라리 고개로
날넘겨 주게
칠월칠석 날에는
견우직녀가 살구야
견우직녀는 만나보건마는
우리 상남자속은
왜집으로 못돌아오나

— <아리랑>, 속·양 24 —

3.3, 3.2, 4.3, 5.3, 5.6, 2.5, 4.5調가 그야말로 잡다하게 뒤섞여 있어서 도무지 대표적인 음수률을 추출할 수가 없다.

끝으로 비교적 복잡한 자수률로 되어 있는 3.3.4調의 작품을 보기로 한다.

멀구야 다래야 여지마라
산골의 처녀들 일안된다

아주까리 동백아 여지마라
산골의 큰애기 일안된다

— <노랫가락 110>, 강 75 —

이번에는 音步律의 양상을 보기로 한다.
빈도의 순위를 보면 다음과 같이 나타나 있다.

> ① 4음보 : 210편 ② 6음보 : 28편 ③ 2음보 : 21편 ④ 3음보 : 12편 (小計
> 271편)

4음보가 단연 우세해서 70% 가량이나 된다. 위에서 4.4調의 예로 든 '오독
떼기(1)'은 그 典型的인 예가 될 것이다.
다음의 작품은 6음보로 되어 있다.

> 천우치 참나물 씨러진골로 우리네 친구들아 나물가세
> 오림이냐 내림이냐 잰지침소리 물맑은 이터이 경치가있네
> 아리아리 아리아리 아라리요 아리랑 고래로 넘어간다

한 Sentence가 6음보로 구성되어 있다.
특이하게 2음보로 된 단형의 민요도 있다.

> 일금참사 한고조
> 이군불사 제왕초
> 삼군명장 조자룡
> 사칠건군 한광무
>
> — <글자풀이요>, 강 53 —

4.3조로도 완벽하고 2음보률로도 완전한 정형이다.
이상으로 운률의 양상에 관해서 살펴보았거니와, 강원도 동부 지역 민요의
운률은 동해안 어촌 지역 민요와 더불어 빈도 수가 높은 유형에 있어서는 모
두 한국 민요의 일반적 형태와 흡사한 모습을 보여 주고 있다고 하겠다.

2) 歌唱 方式

歌唱 方式이란 唱者들이 어떻게 조직되어서 노래를 부르는가를 말하는데, 여기에는 先後唱·交換唱·獨唱(或은 齊唱) 등이 있다.

先後唱은 後斂을 제외한 歌詞를 선창자가 부르고, 이어서 후렴을 후창자가 부르는 방식이다. 의미의 有無間에 꼭 같은 구절이 일정한 간격을 두고 되풀이되면 이것은 후렴으로 볼 수 있다.

선후창으로 노래를 할 때에는 가사를 선택할 수 있는 권리가 선창자에게만 주어져 있고, 후창자는 후렴으로 받기만 하면 된다. 그러기에 선창자는 律格(韻律)만 어기지 않는다면 임의로 가사를 불러도 된다.

交換唱도 선창자와 후창자로 나누어 가창하는 방식이지만, 선창자나 후창자가 다 의미 있는 말을 변화 있게 노래하고, 후렴구가 없다는 점이 선후창과 다른 점이다. 교환창에서는 흔히 선창의 가사와 후창의 가사가 問答이나 對句로 되어 있다.

이에 비해 獨唱은 혼자서 부르는 것인데, 독창 민요는 여러 사람이 같이 부르는 齊唱으로도 부를 수 있다는 것이 특징이다.[24]

선후창으로 부르는 것은 사설이 몇 줄 이어지다가 여음이 삽입되곤 한다. 교환창으로 부르는 것은 두 줄로 끝난다. 독창으로 부르는 것은 줄 수가 제한되지 않고 이어진다.

이 셋을 각각 '여음이 삽입되는 형식', '짧은 형식', '긴 형식'이라고 부르기도 한다.

선후창으로 부르기에 알맞은 것들로는 고려 속요나 경기체가 등이 있다. 교환창으로 부르기에 알맞은 것들로는 향가나 시조가 있다. 이에 비해서 독창으로 적합한 것은 가사가 있다.[25]

위와 같은 개념에 準해서 271편의 민요를 분류해 보면 다음과 같다.

---

24) 張德順 外, 口碑文學槪說(一潮閣, 1987), pp.89~92.
25) 趙東一, 한국문학통사1(지식산업사, 1994), p. 33.

    ① 독창 : 146편(54%) ② 선후창 : 90편(33%) ③ 교환창 : 35편(13%)(小計 :
  271편)

   이 가창 방식의 집계에는 誤差가 따르게 마련이다.
   예를 들면 '아리랑'이나 '잡가' 등은 원래 독창 민요이지만, 후렴구가 있는
것들도 있다. 또 '오독떼기'나 '쾌지나 칭칭나네' 같은 것은 선후창으로 부르
는 것이 제격이지만, 후렴구가 생략된 것들도 있다.
   이렇게 후렴구가 있는 것은 선후창과 독창의 한계가 분명치 않다.
   더욱 혼란스러운 것은 소위 '엮음노래'나 모자이크식 민요의 경우이다.
   그러나 '독창'이 상당한 우위에 있다는 사실에는 변화가 없을 것이다.[26]
   실제의 작품에서 예를 들기로 하겠다.

    베틀놓세 베틀놓세
    행랑방에 베틀놓세
    낮에짜면 일광단이요
    밤에짜면 야광단이라
    일야광단 짜가지고
    정든님옷을 만들어주세

                 — <베틀가>, 속·양 9 —

   4.4調, 4음보를 근간으로 해서 구성된 노동요이다.
   베짜기라는 지루한 작업의 고충을 극복하여 임에 대한 정성으로 승화시키
고 있는 독창의 한 표본이라고 할 수 있다.

---

  26) 가창 방식을 대상으로 한 기존의 통계는 보고된 것이 없기 때문에 이것에 대한
     민요의 일반적 경향은 알 수 없는 형편이다. 다만 필자가 조사한 동해안 어촌 지
     역 민요의 경우는 노동요(특히 어업요) 채록에 다소 치중했기 때문에 ①선후창 :
     54.4% ②독창 : 43% ③교환창 : 2.6%라는 결과를 얻게 된 듯하다.

명사십리 해당화야 에라소 가레이야
꺼치러진다고 참을더라 에라소 가레이야
꺼친소리를 정자하면 에라소 가레이야
끼여서 소리를 내는데 에라소 가레이야

에라소 가래로구나 우리들 가래는 어느 누가 부르나
에라소 가래로구나 요번 가래는 무슨 가래냐
에라소 가래로구나 요번 가래는 선주님 가래다
— <가래소리>, 고 5 —

　대개의 남성 노동요가 그렇듯이, 이 어업요도 선후창으로 짜여 있다. 다만 후렴구의 위치가 前篇과 後篇이 각각 다른 것이 異色的이다. 즉 앞쪽 노래에서는 선창자가 가사를 부르면 후창자가 후렴으로 받는 형식으로 되어 있으나, 뒤쪽 노래에서는 후렴구가 先唱되고 가사는 後唱되는 것으로 짜여져 있다.
　그리고, 전편의 "가레이야"는 아마도 "가래이야"의 誤記가 아닌가 추측된다.
　끝으로 교환창의 경우를 보자.

성님성님 사촌성님 시집살이 어떻던가　(A)
애야동상 그말말어　　　　　　　　　(B)
석삼년 살고나니 박꽃같은 요내얼굴　(B)
미나리꽃이 다됐구나　　　　　　　　(B)

성님성님 사촌성님 시집살이 어떻던가　(A)
애야동상 그말말어　　　　　　　　　(B)
시렁 끝에 떡을두고 딸주면서 날안주네　(B)
— <시집살이요>, 고 8 —

　위의 교환창은 사촌 동생이 묻고 사촌 형님이 대답하는 형식, 즉 '문답'의 형태를 갖춘 교환창이다.

오독떼기 추야월에
달도밝고 명랑하다

양근지평 썩나가니
경기바람 완연하다

머리좋고 실한처자
줄뽕남게 걸앉았네

줄뽕들뽕 내따줄게
백년해로 날과하세

매어보세 매여보세
이논빰이 매여보세

이논빰이 얼른매고
창구빰에 넘어가세

— <오독떼기>, 강 93 —

'오독떼기'는 전형적인 교환창의 하나이다.

이 민요는 가창하기에 가장 적합한 4.4조, 4음보의 형태를 갖추고 있다. 앞의 작품이 문답의 형식을 취하고 있음에 비해서 이 민요는 대귀(혹은 그것과 가까운) 형식을 취하고 있다.

그러나, 같은 오독떼기라도 속초·양양의 '오독떼기'(속·양 36, 38)는 '아리랑'의 후렴구가 삽입되어 있어서 선후창으로 불리게 된다. 이 경우는 교환창으로 부르는 것이 오히려 어색할 것이다.

3. 內容的 考察

1) 機能的 分類

민요의 분류를 맨 먼저 본격적으로 시도한 이는 高渭民이다.[27] 그 뒤 任東權[28]·趙東—[29]에 의해서 더욱 확충·체계화되었다.

본고에서는 서술의 편의상 조동일의 견해를 중심으로 해서 아래와 같이 분류해 보고자 한다.

> 1. 기 능 요 : ① 노동요 ② 의식요 ③ 유희요
> 2. 비기능요 : ① 정회요 ② 정연요 ③ 유흥요

여기서 '情懷謠'란 喜怒哀樂과 愛憎의 日常的 情感을 表出한 민요를 가리키며, '情戀謠'란 주로 異性間의 愛憎의 정서를 담은 민요를 지칭하고자 한다. 또 '遊興謠'란 유람이나 홍취 등에서 들뜬 감정을 담은 민요를 가리키게 되는 것이다.

이러한 기준에서 <부록 Ⅰ>에 나타난 빈도 수를 집계해 보면 다음과 같은 결과를 얻을 수 있다.

> 1. 기 능 요(105편) ① 노동요(농업요 : 50편, 어업요 : 13편, 길쌈요 : 6편, 토목요 : 5편, 운반요 : 4편, 제분요·채취요 : 각 2편 ② 의식요 : 17편 ③ 유희요 : 6편(소계 82)
> 2. 비기능요(167편) ① 정회요 : 91편 ② 정연요 : 58편 ③ 유흥요 : 18편

---

27) 註11) 참조.
28) 註2) 참조.
29) 註24)참조. 조동일은 여기서 민요를 1. 기능요 2. 비기능요로 兩分한 뒤, 기능요를 다시 노동요(농업, 토목, 제분, 어업, 채취, 수공업,운반, 길쌈, 가내)·의식요(세시, 장례)·유희요(무용, 경기, 機具, 언어) 등으로 세분하고 있다.

비기능요와 기능요는 61.6% : 38.4%의 비율을 보이고 있다. 동해안 어촌지역 민요의 경우도 비슷한 양상을 보여주고 있다.[30]

이제 실제의 작품 몇 편만 예시하기로 한다.

> 심어주게 심어주게 심어를 주게
> 원앙의 줄모를 심어를 주게
> 여기심고 저기심고 거기도 심고
> 서마지기 열두뱀이 다심어가네
>
> — <오독떼기(1)>, 고 36 —

노동요 중에서 가장 큰 비중을 차지하는 농업요 중의 하나이다. 작업 독려와 작업 진행의 순조로움을 노래하고 있다.

농업요의 대표적인 것으로는 '오독떼기'·'미나리'·'타작노래' 등을 꼽을 수 있다.

다음의 민요는 어업요이다.

> 저어라보지 어이야 저차보자 어이야
> 만첩청산 어이야 소나무노에 어이야
> 우리네손질에 어이야 다녹아난다 어이야
>
> — <뱃노래(2)>, 강 33 —

출어 시에 부르는 노래이다.

이러한 어업요의 대표적인 것들로는 '뱃노래'·'그물 당기는 노래'·'해녀노래' 등이 있다.

> 어허남차 어허호 어허남차 어허호
> 저승길이 멀다해도 대문밖이 저승일세

---

30) 동해안 어촌 지역 민요의 경우에는 비기능요 : 55.3%, 기능요 : 44.7%로 나타나 있다.

어허남차 어허호 어허남차 어허호
명사십리 해당화야 꽃진다고 설워마라
— <상여소리>, 속·양 2 —

의식요의 대표적인 노래인 '상여소리'이다. 이 의식요에는 또 '달고소리'·
'만가' 등이 있다.

정회요에는 '풀미가'·'둥기요' 등 자식 사랑에 대한 노래와 '노랫가락'·
'아리랑' 등이 있다.

둥둥 둥기야 먹으나 굶으나 둥기야 입으나 벗으나 둥기야
둥둥 둥기야 누우나 앉으나 둥기야 서나 앉으나 둥기야
둥둥 둥기야 아이고 착하다 둥기야
— <둥기요>, 속·양 41 —

아기를 잠재울 때 부르는 일종의 자장가이다. 대개 할머니들이 어린 손자·
손녀를 잠 재울 때 부르는 이 노래는 자식에 대한 육친의 순박한 사랑이 그대
로 배어 나오고 있다.

정연요의 대표적인 노래에는 '아리랑'·'노랫가락'·'잡가' 등이 있다. 그리
고 '오독떼기'와 같은 노동요에도 가끔 정연요의 가사가 삽입되어 있음을 본다.

아리랑아리랑 아라리가 났네
아리랑 고개로 날넘겨 주게
정선읍내 물레방아는 사시사철 도는데
우리집 낭군님은 나를 안고 못도네
— <정선 아리랑>, 강 32 —

정연요에는 대개 관능적 사랑이나 애틋한 연정이 깃들어 있다.

2) 主題

주제를 편의상 ① 困苦 ② 督勵 ③ 無常 ④ 發願 ⑤ 悲哀 ⑥ 戀情 ⑦ 倫常 ⑧ 慈情 ⑨ 自足 ⑩ 情懷 等 10個 項目으로 再設定해서 그 분포도를 보면 다음의 표와 같다.

主題	해당 작품 번호	備考
곤고	고8, 강9, 43, 92, 101, 121	6편
독려	고1, 4, 속4, 23, 24, 34, 37, 38, 50, 강1, 2, 18, 19, 44, 45, 46, 48, 66, 74, 77, 80, 82, 85, 86, 90, 93, 116, 117, 118, 119	30편
무상	속2, 8, 16, 35, 78, 강12, 36, 60, 61, 70, 114, 123, 삼4, 7, 12, 30	16편
발원	고6, 강33, 57, 63, 65, 113	6편
비애	속10, 26, 30, 76, 강17, 71, 100, 111, 112, 삼14, 50	11편
연정	속1, 5, 11, 12, 13, 14, 15, 24, 27, 28, 29, 32, 67, 68, 69, 73, 81, 강5, 6, 8, 10, 14, 24, 26, 29, 30, 32, 35, 38, 58, 75, 76, 81, 84, 87, 88, 91, 99, 105, 108, 109, 동1, 3, 삼1, 8, 9, 10, 21, 23, 24, 25, 26, 27, 31, 34, 36, 39, 44, 45, 48	60편
윤상	속9, 51, 52, 53, 54, 55, 56, 57, 58, 59, 61, 62, 63, 64, 80, 강7, 11, 52, 97, 115, 122	21편
자정	고2, 속17, 18, 20, 31, 41, 42, 43, 강27, 28, 31, 50, 51, 78, 94, 102, 삼11, 20, 22 고5, 속21, 22, 39, 40, 78, 79, 강3, 4, 16, 34, 49, 107, 동5 고3, 7, 9, 속3, 6, 7, 19, 25, 33, 44, 46, 47, 48, 49, 60, 65, 66, 70, 71, 74, 75, 77, 강13, 15, 20, 21, 22, 23, 25, 37, 39, 40, 41, 42, 47, 53, 54, 55, 56, 59, 62, 64, 67, 68, 69, 72, 73, 79, 83, 89, 95, 96, 98, 103, 104, 106, 110, 120, 124, 125, 126, 동2, 4, 삼2, 3, 5, 6, 13, 15, 16, 17, 18, 19, 28, 29, 32, 33, 35, 37, 38, 40, 41, 42, 43, 46, 47, 49	19편
자족		14편
정회		88편

위에서 '戀情'이라고 한 것은 異性間의 애정을 말하는 것이지만, 향락적이고 官能的인 것까지를 포함한 것이다. 또 '慈情'이라고 한 것은 부모의 자식에 대한 사랑, 아랫사람에게 베푸는 도타운 정, 부모에 대한 효성 등 순박한 사랑을 가리킨다. 그리고 '倫常'이란 건전한 윤리 의식이나 修養의 德目, 올바른 판단 등을 두루 포괄하는 용어로 설정한 것이다. 마지막으로 '情懷'란 喜怒哀樂의 감정을 일컫는 말이다.

이러한 주제들을 우선 빈도 순위대로 본다면 ① 정회 : 88편(32.5%) ② 연정 : 60편(22.1%) ③ 독려 : 30편(11%) 등으로 되어 있어서 이런 주제들이 중심을 이루고 있다고 할 수 있겠다.

이들을 생활 자세 면에서 본다면 긍정적인 주제와 부정적인 주제로 나눌 수도 있다. 즉 독려·발원·윤상·자정·자족은 긍정적이거나 적극적인 자세에서 우러나온 것들이라고 할 수 있고, 곤고·무상·비애는 부정적이거나 소극성을 띤다고 볼 수 있다. 한편 연정과 정회는 양자의 성격을 공유하고 있다고 하겠다. 이들을 비율로 본다면 90편(33.2%) : 33편(12.1%) : 148편(54.7%)으로서 긍정적이고 적극적인 정서가 부정적이고 소극적인 정서를 압도하고 있음을 알 수 있다(물론 이 논리는 '연정'과 '정회'가 엇비슷하게 肯否로 양분된다는 前提 下에서 가능하다.)

高晶玉은 "조선 민요의 특질"을 말하는 가운데 "풍부한 해학성, 풍류, 順從性, 유교 교리의 浸潤"[31] 등을 지적한 바 있고, 任東權도 그 특질로 "풍부한 해학성, 유교적 순종성"[32]을 들고 있다.

그러나 강원도 동부 지역 민요의 경우, 주제를 중심으로 해서 볼 때 위에 열거된 특징이 뚜렷이 부각되어 있지는 않다. 다만 "민요란 소외된 서민들의 情恨을 담은 소박한 가요"라는 일반적 통념과는 사뭇 거리가 멀다는 사실만은 확실한 것 같다.

이제 주제가 잘 드러나 있는 작품의 실례 몇몇을 보기로 한다.

오독떼기 추야월에 달은밝고 명랑하다
선들선들 부는바람 모습조차 처량하다
오늘해도 건주가네 골골마다 넘어가네
오늘아침 만난친구 해가지니 이별하네
— <오독떼기(1)>, 속·양 6 —

제목은 농업 노동요인 '오독떼기'이다.
내용은 노동의 즐거움이나 작업의 독려가 아닌 가을날의 스산한 정서를 노래하고 있다. 따라서 주제는 정회이다.

31) 高晶玉, 前揭書, pp.497~500.
32) 任東權, 前揭書, pp.227~230.

다음의 작품은 연정을 잘 보여주고 있다.

정선읍네 물레방아 궁궁대는
사시장천 물거품을 안고 빙글빙글 도는데
우리네 서방님은 날안고 돌줄을 모르나
— <엮음아리랑>, 속·양 1 —

연정이 관능의 경지에까지 이르고 있다. 아리랑의 일반적인 정서가 이 작품에 잘 나타나 있다.

매어주게 매어주게 욱신욱신 매어주게
지어가네 지어가네 점심참이 지어가네
요길매고 조길매고 님의논길 매어주게
오늘해도 건주갔네 골골마다 정재갔네
— <오독떼기>, 강 1 —

작업의 독려와 요령을 담고 있다. 소위 '오독떼기'나 '메나리'의 공통적인 내용인 '독려'가 이 민요에도 잘 나타나 있다.

3) 內在 意識

內在 意識은 대개 주제와 결부되어 있다.

임동권은 민요에 나타난 한국 민족성으로 ① 諦念 ② 樂天性 ③ 素朴性 ④ 道義性 ⑤ 遊墮性 ⑥ 諧謔性 ⑦ 信仰性 ⑧ 宿命性 등을 지적한 바 있다.[33]

민요는 서민들의 순수하고 자유분방한 心性 生活을 표출한 집단적인 고백문학이기 때문에 그 시대의 전반적인 모습과 裏面을 파악할 수 있는 소중한 자료이다.

민요는 생활상의 필요에서 생겨나고, 또 서민들이 自足하는 노래이기 때문

---

33) 任東權, 前揭書, pp.181~203.

에 다른 어떤 형태의 문학 작품보다도 순수하다고 할 수 있고, 또 社會相과 時代 精神을 진솔하게 표현하고 있다.

내재 의식의 이해도 이런 전제에서 출발되어야 마땅할 것이다.

강원도 동부 지역 민요에서 가장 두드러지게 나타나는 내재 의식은 노동의 즐거움과 직업에 대한 긍지이다. 이것은 적극적이고 긍정적인 주제가 우세한 것과 맥을 같이 하고 있다. 여기서 '직업'이란 주로 농업과 어업을 가리킨다. '오독떼기'나 '메나리', '뱃노래' 등에서 쉽게 느낄 수 있는 정서이디(지면 관계상 작품의 예는 생략하기로 하겠음. 이하 동일함).

소위 '노동요'인 이러한 민요에는 다소간의 숙명론적, 체념적 인생관이 내재되어 있는 경우도 가끔 발견된다.

다음으로 두드러진 것은 連綿한 戀情과 다소 과도한 관능적 異性愛이다. 이러한 의식이 그야말로 '민요'의 표본인지 모른다. '아리랑'類나 '노랫가락' 등에서 흔히 感知되는 이러한 의식은 노동요에서도 간헐적으로 나타나곤 한다.

희생과 봉사, 혹은 질서에 대한 인식 등 윤리 의식 또한 많은 작품에서 찾아볼 수 있다. 부모나 자식, 혹은 남편에 대한 자기 희생적인 태도와, 공익과 수양을 앞세운 倫常에 대한 철저한 인식 등은 다 이러한 윤리관의 發現이라고 할 것이다. '베틀가'·'둥기가'·'효행가'·'타령' 등에서 이러한 의식들이 구체적으로 나타나 있다. 고정옥과 임동권이 공통적으로 지적한 '유교적 덕목' 바로 그것이라고 해도 좋을 것이다.

인생의 무상함이나 생활의 비애는 어쩌면 민요의 가장 대표적인 내재 의식인지 모른다. '상여소리'·'신세타령가'·'시집살이요' 등에서 흔히 느낄 수 있는 이러한 의식은 강원 민요라고 해서 예외는 아니다.

유흥과 쾌락 또한 내재 의식의 큰 줄기를 이루고 있다. 이런 정서는 주로 '잡가'나 '유람가' 등에서 찾아 볼 수 있다.

위에 열거한 내재 의식 외에도 자연에 대한 순응, 고향에 대한 긍지, 유랑의 심회 등이 간헐적으로 나타나기도 한다.

일찍이 모리스·쿠랑은 한국의 대중 시가를 논하면서 그 특질로 "달콤한 사랑, 얼큰한 술 맛, 유수같은 세월, 초로같은 인생 — 이것이 그들의 반복되는 주제들이다."[34]라고 규정한 바 있거니와, 강원도 동부 지역의 민요를 관류하고 있는 정서나 내재 의식도 대체로 이와 궤를 같이 한다고 해도 무방할 것 같다.

4) 其 他

이상에서 논급한 것 외에 강원도 동부 지역 민요에 대한 특기할 사항들을 열거해 보면 다음과 같다.

먼저 지적할 수 있는 것은 민요의 제목과 내용, 기능상의 장르와 주제가 일치하지 않는 작품이 많다는 사실이다. 예를 들면 '오독떼기'나 '미나리' 같은 것들은 노동요이기 때문에 작업의 독려나 노동의 즐거움이 主調를 이루고 있어야 할 터인데도 오히려 관능적 애욕이나 심란한 정회, 심지어는 신세 한탄까지 곁들이고 있는 작품들이 적지 않다.

또 '엮음조'와 같은 장형의 민요들은 내용이나 형식이 모자이크식으로 짜여 있어서 거치른 인상을 주고 있다. 따라서 정서의 흐름이 단절되거나 주제를 파악하기에 어려움을 겪게 된다. 일테면 '노동요+정연요+의식요' 식으로 구성되어 있는 것이다. 이러한 민요들은 운율도 자못 변칙적으로 되어 있다.

또 어떤 민요들은 歌唱上 어려움을 준다. 후렴구가 여기저기 끼어 있어서 선후창을 하기가 곤란한가 하면, 가사가 교환창 형식으로 전개되다가 독창으로 부르도록 전환되기도 한다.

문체상으로 볼 때도 이질적인 요소가 혼합되어 있는 것이 많다. 古謠에 近謠가 접합된 것, 심지어 최신 유행어에 倭色까지 혼합되어 있는 것 등이 다 그러한 예이다.

이러한 잡다한 요소들은 타지역에 비해서 상대적으로 流動 乃至 流入 人口가 많은 이 지역의 특수성에서도 기인된 것으로 볼 수 있을 것이다.

---

34) M.Courant, 朝鮮文化史序說, 金壽卿 譯(凡章閣, 1946), p.159.

이상 몇 가지 특성을 열거해 보았거니와, 이러한 여러 사항들을 종합해 본
다면 강원도 동부 지역의 민요는 그 성향으로 따져서 고정 민요보다는 유동
민요가 양적으로 우세하다는 추론을 가능케 해주고 있다.

어떻든 강원도 동부 지역 민요의 이러한 형식상의 不整性과 내용상의 雜多
性이 他地域 민요와도 相通되는지의 여부는 확실하지 않다.

4. 結 論

이상 數章에 걸쳐서 논의해 온 내용을 요약함으로써 결론을 삼고자 한다.

민속학 연구 대상 여러 분야 중 가장 큰 비중을 차지하고 있는 것은 '구비
전승'이고, 그 중에서도 특히 중시되어 온 장르 중의 하나는 민요이다. 이 민
요에 대한 연구는 지금껏 다각도로 진행되어 왔으나, 강원도 민요에 관한 연
구는 다양성과 구체성에 있어서 다소 미흡한 감이 없지 않다.

本稿에서는 강원도 동부 지역 민요 271편(441수)을 대상으로 해서 그 형태
와 내용을 고찰해 본 결과 다음과 같은 결론에 도달하게 되었다.

● 형태적인 면
(1) 운 율 : 자수율에 있어서는 4.4조, 3.4조, 3.3조, 3.3.5조 등 19개 유형이 있
    으나, 빈도 수가 높은 것으로는 ① 4.4조 ② 3.4조 ③ 3.3조 ④ 3.3.5조 등이
    며, 특히 4.4조는 45.4%에 이르고 있다.
    음보율의 경우는 ① 4음보 ② 6음보 ③ 2음보 ④ 3음보 등이 있으나, 특히
    4음보는 70%를 점하고 있다. 그러나, 자수율이나 음보율이 일정하지 않
    은 작품도 상당한 수에 이르고 있다.
(2) 가창 방식 : 빈도 순위를 보면 ① 독창(54%) ② 선후창(33%)③ 교환창
    (13%)로 되어 있다. 이 가창 방법 추출에도 많은 난점이 있다.

● 내용적인 면

(1) 기능적 분류 : 기능요 : 38.4%, 비기능요 : 61.6%의 빈도를 보이고 있다. 기능요의 하위 분류 빈도는 ① 노동요 ② 의식요 ③ 유희요의 순위를 보이고 있으며, 비기능요의 경우는 ① 정회요 ② 정연요 ③ 유흥요의 순위로 되어 있다.

(2) 주 제 : 주제는 다시 세분해서 ① 곤고 ② 독려 ③ 무상 ④ 발원 ⑤ 비애 ⑥ 연정 ⑦ 윤상 ⑧ 자정 ⑨ 자족 ⑩ 정회 등으로 설정할 수 있는데, 특히 정회(32.5%), 연정(22.1%), 독려(15%) 등의 빈도가 높게 나타나고 있다. 이들을 또 다른 측면에서 볼 때 긍정적이고 적극적인 주제가 부정적이고 소극적인 주제를 압도하고 있다고 하겠다.

(3) 내재 의식 : ① 노동의 즐거움과 직업에 대한 긍지 ② 은근한 연정과 관능적 애정 ③ 유교적 윤리 의식 ④ 무상과 비애 ⑤ 유흥과 쾌락 등이 중요한 내재 의식의 항목들이다.

(4) 기 타 : ① 제재와 내용의 불일치, 기능과 가사의 괴리 현상을 보이고 있다. ② 모자이크식 내용과 형식 ③ 이질적인 문체의 혼합 ④ 형태의 변이성 때문에 가창하기 어려운 민요가 많다는 점.

이상과 같이 강원도 동부 지역 민요에 관해서 몇가지 측면에서 서술해 보았다.

僅僅月餘에 작성되어 보다 세밀한 고찰이 이루어지지 못한 점, 또한 紙面 관계로 작품의 실례를 일일이 예시하지 못한 점 등이 아쉬움으로 남는다.

이들 민요에 사용된 어휘에 관한 고찰(예를 들면 빈도, 성격 등), 고정 민요와 유동 민요의 대비 연구 등은 일단 훗날의 과제로 남겨 놓고자 한다.

參考 文獻

1. 資料

江原道. 民俗志. 江原道. 1989.

開闢社. 開闢 第四卷二十號. 開闢社. 1923.

任東權. 韓國民謠集I~VI. 集文當. 1961~1981.

精文研. 韓國口碑文學大系2-1~2-5. 精文研. 1981~1983.

2. 論著

高晶玉. 朝鮮民謠研究. 首善社. 1949.

_____. 朝鮮民謠의 分類. 春秋 二卷 三號. 京城: 春秋社. 1941.

金昌錄. 嶺東地方의 民謠考察. 文湖創刊號. 建國大. 1960.

徐俊燮. 江原道東海岸口碑文學. 江原文化研究3. 江原大 江原文化研究所. 1983.

柳仁順. 江原文化研究史. 江原文化研究11. 江原大 江原文化研究所. 1992.

李東喆 外. 江原漁村地域傳說. 民俗誌. 江原道. 1995.

任東權. 韓國民謠研究. 宣明文化社. 1974.

張德順 外. 口碑文學槪說. 一潮閣. 1987.

趙東一. 韓國文學通史1,5 知識産業社. 1994.

N.Courant. 朝鮮文化史序說. 金壽卿 譯. 凡章閣. 1946.

附錄1 강원도 동부지역 민요일람표

<Ⅰ-1> 고성군 편

일련번호	제 목	음수율	음보율	가창방법	기능적 분류		주 제	비 고
1	농요	4.4	4음보	독창	기능요	노동요	작업독려	농업요
2	물장고가	4.4	4음보	독창	비기능요	정회요	효도	
3	미나리	4.4	4음보	선후창	기능요	노동요	자연의 순리(순환)	농업요
4	밭갈이 노래	4.4	4음보	독창	기능요	노동요	작업 독려	농업요
5	가래 소리	5.5	4음보	선후창	기능요	노동요	풍어의 즐거움	△어업요
6	지경 다지는 노래	5.5	4음보	선후창	기능요	노동요	발복 기원	토목노동요
7	달고 소리	4.4	4음보	선후창	기능요	의식요	달고질의 방법	토목노동요
8	시집살이요	4.4	4음보	교환창	비기능요	정회요	시집살이의 고통	○△
9	글자풀이요	4.4	4음보	독창	비기능요	정회요	언어의 유회(잡념)	△

<Ⅰ-2> 속초시 양양군 편

일련번호	제 목	음수율	음보율	가창방법	기능적 분류		주 제	비 고
1	엮음 아리랑	4.4	4음보	독창	비기능요	정연요	情念	△
2	초초(상여소리)	4.4	4음보	선후창	기능요	의식요	인생 무상	△
3	답산가	3.4	4음보	독창	비기능요	유흥요	명산 칭송	
4	도천 메나리	4.4	4음보	교환창	기능요	노동요	작업 독려	농업요
5	나물 캐러 가는 노래	3.3.5	6음보	선후창	비기능요	정연요	相思	○△
6	오독떼기(1)	4.4	4음보	교환창	기능요	노동요	가을의 심란한 정회	△농업요
7	네나리	4.4	4음보	독창	기능요	노동요	유흥을 바람	농업요
8	선소리	4.4	4음보	독창	기능요	의식요	인생 무상	
9	베틀가	4.4	4음보	독창	기능요	노동요	여성의 본분	○길쌈요
10	진아라리	3.3.4	6음보	독창	비기능요	정연요	이별의 서름	○
11	자진아라리	3.4	4음보	독창	비기능요	정연요	연정	○
12	정선아라리(1)	3.4	4음보	독창	비기능요	정연요	연정	○△
13	정선아라리(2)	3.3	4음보	독창	비기능요	정연요	연정	○
14	정선아라리(3)	3.4	4음보	독창	비기능요	정연요	연정	○
15	엮음 아리랑	3.4	4음보	독창	비기능요	정연요	연정	○△
16	동풍가	3.3	4음보	교환창	비기능요	유흥요	인생 무상과 연정	△
17	풀미가	3.3	4음보	교환창	비기능요	정회요	애기를 달램(언어유회)	
18	둥기요	3.4	4음보	독창	비기능요	정회요	손자 사랑	○△

19	꼬리따기요	3.4	2음보	교환창	비기능요	정회요	언어유희(의미없음)	△
20	자장가	4.4	4음보	독창	비기능요	정회요	자식 사랑	○
21	모찌는 노래	5.5	2음보	독창	기능요	노동요	농사의 즐거움	농업요
22	벼베는 노래	5.5	2음보	독창	기능요	노동요	농사의 즐거움	농업요
23	오독떼기(2)	4.4	4음보	독창	기능요	노동요	작업 독려	농업요
24	아리랑	3.3.5	6음보	교환창	비기능요	정연요	고독과 연정	○△
25	노들가	3.2	독창		비기능요	정연요	유랑의 심회	
26	둥기요	3.3.5	6음보	독창	비기능요	정회요	자식 사랑	○
27	신세 타령가	3.3.5	6음보	독창	비기능요	정회요	인생의 비애	○△타령
28	동풍가	4.3	4음보	독창	비기능요	유흥요	연정	
29	잡가(1)	4.4	4음보	교환창	비기능요	정연요	연정	
30	엮음 정선 아리랑	4.4	4음보	독창	비기능요	정연요	관능적 애정	
31	각설이 타령	4.3	4음보	교환창	비기능요	정회요	인생의 비애	타령
32	잡가(2)	4.4	4음보	독창	비기능요	정연요	상사	△
33	오독떼기	4.4	4음보	교환창	기능요	노동요	생활의 정회	농업요
34	모찌는 노래	4.3	4음보	교환창	기능요	노동요	작업 독려	농업요
35	아리랑가	3.3.5	6음보	독창	비기능요	정회요	인생의 무상함	
36	오독떼기(1)	4.4	4음보	선후창	기능요	노동요	작업 독려	농업요
37	오독떼기(2)	3.3	4음보	선후창	기능요	노동요	작업 독려와 연정	농업요
38	그물 당기는 노래	3.3	4음보	선후창	기능요	노동요	작업 독려	어업요
39	그물풀때 부르는 노래	3.4	4음보	선후창	기능요	노동요	작업의 흥겨움	어업요
40	뱃노래	4.3	4음보	선후창	기능요	노동요	작업의 흥겨움	어업요
41	둥기요	3.3.3	3음보	독창	비기능요	정회요	아기에 대한 사랑	○
42	세상달강	3.3	2음보	독창	비기능요	정회요	아기에 대한 사랑	○△
43	풀미가	3.3.3	2음보	독창	비기능요	정회요	아기에 대한 사랑	○
44	언어유희요	3.4	4음보	선후창	비기능요	정회요	언어 유희(의미없음)	△
45	엥기땡기	4.4	4음보	선후창	기능요	유희요	언어 유희(의미 없음)	
46	베틀가	4.3	4음보	독창	기능요	노동요	베를 짜는 정성	○길쌈요
47	해방가	4.4	4음보	독창	비기능요	정회요	해방의 기쁨	△개화가사
48	사시경처록	4.4	4음보	독창	비기능요	정회요	계절에 따라 변하는 경물과 심회	
49	금강산 유산가	4.4	4음보	독창	비기능요	유흥요	유람기	△
50	미나리	4.4	4음보	독창	기능요	노동요	작업 독려와 인생 무상	농업요
51	인생가	4.4	4음보	독창	비기능요	정회요	성실한 인생 도모	
52	효행가	4.4	4음보	독창	비기능요	정회요	근면과 효행	○
53	권농가	4.4	4음보	독창	비기능요	정회요	권농	△농업요
54	일가안락가	4.4	4음보	독창	비기능요	정회요	가정의 화목을 강조함	
55	부녀자생활가	4.4	4음보	독창	비기능요	정회요	근검 절약	○
56	도난과 화재에 대한 노래	4.4	4음보	독창	비기능요	정회요	재난 방지책	
57	직조와 의복요	4.4	4음보	독창	기능요	노동요	길쌈 장려	○△길쌈요
58	사치경계요	4.4	4음보	독창	비기능요	정회요	사치를 배격함	
59	음식이 중함을 일깨우는 노래	4.4	4음보	독창	비기능요	정회요	음식의 소중함	
60	객의 서름을 나타내는 노래	4.4	4음보	독창	비기능요	정회요	客愁	
61	가옥치례요	4.4	4음보	독창	비기능요	정회요	가옥 단장을 권함	

62	노복사랑가	4.4	4음보	독창	비기능요	정회요	종을 사랑하라	
63	공사가	4.4	4음보	독창	비기능요	정회요	후덕하게 살아라	
64	오락조심요	4.4	4음보	독창	비기능요	정회요	오락을 즐기지 말라	
65	부처님 찬양가	4.4	4음보	독창	비기능요	정회요	생활의 정회	△
66	五色찬양가	3.3	4음보	독창	비기능요	정회요	오색의 경관 찬양	△
67	엮음 아라리	4.4	4음보	독창	비기능요	정연요	상사	○
68	노랫가락(111)	3.4	6음보	독창	비기능요	정연요	宦能	△
69	노랫가락(112)	3.3.5	3음보	독창	비기능요	정연요	情念	
70	노랫가락(113)	4.2	4음보	독창	비기능요	정회요	잡다한 생각	△
71	노랫가락(114)	4.4	4음보	독창	비기능요	정회요	잡다한 생각	
72	백발가(5)	4.4	4음보	독창	비기능요	정회요	인생 무상	
73	사위삼소	4.4	4음보	교환창	비기능요	정연요	애정과 비애	(○)
74	지명풀이(7)	4.3	4음보	독창	비기능요	정회요	언어유회(의미없음)	△
75	지명풀이(11)	3.3.5	3음보	독창	비기능요	정회요	襄陽 칭송	
76	홍타령(1)	5.5	4음보	선후창	비기능요	정회요	배신의 아픔	
77	홍타령(10)	5.5	4음보	선후창	비기능요	정회요	울적한 심사	
78	가래소리	3.4	4음보	선후창	기능요	노동요	노동의 즐거움	어업요
79	그물 당기는 소리	3.4	4음보	선후창	기능요	노동요	노동의 즐거움	어업요
80	길쌈요	3.4	4음보	선후창	기능요	노동요	베짜는 정성	○△길쌈요
81	나물 캐러 가는 노래	3.3.5	3음보	선후창	비기능요	정연요	相思	△

〈 I -3〉 강릉시 편

일련 번호	제 목	음수 율	음보 율	가창방 법	기능적 분류		주 제	비 고
1	오독떼기	4.4	4음보	교환창	기능요	노동요	작업 독려	농업요
2	자진아리랑	3.3.4	6음보	선후창	기능요	노동요	추수의즐거움	농업요
3	불림(불림노래)	2.3	4음보	교환창	기능요	노동요	추수의 즐거움	농업요
4	타작노래	4.4	4음보	선후창	기능요	노동요	추수의 즐거움	농업요
5	사리랑(세모꺾기)	5.5	4음보	독창	비기능요	정연요	痴情	
6	잡가	5.5	4음보	독창	비기능요	정연요	相思	
7	안선달타령(세모꺾기)	4.4	4음보	독창	비기능요	정회요	은덕 칭송	타령
8	정선아리랑	4.4	4음보	독창	비기능요	정연요	연정	○
9	초부가	4.5	4음보	독창	기능요	노동요	노동의 고달픔과 신세 한탄	채취요
10	정선아라리	4.4	4음보	독창	비기능요	정연요	상사	○
11	덕타령	4.4	4음보	독창	비기능요	정회요	부모,임금 등의 덕을 칭송	타령
12	상여소리	4.5	2음보	선후창	기능요	의식요	인생 무상	△
13	옥단타령	3.4	4음보	독창	비기능요	유흥요	유람의 즐거움	타령
14	깨굴타령	3.4	6음보	독창	비기능요	정연요	연정	타령
15	율곡선생 유람가	4.4	4음보	독창	비기능요	유흥요	명승지 유람	
16	오독떼기	5.5	4음보	교환창	기능요	노동요	일과를 끝냄	농업요
17	강릉아리랑	3.5	4음보	독창	기능요	노동요	신세 한탄	채취요
18	자진아리랑	3.3.4	6음보	선후창	기능요	노동요	작업 독려	농업요
19	파래소리(파래타령)	4.5	4음보	선후창	기능요	노동요	작업 독려	농업요
20	장타령	4.3	4음보	독창	비기능요	정회요	방랑자의 행색	타령

21	팔도유람가	4.4	4음보	독창	비기능요	유흥요	명승지 순례	
22	뱃노래(I)	3.3	4음보	선후창	비기능요	유흥요	뱃놀이의 흥겨움	△
23	뱃노래(II)	3.3	4음보	선후창	비기능요	유흥요	뱃놀이의 흥겨움과 상사	△
24	방아타령	5.5	4음보	선후창	비기능요	유흥요	상사	타령
25	관동팔경	4.4	4음보	독창	비기능요	유흥요	명승 유람과 무상감	△
26	뱃노래	3.4	4음보	선후창	비기능요	정연요	관능적 사랑	○△
27	둥기가(1)	4.4	4음보	독창	비기능요	정회요	자식 사랑	○
28	둥기가(2)	4.4	4음보	독창	비기능요	정회요	어머니에 대한 그리움	○
29	상사타령	3.3.4	6음보	선후창	비기능요	정연요	남녀간의 정사	△타령
30	자우가	4.5	4음보	독창	비기능요	정연요	상사	○
31	둥기가(3)	4.5	4음보	독창	비기능요	종회요	손자에 대한 애정	○
32	정선아리랑	3.3.4	6음보	독창	비기능요	정연요	상사	○
33	에이냐타령(뱃노래)(1)	3.4	4음보	선후창	비기능요	노동요	풍어 기원	어업요,타령
34	에이냐타령(뱃노래)(2)	3.4	4음보	선후창	기능요	노동요	出漁의 즐거움	어업요,타령
35	장부가	4.4	4음보	독창	기능요	정연요	상사	○△
36	상여소리	4.5	4음보	선후창	비기능요	의식요	인생무상	
37	베틀노래	4.4	4음보	독창	기능요	노동요	베를 짤 때의 모습	○길쌈요
38	장부가	4.4	4음보	독창	비기능요	정연요	상사	
39	지짐이 노래	3.4	4음보	선후창	기능요	노동요	터 다질 때의 흥겨움	토목요
40	목도소리(산판소리)(1)	3.4	4음보	선후창	기능요	노동요	운반의 흥겨움(의미없음)	운반요
41	목도소리(2)	3.4	2음보	선후창	기능요	노동요	운반의 흥겨움(의미없음)	운반요
42	목도소리(3)	4.4	2음보	선후창	기능요	노동요	운반의 흥겨움(의미없음)	운반요
43	목도소리(4)	3.4	2음보	선후창	기능요	노동요	노동의 고통스러움	운반요
44	쇠 모는 소리 1	3.4	2음보	독창	기능요	노동요	작업 독려	농업요
45	쇠 모는 소리 2	3.3	2음보	독창	기능요	노동요	작업 독려(의미 없음)	농업요
46	쇠 모는 소리 3	2.3	2음보	독창	기능요	노동요	작업 독려(의미 없음)	농업요
47	모찌는 소리	3.3.3	3음보	독창	기능요	노동요	노동의 즐거움(의미없음)	농업요
48	벼베기흥조(불림)	3.3.3	3음보	교환창	기능요	노동요	작업 독려(의미 없음)	농업요
49	질삼노래	4.4	4음보	독창	기능요	노동요	안락한 생활의 구가	○△길쌈요
50	둥기가 1	2.3	4음보	독창	비기능요	정회요	아기달램	○
51	둥기가 2	3.4	4음보	독창	비기능요	정회요	아기달램	○
52	새쫓는 노래	4.4	4음보	독창	기능요	노동요	조류의 피해를 막으려는 심정	농업요
53	글자풀이요	4.3	2음보	독창	비기능요	정회요	언어의 유희	
54	장타령 1	3.3	6음보	독창	비기능요	정회요	언어의 유희	타령
55	장타령 2	3.4	6음보	독창	비기능요	정회요	언어의 유희	타령
56	장타령 3	5.4	6음보	독창	비기능요	정회요	언어의 유희	타령
57	엿장수 타령	5.4	4음보	독창	비기능요	정회요	엿 사기를 바람	타령
58	정선 아리랑	4.4	4음보	독창	비기능요	정연요	낭군을 기다림	○
59	덜구 소리	6.5	4음보	선후창	기능요	의식요	강원도 명산 열거	△
60	상여소리(집에서 떠날 때 부르는 소리)	2.3	4음보	선후창	기능요	의식요	망자의 슬픔	
61	상여소리(길에 가면서 부르는 노래)	4.4	4음보	선후창	기능요	의식요	인생의 무상함	
62	지짐이노래(집다지는 노래)	3.4	4음보	선후창	기능요	노동요	지짐터가 명당임을 강조함	토목요
63	종종덜구	5.4	6음보	선후창	기능요	의식요	후손들의 발복을 기원함	△

64	고사요(3)	3.4	4음보	독창	기능요	의식요	국가 형성 과정	
65	산신요(1)	4.4	4음보	독창	기능요	의식요	손자의 보호를 기원함	○
66	타맥요(1)	4.4	4음보	선후창	기능요	노동요	작업 독려와 정념	농업요
67	통타령	4.4	2음보	독창	기능요	정회요	언어의 유희	타령
68	벼 베기 노래	6.6	2음보	독창	비기능요	노동요	언어의 유희	농업요
69	산타령(11)	5.4	4음보	선후창	비기능요	정회요	산의 험준함	타령
70	만가(24)	4.4	4음보	선후창	기능요	의식요	인생의 무상함	
71	신중노래	4.4	4음보	독창	비기능요	정회요	여자의 가여운 일생	○△
72	아리랑타령(6)	3.3.5	6음보	독창	비기능요	정회요	고독과 정한	○타령
73	오돌또기(1)	4.4	4음보	교환창	기능요	노동요	잡다한 정서	농업요
74	타작노래(4)	4.4	4음보	선후창	기능요	노동요	작업을 독려함	농업요
75	노랫가락(110)	3.3.4	3음보	독창	비기능요	정연요	막연한 연정	△
76	오돌또기(1)	4.4	4음보	선후창	기능요	노동요	연정	농업요
77	오돌또기(2)	4.4	4음보	선후창	기능요	노동요	작업 덕려와 정념	농업요
78	옥단춘요(4)	4.4	4음보	독창	비기능요	정회요	어머니가 늙어감을 슬퍼함	○
79	지명풀이(3)	4.3	2음보	독창	비기능요	정회요	언어의 유희	
80	자진아라리(1)	4.4	4음보	선후창	기능요	노동요	작업의 독려	농업요
81	자진아라리(2)	3.3.5	3음보	선후창	비기능요	정연요	정념	
82	자진아라리(3)	3.3.5	3음보	선후창	기능요	노동요	작업의 독려	△농업요
83	영산홍	4.4	4음보	선후창	비기능요	정회요	봄날의 흥취	
84	놀양 사거리	5.4	4음보	선후창	비기능요	정연요	연정	
85	자진 아라리	4.4	4음보	교환창	비기능요	노동요	작업의 독려	농업요
86	오독떼기	4.4	4음보	교환창	기능요	노동요	작업 독려와 연정	농업요
87	잡가	5.4	4음보	선후창	기능요	노동요	관능적 애욕	농업요
88	사리랑	4.4	4음보	선후창	기능요	노동요	관능적 애욕	농업요
89	싸대(쌈싸는 노래)	4.4	4음보	선후창	기능요	노동요	언어의 유희	농업요
90	타작노래(도리깨질노래)	4.4	4음보	선후창	기능요	노동요	작업 독려	농업요
91	인생타령	5.4	4음보	독창	비기능요	정연요	상사	○△타령
92	정선아리랑	3.4	4음보	독창	비기능요	정회요	시어머니의 박대	○△
93	오독떼기	4.4	4음보	교환창	기능요	노동요	작업 독려와 풍년 기원	
94	따부네	4.4	4음보	교환창	비기능요	정회요	어머니를 그리워함	○
95	유희요	3.4	2음보	교환창	기능요	유희요	언어의 유희	
96	글자 유희요	3.4	2음보	교환창	기능요	유희요	언어의 유희	
97	새 쫓는 노래	4.4	4음보	독창	기능요	노동요	새들의 피해를 막으려는 심정	농업요
98	요고리조고리요	4.3	2음보	교환창	기능요	유희요	언어의 유희	
99	정선 아리랑	4.4	4음보	독창	비기능요	정회요	△상사와 인생 무상	○
100	그물 당기는 노래	4.4	4음보	선후창	기능요	노동요	△신세를 비관함	어업요
101	시집살이	4.4	4음보	독창	비기능요	정회요	시집살이의 고통	○
102	둥기가	4.4	4음보	독창	비기능요	정회요	자식 사랑	○
103	엿장수타령	4.3	4음보	독창	비기능요	정회요	엿 선전	△타령
104	각서리타령	3.3.4	6음보	교환창	비기능요	정회요	언어의 유희	△타령
105	병석 타령	4.5		독창	비기능요	정연요	상사	타령
106	각설이타령(12)	5.3	4음보	교환창	비기능요	정연요	걸인의 신세	타령
107	노젓는 노래(2)	4.4	4음보	선후창	기능요	노동요	고기잡이의 흥겨움	어업요

108	도라지타령(1)	5.3	4음보	선후창	비기능요	정연요	정념	타령
109	뱃노래(8)	3.3	4음보	선후창	비기능요	유흥요	정념	△
110	사슴타령	4.4	4음보	독창	비기능요	정회요	어미 사슴의 유언	○타령
111	원정요(3)	4.4	4음보	교환창	비기능요	정회요	상처의 슬픔	
112	이별요(5)	4.4	4음보	독창	비기능요	정연요	이별의 슬픔	
113	사위삼소요(3)	3.3	4음보	교환창	비기능요	정연요	청혼	
114	회심곡(5)	4.4	4음보	독창	비기능요	정회요	인생의 무상함	
115	자진 아라리	4.4	4음보	독창	기능요	노동요	권농	△농업요
116	자진 아라리	3.4.5	3음보	독창	기능요	노동요	작업의 독려	△농업요
117	벼베는 노래	6.3.3	3음보	교환창	기능요	노동요	작업의 독려	△농업요
118	타작노래	4.4	4음보	선후창	기능요	노동요	작업의 독려	△농업요
119	파래노래	5.5	4음보	선후창	기능요	노동요	작업의 독려	△농업요
120	뱃노래(1)	4.4	4음보	선후창	기능요	노동요	出漁 시의 정회	어업요
121	뱃노래(2)	4.4	4음보	선후창	기능요	노동요	漁撈의 고충	어업요
122	새 쫓는 노래	4.4	4음보	선후창	기능요	노동요	조류의 피해를 막겠다는 심정	농업요
123	상여소리(1)	4.4	4음보	선후창	기능요	의식요	인생의 무상함	
124	상여소리(2)	4.4	4음보	선후창	기능요	의식요	생명의 유한함	
125	달고소리	4.4	4음보	선후창	기능요	의식요	달고질의 요령	
126	영산홍	4.4	4음보	선후창	비기능요	정회요	영산홍 찬미	

<Ⅰ-4> 동해시 편

일련번호	제 목	음수율	음보율	가창방법	기능적 분류		주 제	비 고
1	도라지타령	3.3.4	6음보	선후창	비기능요	정연요	정념	
2	아라리	3.3.5	6음보	교환창	기능요	노동요	정회와 작업독려	△농업요
3	오독떼기	4.4	4음보	독창	기능요	노동요	상사와 풍류	△농업요
4	자진난봉가	3.3	4음보	독창	비기능요	유흥요	유락의즐거움	
5	그물 당기는 노래	3.3	4음보	선후창	기능요	노동요	풍어의 기쁨	△농업요

<Ⅰ-5> 삼척시 편

일련번호	제 목	음수율	음보율	가창방법	기능적 분류		주 제	비 고
1	삼척아리랑	3.3.5	6음보	독창	비기능요	정연요	상사	△
2	슬비타령	3.3.5	6음보	선후창	기능요	유희요	줄당기기의 흥겨움	타령
3	아리랑	4.4	4음보	독창	비기능요	정연요	고독과 정념	
4	덜구소리	4.4	4음보	선후창	기능요	의식요	인생의 무상함	△
5	뱃놀이	3.3	4음보	선후창	비기능요	유흥요	뱃놀이의 흥겨움	
6	장타령	4.4	4음보	독창	비기능요	정회요	언어의 유희	△타령
7	회심가	4.4	4음보	독창	비기능요	정회요	인생무상과 勸佛	△
8	한오백년	3.4	4음보	교환창	비기능요	정연요	정념	
9	엮음 아라리	4.4	4음보	교환창	비기능요	정연요	정념	○△

10	삼척 아리랑	3.4	4음보	교환창	비기능요	정연요	정념	○△
11	둥기타령	3.4	4음보	교환창	비기능요	정회요	자식 사랑	○타령
12	북망가	4.4	4음보	선후창	기능요	의식요	인생의 무상함	
13	지리지리 누르자	4.4	4음보	선후창	기능요	노동요	노동의 즐거움	토목요
14	잡가(1)	5.4	4음보	독창	비기능요	정회요	인생의 비애	
15	뱃노래	4.3	6음보	선후창	비기능요	유흥요	뱃놀이의 흥겨움	△
16	엿장수 노래	3.3	4음보	독창	비기능요	정회요	언어의 유희	△
17	방아타령	5.4	4음보	선후창	기능요	노동요	해방의 감격과 6.25의 비극	○△제분요,타령
18	물방아타령	4.4	4음보	후창	기능요	노동요	잡다한 정서	○△제분요,타령
19	월령가	5.4	4음보	독창	비기능요	정회요	잡다한 정서	
20	사랑가(1)	4.4	4음보	독창	비기능요	정회요	자식 사랑과 신세 한탄	○
21	사랑가(2)	4.4	4음보	독창	비기능요	정연요	상사	
22	사랑가(3)	4.4	4음보	선후창	비기능요	정회요	자식 사랑	○△
23	사랑가(4)	5.5	4음보	선후창	비기능요	정연요	부부의 사랑	△
24	아리랑(1)	4.4	4음보	독창	비기능요	정연요	상사	○
25	아리랑(2)	3.4	4음보	독창	비기능요	정연요	상사	○
26	아리랑(3)	3.3.5	6음보	독창	비기능요	정연요	관능적 정념	○
27	아리랑(4)	3.3	4음보	독창	비기능요	정연요	상사	○△
28	아리랑(5)	3.3.5	6음보	독창	비기능요	정회요	잡다한 정회	
29	아리랑(6)	3.3.5	4음보	독창	비기능요	정회요	잡다한 정회	△
30	아리랑(7)	3.3	4음보	독창	비기능요	정회요	인생의 무상함	
31	아리랑(8)	3.3.5	6음보	독창	비기능요	정연요	관능적 정념	○
32	사리사리야	5.4	4음보	선후창	비기능요	정회요	잡다한 생각	
33	뱃노래	3.3	4음보	선후창	비기능요	유흥요	뱃놀이의 흥겨움	
34	개성 난봉가	4.4	4음보	독창	비기능요	정연요	상사	○△
35	잡가(2)	5.5	4음보	독창	비기능요	정회요	醉落	
36	잡가(3)	4.4	4음보	독창	비기능요	정연요	정념	
37	충술레	4.4	2음보	독창	비기능요	정회요	잡다한 정회	
38	까마귀 정문	3.3	2음보	독창	비기능요	정회요	언어의 유희	
39	탄원가	3.3	4음보	교환창	비기능요	정연요	상사	△
40	화전가(1)	4.4	4음보	독창	비기능요	유흥요	화전 놀이의 즐거움	○
41	화전가(2)	4.4	4음보	독창	비기능요	유흥요	화전 노이의 즐거움	○
42	잡가(얼씨구)	4.4	4음보	선후창	비기능요	정회요	잡다한 정회	○△
43	잡가(에라만수)	4.4	4음보	선후창	비기능요	정회요	잡다한 정회	△
44	잡가(얼씨구절씨구)	4.3	4음보	선후창	비기능요	정연요	상사	
45	어랑타령	4.3	4음보	선후창	비기능요	정연요	상사	타령
46	화투타령	5.4	4음보	독창	비기능요	정회요	언어의 유희	타령
47	칭칭나네	5.4	4음보	선후창	비기능요	정회요	잡다한 정회	△
48	삼척 아리랑	3.3.5	6음보	독창	비기능요	정연요	정념	△
49	슬비타령	3.3.5	6음보	독창	기능요	유희요	줄당기기의 흥겨움	△타령
50	따용녀타령	4.4	4음보	선후창	비기능요	정회요	어머니를 잃은 슬픔	○타령

※ '비고'란의 ○표는 女謠, (○)표는 부분적 女謠, △표는 近謠를 각각 표시함.

〈附錄 Ⅱ〉 강원도 동부지역 민요 出典 일람표

작품번호	출전	작품번호	출전	작품번호	출전	작품번호	출전
고 1	한민 Ⅵ p.276	30	pp.520~521	68	한민 Ⅱ p.693	강 25	pp.349~353
2	276	31	521~522	69	694	26	353~354
3	강민 412	32	524	70	694	27	335~347
4	416	33	524	71	694	28	357~358
5	418	34	816~817	72	753	29	358~359
6	420	35	817~818	73	458	30	359~361
7	422	36	818~820	74	655	31	361~363
8	428	속 37	820~821	75	656	32	363~364
9	425~426	38	822	76	한민 Ⅳ 457	33	365
속 1	한구 2-4 364~267	39	823	77	459	34	365~366
2	267~268	40	824	78	강민 418	35	366~368
3	268~269	41	825	79	419	36	369~371
4	269~270	42	826	80	419	37	371~372
5	강민 426~427	43	827	81	426~427	38	372~373
6	한구 2-5 868~869	44	827~828	강 1	한구 2-1 315~318	39	373~374
7	870	45	829	2	318~320	40	375
8	871~874	46	829~830	3	320~321	41	376
9	874	47	한구 2-5 183~187	4	321~323	42	376~378
10	875	48	187~193	5	323~324	43	378~379
11	876	49	194~202	6	324~325	44	380
12	877	50	202	7	325~326	45	380
13	878	51	523	8	326~327	46	381
14	878~879	52	524~525	9	327~328	47	381~382
15	879	53	525~529	10	328~329	48	382~383
16	880~884	54	529~530	11	329~330	49	383~384
17	885	55	530~531	12	330~334	50	384
18	886	56	531	13	333~334	51	385
19	887	57	531~532	14	334~335	52	385~386
20	888~889	58	532~534	15	335~337	53	387
21	889	59	534~535	16	337~338	54	387~379
22	889	60	535~536	17	338~339	55	389~391
23	890	61	536	18	339~341	56	391~393
24	한구 2-4 509~513	62	537	19	341~343	57	393~394
25	513~514	63	538	20	343~345	58	394
26	514~515	64	538~539	21	345~346	59	395~397
27	516~517	65	539~540	22	346~347	60	397
28	517	66	540~541	23	347	61	398~399
29	518~519	67	542~543	24	347~349	62	399~402

작품번호	출전		작품번호	출전		작품번호	출전
63		pp.402~405	102		pp.711	동10	pp.543~544
64	한민 V	110	103		711~714	11	545
65		111	104		714~715	12	546
66		48	105		715~716	13	547~548
67	한민 IV	180	106	한민 II	604	14	548~549
68		132	107		115~116	15	549~550
69		453	108		585	16	551~552
강 70		413	109		125	17	552~556
71		258~262	110		558	18	556~559
72		535	111		466	19	559
73		480	112		310~311	20	550~551
74		130	113	한민 IV	344~345	21	560
75	한민 I	312	114		203~204	22	569~570
76		604	115		205	23	570~571
77		604~606	116	강민	416	24	561
78	한민 I	312	117		417	25	561~562
79		263	118		417	26	562
80		415	119		417	27	563
81		415	120		417~418	28	564
82		416	121		418	29	564
83		547~549	122		421	30	564~565
84		549~551	123		421	31	568
85		551~552	124		421~422	32	565~567
86		552~554	125		422	33	567~568
87		554~556	126		426	34	571~572
88		556~557	동-1	한구 2-1	918~919	35	572
89		557~558	2		919~921	36	572~573
90		559	3		921~922	37	574
91		500~501	4		922~923	38	574~575
92		501~502	5		923~924	39	575~576
93		587~588	삼 1	한구 2-3	389~390	40	577
94		588~589	2		390~393	41	578~582
95		590~591	3		393~394	42	706~709
96		591~592	4		395~398	43	709~710
97		592~593	동 5		398~399	44	711~712
98		593~594	6		399~401	45	712~713
99		605~609	7		402~411	46	713~714
100		609~615	8		411~413	47	714~717
101		710	9		413~415	48	강민	424
						49	425
						50	426

※ 출전약어 <한민> : 임동권, 한국민요집(집문당, 1961~1989)

<한구> : 정문연, 한국구비문학대계(한국정신문화연구원, 1981~1983)

<강민> : 강원도, 민속지(강원도, 1989)

Ⅲ. '旌善 아리랑'의 主題와 意識의 몇 局面

1. 序 論

민속학의 대상으로는 대개 口碑傳承·촌락과 가족 생활·衣食住·민간 신앙·歲時 풍속·민속 예술 등이 그 범주에 속할 수 있으리라고 본다.

이들 여러 분야 중에서도 가장 중요시되어 온 분야는 '구비전승'이라고 할 수 있다. 민속학을 본격적인 학문의 수준으로 끌어 올린 A.H.Krappe의 <The Science of Folklore>(1929)의 내용 18chapter 중 10개의 chapter가 여기에 할애되고 있다는 사실에서도 우리는 그 傍證을 얻을 수 있다고 본다.

근래에 와서 '구비전승'은 '口碑 文學'(oral literature)이라는 확고한 하나의 학문으로 독립된 바 있는데, 民謠는 바로 이 구비 문학의 가장 핵심적인 장르의 하나라고 하겠다.

'민요'란 문자 그대로 "서민(민중)들의 歌謠"이다.

민요만큼 서민들의 생활·사상·감정 등을 솔직하게 나타내는 문학 장르도 찾기 힘들 것이다.

민요는 '종합 예술'이다.

민요가 노래로 불리어진다는 점에서는 음악이며, 歌詞를 지니고 있다는 점에서는 詩, 곧 문학이며, 민요가 대부분 노동이나 오락 등의 생활적 기능과 결부되어 있다는 점에서는 민속과도 밀접한 연관성이 있기 때문이다.

서지학적 측면에서만 본다면 甲午更張(1894) 이후 최초의 민요 수집은 J.S. Gale의 <Korean Songs>(1898)에서 이루어졌다고 하겠다. 한편으로 민요 연구의 측면에서 본다면, 비록 감상문의 영역에 머물고 있기는 하지만 C.S.C生의

"多情多恨의 경북 민요"[1]에서 그 첫 시도를 찾아 볼 수 있을 것이다.

지금까지의 先行 업적들을 개관해 볼 때 방대한 자료 수집에 비해서 이를 검토, 연구하는 일은 다소 미흡한 감이 없지 않다.

從來의 연구 방향을 유형별로 보면 대략 다음과 같다.

    ① 한국의 민요 일반에 대한 개괄적 연구
    ② 영호남 민요, 제주도 민요 등 지역별 연구
    ③ 여성요, 노동요 등 영역별 연구
    ④ 아리랑, 오돌또기, 시집살이謠 등 개별 작품 연구

그러면 강원도 민요의 경우는 어떠한가?

먼저 민요 수집의 경우를 본다면, 두 차례에 걸친 조선 총독부의 민요 수집 때에 小量의 민요가 수집된 바 있고[2], 그 뒤 <개벽>誌에서 "조선문화 기본조사 : 강원도篇"의 특집을 꾸며서 민요와 동요 약간을 수록한 바 있다[3]. 近者에 와서 임동권의 <한국 민요집>[4]과 정신문화연구원의 <한국 구비문학대계>[5]에서 대대적인 수집이 이루어진 바 있다.

연구사 쪽에서 본다면, 金昌錄의 단편적인 논문[6]이 나온 이래 얼마간의 논저들이 산출되기도 했으나, 다양성과 구체성에 있어서는 미흡한 감이 없지 않다.

다만 '아리랑'에 대한 일련의 연구들은 어떤 편중 현상에까지 이른 듯한 느낌을 주기도 한다.[7]

---

1) C.S.C生, "多情 多恨의 慶北 民謠", 開闢 通卷 39卷(京城 : 開闢社,1923.6).
2) 1912년에 수집한 182수와 1933년 · 1935년에 수집한 2편 2수가 任東權, 韓國 民謠集Ⅵ(集文堂, 1981)에 수록되어 있음.
3) <개벽> 제4권 20호(개벽사, 1923,12), pp.97~99에는 강원도의 민요 4편(5수)과 동요 2편(3수)이 수록되어 있음.
4) 임동권, 한국민요집Ⅰ~Ⅵ(집문당, 1961~1981).
5) 한국 정신문화연구원, 한국 구비문학대계(정문연, 1981~1983).
6) 金昌錄, "嶺東地方의 民謠考察" 文湖 創刊號(建國大, 1960).
7) 자료 수집의 대표적인 예로는 金練甲, 아리랑(現代文藝社,1986)과 진용선, 정선 아라리(집문당, 1993) 등이 있으며, 연구 논저로는 朴敏一, 韓國 아리랑 文學 硏究(江

'아리랑' 연구자들은 이에 대한 최초의 논의를 李光洙의 "民謠小考"[8]를 꼽고 있는 것 같다. 그러나 春園은 이 小論文에서 극히 단편적인 언급을 했을 뿐이다.

> 나는 우리 민요 중에는 퍽 년대가 오래어 삼국 적부터 나려오는 것조차 잇슬 줄로 밋는다. 그러나 그 말은 점점 변하여 버리고 겨오 뜻 업는 후렴에만 녯날 것이 남은 것이 아닌가 흰다. 가령 '아르랑타령'에 "아르랑 아르랑 아라리오" 가튼 것은 비록 뜻은 업고 다만 음조 조흔 것을 취한 것이라 하더라도 이것은 결코 근대에 생긴 것이 아니오 퍽 녯날부터 오는 것이라고 볼 수밧게 업다.

민속학 연구의 전반적 동향도 그러했지만, '아리랑'에 관한 연구 또한 1930年代에 와서 본격적으로 이루어졌다고 할 수 있다. 이 시기는 孫晉泰의 설화 연구, 宋錫夏의 Fieldwork을 이용한 민속극에 대한 연구와 함께 金素雲·金志淵·金在喆·李在郁·金台俊 등에 의해 민요 연구가 성황을 이루던 시기이기도 하다.

한국의 개별 민요 작품 중에서 '아리랑'만큼 널리 알려져 있고, 또 愛唱되는 노래도 드물 것이다. 그만큼 '아리랑'은 우리 민족의 순수하고 애틋한 정서에 잘 부합되는 민요이기도 하다.

민요로서의 아리랑이 이토록 광범위하게 불리우고 있는 이유를 高晶玉은 다음과 같이 설명하고 있다.

> '아리랑'의 내용이 근대 시민계급과 노동자·농민의 生活相의 如實한 반영인 것은 사실이다. 도회지로 팔려 나오는 시골 처녀, 일본으로 露領으로 품팔이 가는 農民, 東學亂, 倭亂, 胡亂, 기차 개통, 전등, 시어머니에 대한 대담한 반항, 황금만능 사상, 세기말적 에로티시즘 등등, 바야흐로 근대 생활의 萬華鏡이다.[9]

原大出版部, 1989)와 姜騰鶴, 旌善아라리의 硏究(集文堂, 1988) 등이 있다.
8) 李光洙, "民謠小考(一)", 朝鮮文壇(1924.12).

 '아리랑'은 그 인기만큼이나 종류도 다양해서 일찍이 金志淵은 '新아리랑' · '別調 아리랑' 등 21종으로 분류한 바 있으며[10], 任東權은 "서울 아리랑, 원산 아리랑, 강원도 아리랑, 정선 아리랑, 춘천 아리랑, 밀양 아리랑, 진도 아리랑, 新 아리랑, 本調 아리랑, 아리랑 세상, 긴 아리랑, 광복군 아리랑, 태평 아리랑, 아리랑 타령" 등 14종으로 나누고 있다[11].

 '旌善 아리랑'의 경우 金志淵이 "民謠 아리랑"(<朝鮮>, 1930년 6월호)에서 다른 지역의 '아리랑'과 함께 소개한 바 있는데, 이것이 최초의 공식적인 자료가 아닌가 한다.

 그러나 본격적인 작업은 延圭漢, 旌善아리랑(文化印刷社, 1968)에서 이루어졌다고 할 수 있으며, 그 뒤 朴敏一[12] · 姜騰鶴[13]에 의해서 깊이 있는 연구에 이르렀다고 할 수 있다.

 자료 수집의 경우도 金練甲[14]과 진용선[15]에 의해서 대대적인 작업이 이룩된 바 있다.

 민요란 어차피 궁핍하고 소외된 서민들에 의해서 창작되고 향유되는 것이 대부분이기 때문에, 거기에는 남다른 哀調와 諦念, 眞率과 悲願 등이 內在되어 있을 것이라는 추측은 가능하다. 여기에 익살과 풍자, 또한 걷잡기 어려운 赤裸裸한 표현이 짝하여 있는 것은 지극히 자연스러운 현상인 것이다. '아리랑'의 경우는 더욱 그러하다고 생각된다.

 도시화 · 산업화의 거센 물결에 휘말려서 황폐화의 길을 걷고 있는 것이 昨今의 우리네 鄕村의 實相이다. 그런 의미에서 상대적으로 더욱 척박한 旌善 지방의 대표적인 민요인 '旌善 아리랑'에 대한 애착은 아직도 연구자들의 몫

---

 9) 高晶玉, 朝鮮 民謠硏究(首善社,1949), p.187.
 10) 金志淵, "朝鮮民謠 아리랑", 朝鮮152號(1930.6).
 11) 任東權, 韓國 民謠硏究(宣明文化社,1974), p.379.
 12) 朴敏一, 上揭書.
 13) 姜騰鶴, 上揭書.
 14) 金練甲, 上揭書.
 15) 진용선, 上揭書.

으로 남아 있다고 믿는다.

本 論文에서는 진용선, 정선 아라리(집문당, 1993)에 채록되어 있는 1,051首의 '아리랑'을 대상으로 해서 主題와 內在 意識의 몇 局面을 고찰해 보고자한다.

이렇게 함으로써 민요의 한 典型인 '정선 아리랑'에 담긴 서민들의 정서와사고의 양상에 어느 정도 접근할 수 있으리라고 믿는다.

2. 旌善 아리랑의 主題

흔히 詩를 일컬어 "문학의 꽃"이라고 일컬어 왔다. 그렇다면 主題는 그 꽃의 망울에 해당될 것이다. 그리고 이 논리는 구비 문학의 경우에도 예외는 아니라고 본다.

주제 연구의 중요성에 관하여 T.S.Eliot은 詩 意識의 발전과 시의 주제 사이의 관계를 설명하는 가운데 다음과 같이 강조한 바 있다.

> 가장 먼저 발생한 詩에 있어서나 혹은 시를 감상하는 초보 단계에 있어
> 서나 시를 듣는 사람이 주목하는 것은 主題이다.(中略) 처음에는 style에 대
> 하여, 마지막에는 주제에 대하여 우리가 드러내는 완전한 무의식이나 무
> 관심은 우리로 하여금 시를 아주 등지게 할 것이다.[16]

周知하는 바와 같이 민요는 서민들의 순수하고 자유분방한 心性 생활을 표출한 집단적인 告白 文學이기 때문에 그 시대의 전반적인 모습과 裏面을 파악할 수 있는 소중한 자료가 된다.

민요는 생활상의 필요에서 생겨나고, 또 서민들이 自足하는 노래이기 때문에 다른 어떤 장르의 문학 작품보다도 순수하다고 할 수 있고, 또 社會相과시대 정신을 진실하고 솔직하게 표현해 주고 있다고 본다.

---

16) 宋穉, 詩學評傳(一潮閣, 1983), pp.323~324에서 轉載.

통상적으로 '아리랑'은 고향과 조국, 개인과 민족 등의 오브제(object)를 포괄하는 대표적인 민요의 하나로 지칭되어 왔다. 그만큼 '아리랑'에는 사랑과 미움, 좌절과 이상, 체념과 悲願 등 우리들의 일상적 정서가 보편적 정서로 외연되어 있는 것이다.

따라서 '아리랑'의 精髓로 평가되고 있는 '旌善 아리랑'의 주제들은 바로 이러한 보편적 내재 의식의 한 표상으로 간주될 수 있으리라고 생각한다.

민요를 '漂泊 文學'이라고도 하지만, 대개의 경우는 향토적 색깔을 짙게 풍기고 있다. 지리적인 여건에서 볼 때 '旌善 아리랑'의 경우는 그러한 성향이 더욱 짙게 나타날 수밖에 없을 것이다.

'旌善 아리랑'은 '江原道 無形文化財 第一號'로 지정되어 있다.(指定日 : 1971年 12月 16日) 그만큼 이 민요는 강원도 사람들의 정서와 의식을 대표한다고 할 수 있다.

이제 '旌善 아리랑'에 나타난 주제에 관하여 고찰해 보기로 한다.

朴敏一의 조사에 따르면 지역별 아리랑의 종류는 ① 강원도 : 50 ② 경상도 : 31 ③ 지역外 : 25 ④ 서울·경기 : 22 ⑤ 전라도 : 20, 북한 : 20 ⑥ 충청도 : 18 등으로 되어 있어서 강원도의 아리랑이 단연 우세함을 알 수 있다[17]

또 아리랑의 주제 분석을 보면 다음의 통계표와 같다[18]

통계 \ 주제		애정	유락	별리	상사	애국	풍류	결혼	탄로	자립	성희	기타	계
강원도	빈도%	28.40	18.81	10.52	6.70	4.75	4.56	5.68	5.03	1.68	2.23	11.64	100
	순위	1	2	4	5	8	9	6	7	11	10	3	.
전 국	빈도%	25.43	19.10	11.33	6.19	5.88	5.18	4.92	3.95	3.60	1.67	12.74	100
	순위	1	2	4	5	6	7	8	9	10	11	3	.

위의 통계에 의한다면 아리랑의 주제는 강원도이든 전국의 경우이든 ① 애

---

17) 朴敏一, 前揭書, p.91.
18) ＿＿＿, 前揭書, p.92.

정 ② 유락 ③ 별리의 동일한 빈도를 보여 주고 있으며, 이들은 다 같이 60%에 육박하고 있어서, 主調를 이루고 있다고 하겠다.

한편 徐丙夏가 '정선아리랑'과 일반 아리랑의 주제를 대비시킨 것을 보면 다음과 같다[19]

순위 \ 주제	인정	해학	빈곤	자연	무상	고독	주유	별리	연정	애정	성애	사별	조혼	시류
정선 아리랑	5	8	10	8	6	11	4	6	3	2	1	14	12	13
일반 아리랑	13	1	11	11	10	8	7	6	4	5	2	8	14	3

徐丙夏의 경우, 주제의 용어에도 문제가 있으나 (예를 들면 연정, 애정, 성애 등은 그 성격이 모호한 데가 있다.) 朴敏一이 일반 아리랑을 대상으로 해서 조사한 주제의 순위와 너무나 판이한 결과를 보여 주고 있다. 이것은 그 대상의 多寡에도 문제가 있겠으나 (朴 : 2,277首, 徐 : 226首를 각각 대상으로 하고 있음), 주제에 대한 개념 설정에도 서로 다른 기준이 적용된 것에서 기인된 것 같다. 朴敏一이 '정선아리랑'만을 대상으로 조사한 자료가 없는 것이 兩人의 견해를 구체적으로 대비해 보는 데에 아쉬움으로 남게 된다.

朴敏一은 '일반아리랑'의 내용적 특질로 빈도의 순위 없이 진솔성, 음설성 (음란·외설), 해학성, 비판성 등을 꼽고 있고[20], 徐丙夏는 '정선아리랑'의 내용적 특질을 빈도의 순위에 따라 ① 소박성, ② 해학성, ③ 정의성, ④ 유타성, ⑤ 시류성 등을 들고 있다[21].

이 문제 역시 일정한 기준이 없어서 兩人의 견해에 대한 구체적인 대비가 어려우나, 일반 아리랑이든 정선 아리랑이든 공통적으로 소박·진술하고 해학적인 면이 두드러지게 나타나 있다는 점에 대해서는 대체적으로 의견의 일치를 보이고 있는 것 같다.

---

19) 徐丙夏, "관동지방 민요에 관한 연구", 관동 향토문화연구 第1輯(춘천교대 향토문화연구소, 1977), pp.30-31.
20) 朴敏一, 前揭書, pp.230-234.
21) 徐丙夏, 上揭論文, p.35.

本欄에서는 前引한 <정선 아라리>에 수록되어 있는 1,051수의 민요를 22 개 항목의 주제로 類型化 하여 主題 意識과 頻度에 관해 살펴보기로 한다. 주제의 명칭은 (1) 景觀, (2) 困苦, (3) 官能, (4) 勸勉, (5) 無常, (6) 不倫, (7) 凡事, (8) 悲哀, (9) 守分, (10) 時事, (11) 時節, (12) 失意, (13) 傲氣, (14) 願望, (15) 遊樂, (16) 倫常, (17) 慈情, (18) 自足, (19) 情戀, (20) 情懷, (21) 天候, (22) 戲謔 等이다. 이러한 주제들의 빈도는 다음의 통계표와 같이 나타나고 있다.

주제	경관	곤고	관능	권면	무상	불륜	범사	비애	수분	시사	시절	실의	오기	원망	유락	윤상	자정	자족	정련	정회	천후	회학
빈도	14	24	91	43	21	5	49	34	3	49	11	3	5	21	29	18	3	5	410	154	1	18
빈도순위	14	9	3	6	10	16	4	7	19	4	15	19	16	10	8	12	19	16	1	2	22	12

위의 통계표에서 빈도수가 현저하게 많이 나타나는 경우를 보면 ① 정련 : 410수(39.02%), ② 정회 : 154수(14.65%), ③ 관능 : 91수(8.66%), ④ 범사·시사: 각각 49수(4.66%) 등으로 되어 있다. 따라서 주제의 中心軸을 이루고 있는 것은 정련과 정회(小計 : 約 54%)라고 할 수 있다.

朴敏一의 강원도 아리랑의 주제 분석에서 애정, 별리, 상사, 결혼(51.30%) 등은 정련의 범주에 들 수 있고, 풍류, 탄로(9.03%) 등은 정회에 가깝다고 본다면 60% : 54%로서 비슷한 현상을 보여 주고 있다고 하겠다[22].

또 徐丙夏의 정선 아리랑 주제 분석에서 조혼, 별리, 연정, 애정, 사별(35.9%)은 정련에, 무상과 고독(16.5%)은 정회에 가깝다고 볼 때 이 경우에도 52.4% : 54%로서 더욱 近似한 수치를 나타내고 있다고 할 수 있다.[23]

이상의 여러 빈도 수치에 나타난 아리랑의 주제상의 공통점은 그것이 전국적이든, 강원도 아리랑의 경우든, 또는 정선 아리랑의 경우이든 간에 대개 '정련'과 '정회'가 중심이 되어 있다는 사실을 확인할 수 있다.

이제 빈도수가 높거나 특이한 주제를 가진 작품을 중심으로 해서 선별적으

22) 註 18) 참조.
23) 註 19) 참조.

로 언급해 보기로 한다.

가장 높은 빈도를 보여 주고 있는 민요들은 물론 '정련'을 주제로 한 작품 들이다.

> 알록달록에 잣모베개는 밤마다 비건만
> 정드신 임 기나긴 팔은 언제나 비나

'정든 임'을 기다리는 여인의 정련이 넘쳐 흐른다. 물론 여기에는 약간의 관 능적 정서도 가미되어 있다.

> 虛空 中天에 달 뜬 것은 보기나 좋지
> 큰 애기 마음 들뜬 것은 정말 못 보겠네

방관자의 입장에서 본 정련의 한 모습이다.

過年한 女性을 model로 한 듯한 이 민요는 婚期에 든 處女의 心思를 잘 대변 해 주고 있다고 하겠다.

다음은 정련의 한 극치를 告白한 작품이다.

> 二三四月 긴긴 해는 점심 굶고 살아도
> 동지 섣달 긴긴 밤은 임 그리워 못 살겠네

黃眞伊의 저 유명한 시조

> 동짓달 기나 긴 밤을 한허리를 둘에 내어
> 春風 이불 아래 서리서리 넣었다가
> 어룬님 오신날 밤이어든 굽이굽이 펴리라

에 나타난 심정 그대로이다.

　　무정한 기차야 소리 말고 달려라
　　산란한 이내 마음이 더 산란하다

　近謠에 속하는 이 민요는 開化期의 잡가류에서 흔히 볼 수 있는 방랑의 심
회가 잘 나타나 있다. 歌唱者가 마음이 산란한 연유를 구체적으로는 알 수 없
지만, 異性을 기다리는 情戀的 심회의 일단이 나타난 것이 아닌가 생각된다.

　　세월이 갈려면 저 혼자나 가지
　　알뜰한 청춘을 왜 데리고 가나

　세월의 무상함에 대한 서민들의 感傷的 정회가 잘 나타나 있다. 이러한 心
緖는 有限한 인생을 營爲할 수밖에 없는 인간들의 영원한 주제일른지 모른다.
아래의 민요는 관능의 세계를 노래하고 있다.

　　旌善읍내 물레방아는 사시장철 물살을 안고
　　빙글뱅글 도는데
　　우리 집의 서방님은 나를 안고 돌 줄
　　왜 모르나

　'아리랑'類에 흔히 등장하는 歌詞이다.
　노골적인 관능의 세계는 감추어 둔 채, 은근하면서도 격정적인 애정의 속성
을 잘 나타내 주고 있다.

　　시누야 올캐야 말 내지 말게
　　삼밭 속의 보금자리는 내가 쳐 놓았네

　앞의 민요보다 더 구체적이고 진전된 관능의 세계를 노래하고 있다. 일종의
婉曲語法이 驅使되고 있다.
　그러나 다음의 민요는 그야말로 노골적인 면을 보여 주고 있다.

> 앞남산의 딱따구리는 생구멍도 뚫는데
> 우리 집의 저 멍텅구리는
> 뚫어진 구멍도 못 뚫네

肉談과 쌍말, 투정과 냉소가 뒤범벅이 되어 있다.

이런 부류의 민요들을 한치의 加減도 없는, 그야말로 庶民들의 소박하고 野한 격정을 실토한 노래로 볼 수 있다.

> 밑남진 그 놈 자색 말총 벙거지 쓴 놈
> 소대서방 그 놈은 삿갓 벙거지 쓴 놈 그 놈
> 밑남진 그 놈 자색 말총 벙거지 쓴 놈은
> 다 빈 논에 허수아비로되
> 밤중만 삿갓 벙거지 쓴 놈 보면 샛별 본 듯하여라

辭說時調의 한 작품이다.

官能과 色情과 肉談이 해학과 풍자를 뒤섞으면서 거침없이 發說되고 있다. 앞의 민요에서 볼 수 있는 바로 그러한, 卑俗하지만 質朴한 世界 그대로이다.

다음과 같은 日常事를 노래한 것들도 있다. 그야말로 凡事가 그 주제가 된다.

> 낚시대를 딸딸 끌고서 개울가로 갈테니
> 싸리바구니 옆에 끼고서 뒤따라 오게

낚시질을 해서 고기를 낚을 테니 담을 그릇이나 가지고 같이 가자는 내용이다. 아무런 사건도 굴곡도 없는 그저 日常事를 노래했을 뿐이다.

> 꼴빌 총각은 꼴비러를 가고
> 저녁할 여자는 저녁하러 가소

소먹이 할 풀을 베러 갈 樵童들은 들판으로 가고, 식사를 담당할 여자들은 식사 준비를 하러 가라는 내용이다.

한낮 동안 합동으로 열심히 일을 하다가 저녁 무렵이 가까워 오면 건장한 남정네들은 날이 저물 때까지 그대로 들판에서 일을 계속하고, 보조적 역할을 했던 사람들은 다음 날을 위해서 뒷바라지에 나서라는 내용이다.

昨今에 일어난 사건, 社會의 事象 등을 時事라고 할 수 있다. 이런 경우는 사회에 대한 비판 의식이 주를 이루게 마련이다.

　　사발 그릇이 깨어지면 두세 쪽이 나지만
　　三八線이 깨어지면 한 덩어리로 뭉친다.

分斷의 비극을 아쉬워하고, 통일을 염원하는 노래이다. 國土 兩斷이라는 時事性이 짙게 나타나 있다.

　　솔보둑이 쓸만한 것은 전봇대로 나가고
　　논밭 전지 쓸만한 것은 新作路로 나가네

역시 近謠의 하나로 新文明의 導入으로 소위 '開化'가 한껏 유행하던 시기의 노래인 듯하다. 새로운 文明期의 時代的 분위기가 잘 나타나 있다.

勸勉이란 힘써 권하거나 알아듣도록 타이른다는 뜻이다. 이것은 禁止나 奬勵 어디에나 해당되는 사항이다.

　　寧越 청천에 딸 주지 마세요
　　담배 순 치느라고 생골머리 알아요

노동의 고통스러움과 가난의 슬픔이 뒤섞여 있다. 농민들은 담배를 特用 作物이라고 해서 養蠶과 함께 대표적인 收益源으로 생각하던 때가 있었다. 그러나 煙草 栽培란 상당한 고역에 속하는 일인데, 더군다나 연약한 여성에게 있어서랴!

　위의 민요에는 가난을 벗어나지 못하는 농민들의 悲哀가 諦念으로 연장되고 있음을 보여 주고 있다.

　　　　배달의 동포야 굶주리지 말고
　　　　힘대로 일해서 自手成家 합시다

　일종의 勸農歌라고 할 수 있다.

　물려받은 재산도 없고, 믿을 만한 재원도 없는 바에야 자신의 피땀으로 한 살림을 일구자는 취지의 도덕가이다. 앞의 민요가 생활에 대한 소극적이고 방관적인 태도를 보이고 있다면, 이 노래에는 긍정적이고 적극적인 자세가 엿보이고 있다.

　　　　내가 왔다 갈 적에 서강 물이 붓거든
　　　　고향 산천 이별할 때 울고 간 줄 알아라

　鄭知常의 絶唱 '送人'의 一節인 "別淚年年添綠波"를 연상시키는 노래이다. 出嫁한 여성이 觀親을 왔다가 시댁으로 돌아 갈 때 고향 산천을 차마 떠나지 못하는 애절한 심정을 노래한 민요이다. 여성의 비애가 文面에 어른거린다.

　　　　놀다가 죽어도 원통하다고 하는데
　　　　일하다가 죽어진 인생 더 할 말이 있나

　가난과 노동에 시달리다가 일생을 마쳐야 하는 빈곤한 村民들의 비애가 탄식조로 나타나 있다.

　좌절과 비탄의 저편에 유락의 노래가 있다.

　　　　오동나무 팔모반에 유리잔을 놓고서

> 너하고 나하고 동배주나 하세

한껏 멋과 가락과 흥취가 어울린 유락의 노래이다. 조촐한 酒席이라도 풍류가 있고 여유가 넘치면 그만이다.

> 참깨 들깨 나는데 아주까리는 못나나
> 총각 색씨 노는데 영감에 할멈은 못노나

이른바 老少同樂, 萬人皆樂의 흥이 넘치는 민요이다. 아무 전제 조건이 붙지 않은, 그저 咸樂의 소박함이 歌意에 흐르고 있다.

이렇게 흥청거리는 유락에 젖다가도 어느덧 困苦한 생활의 벽과 마주 서게 된다.

> 춘추가 많아서 이내 몸이 늙었나
> 곤궁한 살림에 모발이 세었네

궁핍한 생활을 영위하면서 겪어야 하는 고뇌를 白髮이라는 語辭로 상징하고 있다.

> 정선이 좋다고 하여도 딸 주지는 말아라
> 강낭밥 사절치기에 어금니가 다 빠졌구나

강낭밥 사절치기는 옥수수 알을 네 조각으로 만들어 지은 밥이다. 가난한 살림에 옥수수로 연명해 가야 하는 빈한한 가정의 주부로서 주체할 길 없는 곤고의 아픔을 "다 빠진 어금니"에 빗대고 있다.

無常은 문학의 어느 장르에서나 만날 수 있는 主題이기도 하다.

이 말은 梵語 anytia에서 온 말로 物心의 모든 현상은 한 찰라에도 生滅 · 變化하여 常住하는 모양이 없음을 이른다. 이것은 다시 生死의 무상, 人生 자체의 무상 등으로 나누어진다.

> 새끼 백발은 끊어서나 쓰지요
> 늙은 이 백발도 쓸 데가 없네

'백발'을 重義法으로 처리하여 老來의 허망함을 노래하고 있다.
인생 自體의 무상함을 읊었다고 하겠다.

> 석새베 도랑치마를 입었을 망정
> 네까짓 하이칼라는 눈 아래로 본다

이것은 傲氣를 읊은 것이며,

> 시집 온 지 사흘만에 바가지 장단을 쳤더니
> 시아버지 나와서 영덩이 춤만 춘다네

이것은 戱謔을 노래한 민요이다.
또 다음과 같은 願望을 노래한 작품도 있다.

> 술이라고 붓거든 잔주를 말고
> 임이라고 만나거든 이별을 말게

다음에는 守分을 노래한 민요를 보기로 한다.

> 有情 無情은야 사귈 탓이 아니요
> 잘 살고 못 살기는 우리네 분복이라

安分守知의 美德을 강조하고 있는 셈이다.

울타리 밑에다가 칠성당을 놓고
本家長 죽으라고 백일 기도 드리네

不倫과 邪戀이 뒤엉킨 민요이다.
이러한 정취와는 대조적으로 다음과 같은 민요도 있다.

임자가 나와는 남남이래도
姓字만 달랐지 한 몸이로구나

夫婦의 情分을 강조하고 있다.

3. 意識의 몇 局面

本 論文에서 말하는 '意識'이란 通稱 '內在 意識'의 略語이다.
文學 作品의 경우, 內在 意識은 대개 主題와 결부되어 있다.
임동권은 한국 민요에 나타난 우리의 민족성으로 ① 諦念 ② 樂天性 ③ 素朴性 ④ 道義性 ⑤ 遊墮性 ⑥ 諧謔性 ⑦ 信仰性 ⑧ 宿命性 等을 들고 있다.[24]
민요는 생활상의 필요에서 생겨나고, 또 서민들이 自足하는 告白의 문학이기 때문에 다른 어떤 형태의 문학 작품보다도 순수하다고 할 수 있고, 또 社會相과 時代 精神을 如實하게 표현하고 있다고 해도 좋을 것이다.
意識의 樣相은 이러한 角度에서 이해될 수 있을 것이다.
'정선 아리랑'에 나타난 가장 두드러진 內在 意識은 異性愛라고 할 수 있다. 이것은 은근한 相思나 애절한 이별의 恨으로 나타나기도 하고, 또 官能이나 肉情으로 표현되기도 한다.

허공 중천에 달 뜬 것은 보기나 좋지

---

24) 任東權, 前揭書, pp.181~203.

큰 애기 마음 들뜬 것은 정말 못 보겠네

이 민요는 그 주제가 정련이다. 過年한 처녀의 異性에 대한 그리움이 구체적으로 잘 표현되어 있다.

베개가 높거들랑 내 팔을 베고
오슬오슬 춥거들랑 내 품에 들게

상사가 감각적인 요소를 지니고 있어서 관능의 세계를 가볍게 touch하고 있다. 이러한 가냘픈 정분의 극치를 보여 주는 것이 다음의 작품이다.

네가 죽든 내가 죽든 무슨 야단이 나야지
새로 든 정분에 뼈골이 살짝 녹는다

위의 노래는 상사와 관능이 조화를 이루고 있는 밀착된 異性愛를 보여 주고 있다. 여기서 한 걸음 더 나아가면 관능의 세계가 된다.

사랑인지 안방인지 나는 몰랐더니
잠자리 하고 보니 맨봉당이로다

추상적이고 소극적인 정련이 보다 적극적이고 구체성을 띠고 있다. 동침의 과정이나 그 분위기의 설명은 없으나, 격정의 정도를 능히 짐작할 수 있게 하는 歌詞로 되어 있다.
異性愛의 maximum은 肉情의 表出이다.

앞남산의 딱다구리는 생구멍도 뚫는데
우리 집의 저 멍텅구리는
뚫어진 구멍도 못 뚫네

관능의 세계가 치달을 수 있는 卑俗한 情念이 담겨져 있다.
이러한 前進的인 異性愛의 대칭점에 別離가 있다.

> 西山에 지는 해는 지고 싶어서 지느냐
> 정들이고 가시는 임은 가고 싶어서 가느냐

보내는 사람이나 떠나는 사람이 다 같이 이별의 정한을 되새기고 있다. 不得已한 사정으로 서로 헤어져야 하는 상황을 하나의 '運命'으로 받아 드리고 있다.

> 부모 동기 이별할 때는 눈물이 찔끔 나더니
> 그대 당신을 이별하자니 하늘이 팽팽 돈다네

이별의 설움이 좌절을 넘어 절망감에까지 이르고 있다.
이상의 예문에서 볼 수 있듯이 정련에서 육정에 이르는 異性愛는 대부분 女性들에 의해서 表出되고 있다는 점이 두드러진 특징이라고 하겠다.
현실에 대한 회의도 상당한 부분을 차지하고 있다. 이 경우도 매우 복잡한 양상을 띠고 있다. 즉 현실에 대한 비애와 갈등, 또는 시국에 대한 비판 등이 혼융되어 있는 것이다.

> 영월 청천에 딸 주지 마세요
> 담배 순 치느라고 생골머리 알아요

가난과 곤고가 주는 현실의 비애가 담겨져 있다. 가난이야말로 이 빈한한 山村民들에게는 슬픔의 원천이 되어 있는 것이다.

> 놀다가 죽어도 원통하다고 하는데
> 일하다가 죽어진 인생 더 할 말이 있나

가난과 노동이 숙명처럼 붙어 다니는 궁핍한 사람들에게는 遊樂의 風流 대신 過勞의 悲哀만이 存在하고 있는 것이다.

> 형님 형님 사촌 형님 시집살이 어떻던가
> 삼단같은 요내 머리 비소리춤 다 되었네

빈곤과 姑婦 사이의 갈등—이것은 오랜 세월 동안 우리네 여인들의 일상적 현상으로 인식되어 왔다. 女性謠 중에서 '시집살이謠'가 많은 연유도 여기에 있다고 할 수 있다.

이 갈등에는 가정적인 것 못지 않게 계층간의 갈등도 있다. 정선 아리랑에서는 부유층이나 新지식층에 대한 반발과 妓女 賤視 等으로 나타나 있다.

> 석새베 도장치마를 입었을 망정
> 네까짓 하이칼라는 눈 아래로 본다

이것은 부유층 내지는 新지식층에 대한 反感이나 反抗 비슷한 心理가 나타난 경우이고,

> 花柳界 잡년이 사람이 된다면
> 짐 실은 당나귀가 나무에 오르겠네

에는 賣春婦에 대한 下待와 멸시가 강하게 나타나 있다. 또,

> 갈보 집 마당에 늙은 잡놈이 논다면
> 그 갈보 신세도 다 된 줄 알아라

에서는 극도의 卑下와 嘲弄이 섞여 있다.

　이러한 부류의 노래에는 '갈보'·'신갈보'·'떼갈보'·'꽁지갈보'·'술집갈
보' 등 수많은 貶辭가 동원되고 있다.
　현실에 대한 회의의 意識 중에는 時局이나 時流에 대한 비판도 큰 비중을
차지하고 있다.

　　　정선에 옥례봉 꼭대기 뻐꾸기 소리만 들리고
　　　정선읍네 요리집 문전엔 떼갈보 소리만 들린다

　위의 민요에는 酒色에 흥청거리는 이른바 '遊墮'에 餘念이 없는 世態를 告
發하는 내용이 나타나 있고,

　　　논밭 전지 번듯한 것은 신작로로 나가고
　　　계집애 새끼 쓸 만한 것은 기생으로 나간다

에는 開發이나 建設에 便乘한 뒤숭숭한 분위기와 拜金主義나 都市化의 부작용
으로 나타난 타락된 社會相이 탄식조로 나타나 있다.
　그런가 하면

　　　강원도 금강산 제일가는 소나무
　　　경복궁 대들보로 다 나가네

에는 苛政에 대한 忿鬱이 새겨져 있다. 쇄국 정책으로 유명한 大院君이 왕실
의 권위 회복을 위해서 무리하게 경복궁 重修를 진행한 나머지 숱한 怨聲을
自招했던 역사적 사건이 이 민요에 그대로 나타나 있다.
　人生의 無常함은 어느 문학 장르에서나 흔히 만날 수 있는 주제의 하나이다.

　　　세월아 네월아 오고 가지를 말아라
　　　알뜰한 이내 청춘이 다 늙어 간다

잡가류에서도 자주 등장되는 歌詞이다.

> 호롱불은 꺼지려고 가물가물하는데
> 기름 수대 가지러 간 사이에 당신 죽었네

인생 살이의 넛없음이 그야말로 '刹那'임을 노래하고 있다.

이러한 민요에는 年令의 高下를 막론하고 대개 "이내 청춘" 云云의 套式句가 등장되고 있다.

祖國에 대한 사랑이나 국가 현실에 대한 관심도 많이 나타나고 있는 意識 중의 하나이다. 이것도 內延的으로는 鄕土愛와 맥이 통하고 있다.

> 三六年 間 피지 못하던 무궁화꽃은
> 을유년 八 · 一五에 만발하였네

조국의 光復을 노래하였다. 이 '光復'에 대한 所望과 歡喜는 상당히 많은 작품에 등장되고 있다. '무궁화'나 '태극기'가 중심 소재로 쓰이는 경우가 많다.

여기에 대조적으로 분단의 비극을 노래한 작품들도 상당수에 이른다.

> 사발 그릇이 깨어지면 두세 쪽이 나지만
> 三八線이 깨어지면 한 덩어리로 뭉친다

조국 통일에 대한 간절한 소망과 믿음이 배어 있다.

> 울타리 밑에다 칠성단을 놓고
> 하루 빨리 남북 통일을 빌어나 보자

역시 통일에 대한 悲願이 서려 있다.

분단의 비극과 통일에 대한 염원을 노래한 작품 중에는 金日成에 대한 저주와 공산도배에 대한 질시가 자주 나타나기도 한다.

　一 江陵 二 春川 三 原州라 하여도
　놀기 좋고 살기 좋은 곳은 東面이로다

비록 山峽이기는 하지만 그래도 내 고장이 제일이라는 自慰와 愛鄕心이 자연스럽게 나타나 있다. 이러한 意識은 安分 自足과 무관하지 않다.

　유정 무정은 사귈 탓이 아니요
　잘 살고 못 사는 건 우리 분복이라

현실을 甘受하면서 분수대로 살면 그것으로 좋다는 것이다. 이 민요 속에는 운명에 순응하면서 사는 것이 분수를 지키는 길이라는 일종의 '順命 意識'이 잘 나타나 있다.
끝으로 현실 수용과 생활에 대한 강한 의지가 나타난 작품을 보기로 한다. 이것은 上述한 '愛鄕心'과 맥락이 닿는 경우가 많이 있다.

　배달의 동포야 굶주리지 말고
　힘대로 일해서 自手成家 합시다

고난을 극복하려는 생활의 의지가 나타나 있다. 시련에 좌절하지 말고 그 시련을 초극하여 긍정적 삶을 영위해 보자는 것이다. 그것도 최선을 다 하자는 것이다.

4. 結語

지금까지 서술해 온 내용을 요약함으로써 결론을 삼고자 한다.

서지학적 측면에서만 본다면 갑오경장 이래 최초의 민요 수집은 J.S.Gale의 <Korean Songs> (1878년)에서 비롯되었다고 할 수 있고, 작품 연구의 시발은 C.S.C 生의 "다정다한의 경북 민요"(1923년)에서 비롯되었다고 할 수 있을 것이다.

'아리랑' 연구는 이광수의 小論文에서 출발되었다고 할 수 있으며, 자료 수집은 조선 총독부의 작업 (1912년)이 시발점이 된것 같다. 그 뒤 1930년대에 큰 성과를 거두었으며, 최근에는 임동권·박민일 등에 의해서 활발한 연구가 이어져 왔고, 자료 수집의 경우는 박민일·김연갑·진용선 등이 큰 성과를 올렸다.

<정선 아라리> (진용선)에 실린 1051수의 작품에 나타난 主題와 內在 意識 두 측면을 정리해 보면 다음과 같다.

● 주제의 양상
1. 주제는 경관, 곤고, 관능, 권면, 무상, 불륜, 범사, 비애, 수분, 시사, 시절, 실의, 오기, 원망, 유락, 윤상, 자정, 자족, 정련, 정회, 천후, 희학 등 22개의 항목으로 나눌 수 있다.
2. 빈도수를 본다면 ① 정련(39.02%) ② 정회(14.65%) ③ 관능(8.66%) 등이 두드러지며, 이들이 주제의 중심축을 이루고 있다고 하겠다.
● 의식의 몇 국면
1. 가장 두드러진 내재 의식은 異性愛이며, 이는 다시 相思와 別離, 官能과 肉情으로 細分될 수 있다.
2. 현실에 대한 懷疑는 현실 비판과 생활에 대한 갈등, 時局 비판 등이 혼융되어 있다. 특이한 것은 부유층이나 新知識層에 대한 反撥 心理와 妓女에 대한 賤視가 두드러지다는 점이다.

3. 無常은 인생이 찰라적이라는 생각에서 비롯되고 있다.

4. 향토애의 연장 선상에 조국애가 있고, 자연애는 양쪽에 걸쳐서 있다. 8·15와 6·25 등이 중심 소재로 등장되고 있다.

5. 安分 守知의 사고는 順命 의식에서 비롯되고 있다. 이것은 고난 극복의 의지로 승화되기도 한다.

일찍이 모리스·쿠랑은 한국의 大衆 詩歌를 評하는 자리에서 "달콤한 사랑, 얼큰한 술 맛, 流水같은 歲月, 草露같은 人生－이것이 그 노래들에 反復되는 主題들이다.25)라고 言及한 바 있는데, '정선 아리랑'에 나타난 主題와 意識 또한 이에서 멀리 벗어나는 것은 아니라고 생각된다.

以上에서 走馬看山格으로 '정선 아리랑'의 주제와 의식의 몇 국면에 접근해 보았다.

僅僅月餘에 作成한 탓으로 본격적인 작품 분석이나 주제와 의식의 大單位 類型化를 시도해 보지 못한 점이 아쉬움으로 남는다.

민요의 일반적인 主調가 그러하듯이 '정선 아리랑' 또한 '恨'의 정서가 중심 축을 이루고 있다고 생각된다. 물론 여기서 '恨'이라고 함은 '怨恨'(malice)이 아닌 '恨歎'(sigh)를 뜻한다. 金素月의 詩에 나타난 '情恨'의 세계와는 또 다른 '정선 아리랑'에 나타난 이 '恨'의 정서를 본격적으로 논의해 볼 수 있는 기회가 오기를 기대해 본다.

---

25) M.Courant, 朝鮮文化史序說, 金壽卿 譯(凡章閣, 1946), p.159.

참 고 문 헌

1. 자료

김연갑. 아리랑. 현대문예사, 1986.
임동권. 한국 민요집 Ⅵ. 집문당, 1981.
진용선. 정선 아라리. 집문당, 1993.
한국정신문화연구원. 한국 구비문학대계. 정문연, 1981~83.

2. 단행본

강등학. 정선 아라리의 연구. 집문당, 1988.
고정옥. 조선 민요연구. 수선사, 1949.
박민일. 한국 아리랑문학연구. 강원대출판부, 1986.
송 욱. 시학평전. 일조각, 1983.
임동권. 한국 민요연구. 선명문화사, 1974.
M. Courant. 조선 문화사서설. 김수경 역. 범장각, 1946.

3. 논문

김지연. "조선 민요 아리랑". 조선 152호. 경성 : 조선, 1930.6.
김창록. "영동지방의 민요 고찰". 문호 창간호. 건국대, 1960.
서병하. "관동지방 민요에 관한 연구". 관동향토문화연구 제1집, 춘천 교대 향
        토문화연구소, 1977.
이광수. "민요소고(1)". 조선문단, 1924.12.
C.S.C생. "다정다한의 경북 민요". 개벽 통권 39호. 개벽사, 1923. 6.

Ⅳ. 太白市의 民謠 考

〈1〉

일찍이 고정옥은 그의 <조선 민요 연구> (수선사, 1949)에서 민요의 본질에 대하여 다음과 같이 언급한 바 있다.

1. 문학이 개인적인 제작임에 반하여 민요는 문자 그대로 민(집단)의 공동 제작이다.
2. 민요는 국가가 아닌 민족의 노래이다.
3. 민요의 향유 계급은 통치 계급이 아니고 민중이다.

민요란 단순 어법으로 말한다면 "민중들의 가요"이다. 이를 좀 더 부연해서 말한다면 민요란 민 중(서민)들의 생활·사상·감정을 솔직하게 나타낸 노래로 된 구비전승"이다.

민요는 종합 예술이다.

즉 노래로 불리어 진다는 점에서는 '음악'이며, 가사를 지니고 있다는 점에서는 시 즉 '문학'이며, 민요가 대부분 노동이나 오락 등의 생활적 기능과 결부되어 있다는 점에서는 '민속'과도 밀접한 관계를 맺고 있다.

따라서 민요에 대한 올바른 이해는 음악·문학·민속학 등 종합적인 관점에 입각할 수밖에 없을 것이다.

민요의 기원을 노동에서 찾는 것은 하나의 상식이 되어 있다. 노동의 박자에 따라 창의 장단이 형성되었다고 보는 것이 '노동 기원설'이다. 그러므로 민요의 원초적인 모습은 노동요에서 찾아 볼 수 있는 것이다.

주지하는 바와 같이 민요는 구비전승의 여러 장르 중에서 가장 중심이 되는 존재이다.

민요도 다른 장르의 구비문학과 마찬가지로 현실 생활을 비교적 자유롭고 광범위하게 반영하고 있다고 할 수 있다. 한 시대의 역사, 정치나 사회의 변모 과정, 문화와 예술, 사상에 이르기까지 다양하고 일상적인 내용을 담고 있다는 점에서는 여론과 같은 존재라고 할 수 있다.

따라서, 서민들의 귀중한 문화 유산의 하나인 민요를 수집하고 성리하는 직업은 일차적으로는 문학 연구의 한 방편이거나 향토 예술의 앙양에 그 목적이 있겠지만, 궁극적으로는 서민들의 생활 파악과 시대 정신의 규명, 더 아나 가서는 민족 문화 유산의 계승에 그 목표가 있다고 할 것이다.

민요는 주로 생활상의 필요에서 민중들이 즐겨 부르고 들을 뿐만 아니라, 문학적·음악적 기능 자체도 서민들의 진술한 생활을 그대로 드러내 준다. 이런 관점에서 상류계층의 풍월과는 궤를 달리하고 있다.

민요는 표박문학이라고도 하지만 대개의 경우는 향토적 색깔을 짙게 풍기고 있기 때문에 그 고장 사람들의 남다른 애착을 갖게 마련이다.

〈2〉

강원도 민요의 수집이 언제부터 시작되었는지 문헌상으로 자세히 고찰하기는 어려운 일이나, 근세의 경우를 본다면 아무래도 1912년에 실시한 조선총독부의 수집이 그 시발이 아닌가 한다. 1차로 수집한 37편 161수와 1933·1935년에 수집한 2편 2수가 임동권의 <한국민요집Ⅵ> (집문당, 1981)에 수록되어 있다.

또 1923년의 <개벽> 12월호에는 민요 4편 5수, 동요 2편 3수가 채록되어 있다.

최근에 와서는 임동권의 <한국민요집> (Ⅰ-Ⅵ)과 한국정신문화연구원의

<한국구비문학대계> (강원도 편)에서 대대적인 수집이 이루어졌고, 강릉대
·강원대·관동대 등 도내 여러 대학에서도 '민요 연구반'이나 국문학과 등
을 중심으로 여러 차례 민요 채집이 시도된 바 있다.

　민요는 생활의 현장에서 가창자가 구연함으로써 존재하게 된다. 이때 가창
자가 구연하는 노래는 기능·사설·창곡의 세 요소를 지니게 된다. 민요는 그
성격상 다른 장르의 구비문학에 비해 유동성이 강하기 때문에 구연의 시기나
장소, 가창자의 태도나 능력, 청중들의 반응 등에 의해서 끊임없이 변모를 거
듭하게 된다.

　인구의 유입이나 이주가 심하고 생활 여건이 불리한 지방일수록 빈번하게
유동하는 인구만큼이나 다양한 변모를 거듭하는 것이 민요의 생래적 특성의
하나라고 할 수 있다.

　강원도는 타도에 비해 상대적으로 서민들, 특히 농민들의 생활 환경이 여러
측면에서 불리하게 되어 있다. 그 일차적인 원인은 평원에 비해 월등하게 많
은 산악 지대 때문이라고 할 수 있다.

　강원도는 영동과 영서가 확연하게 구별되는 특이한 자연적 구조를 가지고
있다.

　영동과 영서의 자연 환경의 차이는 여러 가지 있겠지만, 우선 지리적 조건
을 꼽을 수 있다. 즉 영동 지방은 동해 쪽으로 급하게 기울어져 있는 태백산맥
의 동쪽 경사 지역과 좁고 긴 해안선이 연이어 있는 형국이다. 따라서 급한
경사와 험준한 지세로 인해 평원이나 농토가 적고, 해안선이 역시 협소하고
단조로와서 항구가 발달되지 못하였다.

　여기에 비해서 영서 지방은 지역이 넓고 경사가 완만하므로 상대적으로 볼
때 평원이나 농토가 많게 마련이다. 더욱 한강이나 임진강과 같은 큰 강물이
이곳에서 발원해서 그 유역에 비옥한 농토를 만들어 주었다.

　두 번째로 기후 조건을 본다면, 영서는 지대가 높은 편이어서 여름의 더위
가 별로 심하지 않은 대신 겨울의 추위가 혹심할 때가 많다. 북부지방에는 서
리가 일찍 내려 농작물의 피해가 심한 경우도 많이 있다. 그러나 영동 지방은

해양의 조절에 의해서 겨울에도 추위가 별로 심하지 않고 온화하다.

이러한 자연 환경의 차이는 생업과 민속의 차이를 가져 왔는데, 태백산맥이 가로막혀 있어서 교통의 장애가 심한 것이 이러한 양상을 더욱 조장하게 되었다.

그러면 태백시의 경우는 어떠한가?

태백시는 강원도 동남부에 위치하고 있다.

동쪽과 북쪽은 삼척군, 서쪽은 정선군 · 영월군, 남쪽은 경북 봉화군에 접하고 있다. 1981년 대도시의 과밀화 해소 및 국토의 균형있는 개발, 부존 자원의 개발이라는 측면에서 삼척군 장성읍과 황지읍이 통합되어 시로 승격되었으며, 태백산의 명칭을 따서 태백시라고 명명하게 되었다.

태백시는 태백산맥의 협곡 지대에 위치하며, 대부분의 지역이 산악 지대를 이루고 있다.

평야는 거의 없으며, 완만한 평원이 곳곳에 산재해 있어서 밭으로 이용되고 있다. 이곳은 산악 지대로 되어 있기 때문에 평야가 거의 없는 관계로 농업적 기반은 아주 취약하며, 중요한 농산물로는 감자 · 옥수수 등을 들 수 있다.

종래에는 농업 위주의 한적한 산촌이었던 이곳은 1930년에 '삼척 개발 주식회사'가 생기면서 장성에서 석탄 생산이 시작되었고, 그 뒤 '강원탄광' 등 많은 탄광들이 생겨 1987년에는 전국 석탄 생산량의 30%에 해당하는 양을 생산해서 한국 제일의 광산 도시가 되기도 했다. 주된 산업이 농업에서 자연적으로 광업으로 바뀌게 되었다.

그러나 1989년부터 시작된 '석탄 산업 합리화' 사업으로 인해 50여 개나 되었던 광산이 대부분 폐광이 되어 지금은 몇몇 광산만이 겨우 그 명맥을 유지하고 있는 실정에 있다. 따라서 인구의 변동도 심해서 1987년에 120,208명이던 것이 1994년 12월 말에는 64,820명으로 감소해서 7년 동안에 태반의 이동이 있었던 것이다. 전국적으로도 이러한 심각한 인구 감소는 그 유례를 찾아보기 힘들 것으로 생각된다.

강원도나 태백시의 민요들은 그 형성 과정이나 가사들이 이러한 사회적 ·

지리적 배경과 불가분의 관계에 있음은 두말할 나위가 없을 것이다.

　강원도의 민요 분포는 태백산맥을 중심으로 영동권과 영서권이 뚜렷한 차이를 보이고 있다는 것은 이미 알려진 사실이다. 이 두 지역은 자연 환경에서 언어·문화에 이르기까지 여러 측면에서 대조적인 면을 보여 주고 있기 때문에 민요에서도 이러한 양상이 나타나고 있다고 할 수 있을 것이다.

〈3〉

　우리는 민요를 분류할 때 흔히 기능요(노동요·의식요·유희요)와 비기능요로 나누고 있다. 이 경우, 다른 지역과 유사하게 강원도의 경우에도 가장 대표적인 민요는 노동요이다. 이것은 각종 채록에서 그 빈도에서도 잘 알 수 있는 현상이다.

　그러나 아래에 수록된 민요의 경우나 기타 몇몇 채록에 나타난 것을 보면 태백시의 민요는 상당히 판이한 모습을 보여 주고 있다고 할 수 있다. 우선 본고에 수록된 것만 보아도 노동요 : 3편(2,15,16), 의식요 : 1편(1), 유희요 : 2편(3,17) 등으로 기능요가 6편임에 비해 비기능요는 17편(74%)으로 절대적 우위를 점하고 있는 셈이다.

　한국 민요의 내용적 특징으로 흔히 ① 婦謠의 양적 우세 ② 풍부한 해학성 ③ 농업요의 풍부함 ④ 유교적 순종성 ⑤ 무상, 취락적 경향 등을 들고 있다. 그런데 태백 민요의 경우에는 ① 남성요의 양적 우세 ② 농업요의 열세 ③ 異性愛 ④ 무상과 비애 등이 특징으로 나타나고 있다.

　한국 민요의 字數律을 보면 ① 4·4조 : 42% ② 4·5조 : 37% 등의 순위를 보이고 있고, 音步律을 보면 ① 2음보 : 44% ② 4음보 : 12% ③ 3음보 : 4% 등의 빈도를 보이고 있다.

　태백 민요의 경우를 보면 ① 4·4조 : 11편(48%) ② 4·3조 : 6편(26%) ③ 3·3조, 3·4조, 3·3·5조 : 각 2편의 순위를 보이고 있고, 음보율을 보면 ① 4음

보 : 19편 ② 2음보, 3음보 : 각 2편으로 되어 있어서 4음보가 83%를 점하고 있다. 이렇게 보면 자수율의 경우는 한국 민요의 일반적 자수율과 흡사한 모습을 지니고 있다고 할 수 있으나, 음보율은 상당히 다른 양상을 띠고 있다고 하겠다.

앞에서 기술한 것처럼 강원도 민요에서 가장 비중이 큰 것은 농업 노동요이다. 여기에는 '모심기 노래'·'김매기 노래'·'소몰이 노래'·'써래질 노래' 등 매우 다채로운 민요들이 있지만, 가장 널리 불리는 깃은 물론 '긴매기 노래'이다. 이 노래는 흔히 '미나리'·'메나리' 등으로 불리고 있지만, 강릉 지방에서는 '오독떼기', 철원 등지에서는 '방아호'라고 불리기도 한다. 태백 지방에서는 주로 '메나리'·'미나리'로 통용되고 있다.

고성에서 삼척에 이르는 동해안 지방에서 많이 가창되고 있는 어업 노동요 — 일테면 '그물 당기는 소리'·'노 젓는 소리' 등은 내륙 지방인 태백시에서는 거의 가창되고 있지 않는 것 같다.

강원도 어느 곳에서나 가장 흔하게 가창되고 있는 단일 민요로는 '아리랑'이 있다. '정선 아리랑'으로 대표되는 이 민요는 기능요·비기능요 양쪽을 넘나들고 있다. 즉 정연요·노동요·유희요 등 그 내용이 다채롭기 짝이 없다. 가창의 형태도 후렴구의 유무에 따라 각양 각색으로 나타나 있다. 주로 독창 형식을 취하지만, 때로는 선후창, 교환창일 때도 있다. 태백의 민요에서는 주로 독창 형태를 취하고 있는 것 같다.

아리랑의 명칭도 여러 가지이다. 강릉 등지에서는 '아라리'·'사리랑'이라 부르고, 정선에서는 '아라리', 횡성에서는 '어러리'로 일컬어진다. 태백 지방에서는 대개 '아라레이'·'아레라이'로 불리우고 있는 것이 특이하다.

태백의 민요 중 이색적인 것에 '싸시랭이 노래'가 있다. '싸시랭이'는 예전에 喪家에서 밤을 새울 때나 보초를 설 때 엽전을 가지고 담배내기를 하던 놀이이다.

끝으로, 이 태백 민요에 나타난 정서를 본다면 대체로 애상적이고 체념적·정연적이라고 할 수 있을 것 같다.

노동요의 경우에 노동의 즐거움이나 현실 수용의 자세를 느끼기 어렵고, 유회요에서도 흥청대는 기분을 감지하기가 어렵다. 비기능요 중 정회요에서는 현실 극복의 의지나 고향에 대한 애착심이 드러나 있지 않은 것 같고, 자연에 대한 순응의 자세를 엿보기 어려운 것도 사실이다. 정연요의 경우, 흔히 분출되기 쉬운 관능의 자세나 천박한 표현이 극도로 자제되고 있는 것은 참으로 인상적인 대목이라고 하겠다.

태백 민요에 내재된 이러한 정서들은 상대적으로 볼 때 토박한 산업 여건과 인구의 빈번한 유동에 기인하는 것이 아닌가 생각된다.

어쨌든 태백 민요의 정서는 소박하고 평범한 가운데 일상적인 생을 영위해 가려는 태도를 보여주고 있다고 하겠다.

이상에서 논급한 것처럼 태백시의 민요는 일부 지엽적인 부분을 제외하고 나면 대개 강원도 민요, 나아가서는 한국 민요의 일반성과 특질을 그 내용이나 형식에 있어서 그대로 담고 있다고 할 수 있을 것이다.

V. 江陵 地方 民謠의 特質

1. 序論

민요란 단순어법으로 말한다면 "민중들의 가요"이다. 이를 좀더 부연해서 말한다면 "민요란 민중(서민)들의 생활·사상·감정을 솔직하게 나타낸 노래로 된 구비전승"이다.

한국 민요 연구사에 금자탑을 쌓은 바 있는 高晶玉은 <조선 민요 연구>(1949)에서 민요의 본질과 개념에 대해서 다음과 같이 언급하고 있다.

> 1. 문학이 개인의 제작임에 반하여 민요는 문자 그대로 民(集團)의 공동 제작이다.
> 2. 민요는 국가가 아닌 민족의 노래이다.
> 3. 민요의 향유 계급은 통치 계급이 아니고 민중이며 인민이다.

用語上 문제가 있기는 하나, 논지 자체는 납득할 수 있을 듯하다.

국문학사상의 명칭이야 '國風'이든 '讖謠'이든, 민요 자체는 일테면 '종합예술'이다. 즉 노래로 불리어진다는 점에서는 '음악'이며 가사를 지니고 있다는 점에서는 詩, 곧 '문학'이며, 민요가 대부분 노동이나 오락 등의 생활적 기능과 결부되어 있다는 점에서는 '민속'과도 밀접한 관계를 맺고 있는 것이다.

따라서 민요에 대한 본격적인 접근은 음악·문학·민속학 등 종합적 관점에 입각할 수밖에 없을 것이다. 민요 연구를 집대성한 任東權도 이러한 견해를 바탕으로 한 듯, 민요 연구의 방법으로 ① 음악적 연구 ② 문학적 연구 ③ 민속학적 연구 등 세 가지 방향을 제시하고 있다.

서지학적 측면에서만 본다면 갑오경장 이래 최초의 민요 수집은 J.S.Gale의
<Korean Songs>(1898)에서 이루어졌다고 하겠다. 반면, 민요 연구의 시발은
C·S·C生의 "多情多恨의 경북 민요"(<개벽> 39, 1923. 6)에서 비롯되었다고
할 수 있다.

자료 수집 작업은 그 뒤 조선총독부에 의해서 두 차례 이루어졌고 池松旭,
嚴弼鎭 등의 초기 단계를 지나, 金素雲, 林和·李在郁 등의 발전 단계를 거쳐,
임동권, 한국 정신문화연구원 등에 의해서 대대적으로 이루어진 바 있다.

한편 연구사 쪽에서 본다면 高渭民[1]의 탁월한 업적과 이를 계승 발전시킨
임동권이 있어 민요 연구 분야에서 눈부신 성과를 거두었다고 하겠다. 그러나
지금까지의 선행 업적들을 개괄해 볼 때 방대한 자료 수집에 비해서 이를 검
토, 연구하는 작업은 다소 미흡한 감이 없지 않다.

종래의 연구 방향을 유형별로 보면 대략 다음과 같다.

① 한국의 민요 일반에 대한 개괄적 연구
② 영호남 민요, 제주 민요 등 지역별 연구
③ 여성요, 노동요 등 영역별 연구
④ 아리랑, 오돌또기, 시집살이요 등 개별 작품에 대한 연구

이제 강원도 내지 강릉 지방 민요의 경우를 보기로 한다.

먼저 수집의 측면에서 본다면 조선총독부의 작업[2]에서 구체적인 수집이 시
작되었다고 할 수 있겠다. 그 뒤 <開闢>誌에서 "朝鮮文化基本調査 : 江原道
篇"의 특집을 꾸며서 민요와 동요 약간을 수록한 바 있다.[3] 近者에 와서 임동

---

1) 高渭民, "朝鮮民謠의 分類", 춘추2권 3호 (경성 : 春秋社, 1941. 4). ※ 高大民族文化
研究所, 韓國論著解題(高大 民研, 1972), p.94에서 이 논문의 발표 시기를 "1916年
4月"로 잘못 기록한 이후 此種의 모든 논저에서 이를 그대로 답습하고 있음.
※ 高渭民은 그 뒤 高晶玉 으로 改名해서 朝鮮民謠研究(首善社, 1949)를 저술했음.
2) 1912년에 수집한 39편 182수와 1933년·1935년에 수집한 2편 2수가 임동권, 한국
민요집VI(집문당, 1981)에 수록되어 있음.
3) <開闢>第四卷, 二十號(京城 : 開闢社, 1923. 12), pp.97~99에는 강원도의 민요 4편
(5수)과 동요 2편(3수)가 수록되어 있음.

권의 <한국 민요집>과 정신문화연구원의 <한국 구비문학대계>에서 대대
적인 수집이 이루어졌고, 비록 소규모이기는 하나 江原大의 <人文學硏究>등
에서 몇 차례 지역별 민요 수집이 행해지기도 하였다.

연구사 쪽에서 본다면, 金昌錄의 단편적인 논문이 나온 이래 얼마간의 논저
들이 산출되기도 했으나, 다양성과 구체성에 있어서 미흡한 감이 없지 않다.
다만 아리랑에 대한 일련의 연구와 金善豊의 강릉 민요에 대한 집념4)은 예외
로 치부해도 좋다고 본다.

本稿에서는 <한국 민요집>(임동권), <한국 구비문학 대계>(한국정신문화
연구원), <강원도 민속지>(강원도)에 채록된 강릉의 민요 126편을 대상으로
해서 그 형태와 내용을 고찰해 보기로 한다.

민요란 어차피 궁핍하고 소외된 서민들에 의해서 창작되어지는 경우가 대
부분이기 때문에, 거기에는 남다른 비애와 체념, 진솔과 비원 등이 내재되어
있을 것이라는 추측은 가능하다. 여기에 또한 익살과 풍자, 걷잡기 어려운 적
나라한 표현도 짝하여 있는 것은 자연스러운 현상일 것이다.

도시화·산업화의 거센 물결에 휘말려서 황폐화의 길을 걷고 있는 것이 昨
今의 우리네 농어촌의 실상이다. 그런 의미에서 더욱 척박한 강원도 내지 강
릉의 민요에 대한 애착은 아직도 연구자들의 몫으로 남아 있다고 믿는다.

2. 형태적 고찰

1) 운 율

여기서 韻律이란 字數(音數)律과 音步律을 가리킨다.

※고정옥의 <조선민요연구> p.81과 趙東一, 한국문학통사 5(지식산업사, 1994),
　　p.261에는 민요 7편, 동요 3편으로 잘못 서술되어 있음.
4) 金善豊, "江原 民俗文化硏究", 關大論文集3(關東大出版部, 1975).
　＿＿＿, "江原 民俗文化硏究"(博論, 고려대대학원, 1977).

兩者의 경우 모두 어느 특정한 유형을 완벽하게 갖추고 있는 민요 작품은 그리 흔하지 않다. 대부분의 민요들은 '엮음조'나 혹은 Mozaic식으로 형식과 내용이 혼합되어 있기 때문이다.

따라서 이런 작품들의 경우는 빈도수가 높은 요소들을 취해서 대표적인 유형으로 삼는 수밖에 없다. 또 후렴구나 조흥구는 본 가사의 운율과 동떨어진 것들이 많기 때문에, 이런 작품들에서는 實歌詞를 중심으로 해서 운율을 추출할 수밖에 없을 것이다.

먼저 자수율의 양상을 보기로 한다.

<강릉민요일람표>에 나타난 자수율의 빈도수를 집계하면 다음과 같다.

① 4・4調 : 57篇 ② 3・4調 : 17篇 ③ 4・5, 5・4調 : 각각 7篇 ⑤ 3・3調 : 6篇
⑥ 4・3, 5・5調 : 각각 5篇 ⑧ 2・3, 3・3・4調 : 각각 4篇 ⑩ 5・3, 3・3・3,
3・3・4調 : 각각 2篇 ⑬ 3・5, 6・5, 6・6, 3・4・5, 6・3・3調 : 각각 1篇

4.4調가 57편(45.2%)으로 단연 우세하다. 이것은 필자가 최근에 조사한 강원도 일원의 민요조사[5]에서도 비슷한 양상을 보여주고 있다. 이 비율은 3.4조의 경우도 유사하다.

歌辭나 民謠에서 '4・4調'가 단연 우위를 占하고 있는 현상에 대해서 고정옥은 "조선 사람의 기품에 적응한 음조이기 때문"이라는 견해를 피력한 바 있다.

이번에는 音步律의 양상을 보기로 한다.

빈도의 순위를 보면 다음과 같이 나타나 있다.

① 4음보 : 94편 ② 2음보 : 14편 ③ 6음보 : 11편 ④ 3음보 : 7편(小計126편)

---

5) 필자가 新採錄한 강원도 동해안 어촌 지역의 민요 114편의 경우를 보면 ① 4・4調 : 65편(57%) ② 3・4調 : 19편(16.7%) ③ 3・3調 : 18편(16.7%) 등의 빈도 순위를 보이고 있다. 또 고성군・속초시・양양군・강릉시・동해시・삼척시 등 강원도 동부 지역의 민요 441편을 대상으로 분석해 보았을 때도 4・4조가 45.4%로 나타나 있었다.

4음보가 단연 우세해서 75%가량이나 된다. 강원도 동부지역 민요에서도 70%로 나타나 있어서 이와 유사한 현상을 보여 주고 있다.

2) 歌唱 方式

가창 방식이란 唱者들이 어떻게 조직되어서 노래를 부르는가를 말하는데, 여기에는 先後唱·交換唱·獨唱(혹은 齊唱) 등이 있다.

선후창은 후렴을 제외한 歌詞를 선창자가 부르고, 이어서 후렴을 후창자가 부르는 방식이다. 의미의 有無間에 꼭같은 구절이 일정한 간격을 두고 되풀이 되면 이것은 후렴으로 볼 수 있다.

선후창으로 노래를 할 때에는 가사를 선택할 수 있는 권리가 선창자에게만 주어져 있고, 후창자는 후렴으로 받기만 하면 된다. 그러기에 선창자는 율격(음율)만 어기지 않는다면 임의로 가사를 불러도 된다.

교환창도 선창자와 후창자로 나누어 가창하는 방식이지만, 선창자나 후창자가 다 의미있는 말을 변화있게 노래하고, 후렴구가 없다는 점이 선후창과 다른 점이다. 교환창에서는 흔히 선창의 가사와 후창의 가사가 문답이나 대귀로 되어 있다.

이에 비해 독창은 혼자서 부르는 것인데, 독창 민요는 여러 사람이 같이 부르는 제창으로도 부를 수 있다는 것이 특징이다.

선후창으로 부르는 것은 사설이 몇 줄 이어지다가 여음이 삽입되곤 한다. 교환창으로 부르는 것은 두 줄로 끝난다. 독창으로 부르는 것은 줄 수가 제한되지 않고 이어진다.

이 셋을 각각 '여음이 삽입되는 형식', '짧은 형식', '긴 형식'이라고 부르기도 한다.

선후창으로 부르기에 알맞은 것들로는 고려 속요나 경기체가 등이 있다. 교환창으로 부르기에 알맞은 것들로는 향가나 시조가 있다. 이에 비해서 독창으로 적합한 것은 가사가 있다.

이와 같은 개념에 準해서 126편의 민요를 분류해 보면 다음과 같다.

① 독창 : 58편(46%) ② 선후창 : 51편(41%) ③ 교환창 : 17편(13%)(소계126편)

이러한 현상은 강원도 동부 지역의 민요에서도 비슷하게 나타나 있다. 다만 동부 지역 민요의 경우 ① 독창 : 54% ② 선후창 : 35% ③ 교환창 : 13%로서, 교환 창의 경우는 꼭 같으나, 독창과 선후창에서 다소간의 차이를 보여 주고 있다.

이 가창 방식의 집계에는 오차가 따르게 마련이다.

예를 들면 '아리랑'이나 '잡가' 등은 원래 독창 민요이지만, 후렴구가 있는 것들도 있다. 또 '오독떼기'나 '쾌지나 칭칭나네' 같은 것은 선후창으로 부르 는 것이 제격이지만, 후렴구가 생략된 것들도 있다.

이렇게 후렴구가 있는 것은 선후창과 독창의 한계가 분명치 않다.

더욱 혼란스러운 것은 소위 '엮음노래'나 모자이크식 민요의 경우이다.

그러나 '독창'이 상당한 우위에 있다는 사실에는 변화가 없을 것이다.

3. 内容的 考察

1) 機能的 分類

민요의 분류를 맨먼저 본격적으로 시도한 이는 고위민이다. 그 뒤 임동권, 조동일6)에 의해 더욱 확충 · 체계화되었다.

本稿에서는 서술의 편의상 조동일의 견해를 중심으로 해서 아래와 같이 분 류해 보고자 한다.

    1. 기 능 요 : ① 노동요 ② 의식요 ③ 유희요
    2. 비기능요 : ① 정회요 ② 정연요 ③ 유흥요

---

6) 조동일은 민요를 1. 기능요 2. 비기능요로 나눈 뒤, 기능요를 다시 노동요(농업 · 토 목 · 제분 · 어업 · 채취 · 수공업 · 운반 · 길쌈 · 가내), 의식요(세시 · 장례), 유희요 (무용 · 경기 · 機具 · 언어) 등으로 세분하고 있다.

여기서 '情懷謠'란 喜怒哀樂과 愛憎의 일상적 정감을 표출한 민요를 가리키며, '情戀謠'란 주로 이성간의 애증의 정서를 담은 민요를 지칭하고자 한다. 또 '遊興謠'란 유람이나 흥취 등에서 들뜬 감정을 담은 민요를 가리키게 되는 것이다.

이러한 기준에서 <강릉 민요 일람표>에 나타난 빈도수를 집계해 보면 다음과 같은 결과를 얻을 수 있다.[7]

> 1. 기 능 요(66편) ① 노동요(농업요 : 34, 어업요 : 6, 운반요 : 4, 길쌈요 : 2, 토목요 : 2, 채취요 : 2)
> ② 의식요 : 12편
> ③ 유희요 : 4편
> 2 비기능요(60편) ① 정희요 : 31편
> ② 정연요 : 21편
> ③ 유흥요 : 8편

2) 主 題

주제를 편의상 ① 困苦 ② 督勵 ③ 無常 ④ 發願 ⑤ 悲哀 ⑥ 戀情 ⑦ 倫常 ⑧ 慈情 ⑨ 自足 ⑩ 情懷 等 10개 항목으로 재설정해서 그 빈도수를 보면 다음과 같다.

> ① 정회 : 39편 ② 연정 : 24편 ③ 독려 : 21편 ④ 자정 : 8편 ⑤ 무상 : 7편 ⑥ 윤상 · 자족 : 각 6편 ⑦ 곤고 · 발원 · 비애 : 각 5편

위에서 '戀情'이라고 한 것은 異性間의 애정을 말하는 것이지만, 향락적이고 官能的인 것까지를 포함한 것이다. 또 '慈情'이라고 한 것은 부모의 자식에

---

7) <강릉 민요 일람표>의 기능별 분류는 <한국 구비 문학 대계 2-1>(강릉, 명주편)의 작품 해설과 <한국 구비 문학 대계, 별책 부록 Ⅲ>의 '한국 민요 유형의 분류표'(박경수)를 참고해서 작성하였음.

대한 사랑, 아랫사람에게 베푸는 도타운 정, 부모에 대한 효성 등 순박한 사랑을 가리킨다. 그리고 '倫常'이란 건전한 윤리 의식이나 修養의 德目, 올바른 판단 등을 두루 포괄하는 용어로 설정한 것이다. 마지막으로 '情懷'란 喜怒哀樂의 감정을 일컫는 말이다.

이러한 주제들을 우선 빈도 순위대로 본다면 ① 정회 : 39편(31%) ② 연정 : 24편(19%) ③ 독려 : 21편(16.6%) 등으로 되어 있어서 이런 주제들이 중심을 이루고 있다고 할 수 있겠다.

3) 內在 意識

內在 意識은 대개 주제와 결부되어 있다.

임동권은 민요에 나타난 한국 민족성으로 ① 諦念 ② 樂天性 ③ 素朴性 ④ 道義性 ⑤ 遊墮性 ⑥ 諧謔性 ⑦ 信仰性 ⑧ 宿命性 등을 지적한 바 있다.

민요는 서민들의 순수하고 자유분방한 心性 生活을 표출한 집단적인 고백 문학이기 때문에 그 시대의 전반적인 모습과 裏面을 파악할 수 있는 소중한 자료이다.

민요는 생활상의 필요에서 생겨나고, 또 서민들이 自足하는 노래이기 때문에 다른 어떤 형태의 문학 작품보다도 순수하다고 할 수 있고, 또 社會相과 時代 精神을 진솔하게 표현하고 있다.

내재 의식의 이해도 이런 전제에서 출발되어야 마땅할 것이다.

강릉 지방의 민요에서 가장 두드러지게 나타나는 내재 의식은 노동의 즐거움과 직업에 대한 긍지이다. 이것은 적극적이고 긍정적인 주제가 우세한 것과 맥을 같이 하고 있다. 여기서 '직업'이란 주로 농업과 어업을 가리킨다. '오독떼기'나 '메나리', '뱃노래' 등에서 쉽게 느낄 수 있는 정서이다(지면 관계상 작품의 예는 생략하기로 하겠음. 이하 동일함).

소위 '노동요'인 이러한 민요에는 다소간의 숙명론적, 체념적 인생관이 내재되어 있는 경우도 가끔 발견된다.

다음으로 두드러진 것은 連綿한 戀情과 다소 과도한 관능적 異性愛이다. 이러한 의식이 그야말로 '민요'의 표본인지 모른다. '아리랑'類나 '노랫가락' 등에서 흔히 感知되는 이러한 의식은 노동요에서도 간헐적으로 나타나곤 한다.

희생과 봉사, 혹은 질서에 대한 인식 등 윤리 의식 또한 많은 작품에서 찾아볼 수 있다. 부모나 자식, 혹은 남편에 대한 자기 희생적인 태도와 공익과 수양을 앞세운 倫常에 대한 철저한 인식 등은 다 이러한 윤리관의 發現이라고 할 것이다. '베틀가'·'둥기가'·'효행가'·'타령' 등에서 이러한 의식들이 구체적으로 나타나 있다. 고정옥과 임동권이 공통적으로 지적한 '유교직 덕목' 바로 그것이라고 해도 좋을 것이다.

인생의 무상함이나 생활의 비애는 어쩌면 민요의 가장 대표적인 내재 의식인지 모른다. '상여소리'·'신세타령가'·'시집살이요' 등에서 흔히 느낄 수 있는 이러한 의식은 강원 민요라고 해서 예외는 아니다.

유흥과 쾌락 또한 내재 의식의 큰 줄기를 이루고 있다. 이런 정서는 주로 '잡가'나 '유람가' 등에서 찾아 볼 수 있다.

위에 열거한 내재 의식 외에도 자연에 대한 순응, 고향에 대한 긍지, 유랑의 심회 등이 간헐적으로 나타나기도 한다.

일찍이 모리스·쿠랑은 한국의 대중 시가를 논하면서 그 특질로 "달콤한 사랑, 얼큰한 술 맛, 유수같은 세월, 초로같은 인생 — 이것이 그들의 반복되는 주제들이다."[8]라고 규정한 바 있거니와, 강릉 지방의 민요를 관류하고 있는 정서나 내재 의식도 대체로 이와 궤를 같이 한다고 해도 무방할 것 같다.

4) 其 他

이상에서 논급한 것 외에 강릉 지방 민요에 대한 특기할 사항들을 열거해 보면 다음과 같다.

먼저 지적할 수 있는 것은 민요의 제목이나 내용, 기능상의 장르와 주제가 일치하지 않는 작품이 많다는 사실이다. 예를 들면 '오독떼기'나 '미나리' 같

---

8) M.Courant, 조선문화사서說, 金壽卿 譯(凡章閣, 1946), p.159.

은 것들은 노동요이기 때문에 작업의 독려나 노동의 즐거움이 主調를 이루고 있어야 할 터인데도 오히려 관능적 애욕이나 심란한 정회, 심지어는 신세 한 탄까지 곁들이고 있는 작품들이 적지 않다.

또 '엮음조'와 같은 장형의 민요들은 내용이나 형식이 모자이크식으로 짜 여 있어서 거치른 인상을 주고 있다. 따라서 정서의 흐름이 단절되거나 주제 를 파악하기에 어려움을 겪게 된다. 일테면 '노동요+정연요+의식요'식으로 구성되어 있는 것이다. 이러한 민요들은 운율도 자못 변칙적으로 되어 있다.

또 어떤 민요들은 歌唱上 어려움을 준다. 후렴구가 여기저기 끼어 있어서 선후창을 하기가 곤란한가 하면, 가사가 교환창 형식으로 전개되다가 독창으 로 부르도록 전환되기도 한다.

문체상으로 볼 때도 이질적인 요소가 혼합되어 있는 것이 많다. 古謠에 近 謠가 접합된 것, 심지어 최신 유행어에 倭色까지 혼합되어 있는 것 등이 다 그러한 예이다.

이러한 잡다한 요소들은 타지역에 비해서 상대적으로 流動 乃至 流入 人口 가 많은 이 지역의 특수성에서도 기인된 것으로 볼 수 있을 것이다.

이상 몇 가지 특징을 열거해 보았거니와, 이러한 여러 사항들을 종합해 본 다면 강릉 지역의 민요는 그 성향으로 따져서 고정 민요보다는 유동 민요가 양적으로 우세하다는 추론을 가능케 해 주고 있다.

어떻든 강릉 지역 민요의 이러한 형식상의 不整性과 내용상의 雜多性이 他 地域 민요와도 相通되는지의 與否는 확실하지 않다.

4. 結論

이상 수장에 걸쳐서 강릉 지방의 민요 126편을 대상으로 해서 형태와 내용 에 관해서 논의해 온 내용을 요약해 보기로 한다.

● 형태적인 면

1. 운율 : 자수율에 있어서는 4.4조, 3.4조, 3.3조, 3.3.5조 등 15개 유형이 있으나, 빈도수가 높은 것으로는 ① 4.4조 ② 3.4조 등이며, 특히 4.4조는 45.2%에 이르고 있다.

    음보율의 경우는 ① 4음보 ② 6음보 ③ 3음보 ④ 3음보 등이 있으나, 특히 4음보는 75%를 古 하고 있다.

    그러나 자수율이나 음보율이 일정하지 않은 작품도 상당한 수에 이르고 있다.

2. 가창 방식 : 빈도 순위를 보면 ① 독창(46%) ② 선후창(41%) ③ 교환창 (13%)로 되어 있다.

    이 가창 방법 추출에도 많은 난점이 있다.

● 내용적인 면

1. 기능적 분류 : 기능요 : 47.6%, 비기능요 : 52.4% 의 빈도를 보이고 있다. 기능요의 하위분류 빈도는 ① 노동요 ② 의식요 ③ 유희요의 순위를 보이고 있으며, 비기능요의 경우는 ① 정희요 ② 정연요 ③ 유흥요의 순위로 되어 있다.

2. 주 제 : 주제는 다시 세분해서 ① 곤고 ② 독려 ③ 무상 ④ 발원 ⑤ 비애 ⑥ 연정 ⑦ 윤상 ⑧ 자정 ⑨ 자족 ⑩ 정회 등으로 설정할 수 있는데, 특히 정희(31%), 연정(19%), 독려(16.6%) 등의 빈도가 높게 나타나고 있다. 이들을 또 다른 측면에서 볼 때 긍정적이고 적극적인 주제가 부정적이고 소극적인 주제를 압도하고 있다고 하겠다.

3. 내재 의식 : ① 노동의 즐거움과 직업에 대한 긍지 ② 은근한 연정과 관능적 애정 ③ 유교적 윤리 의식 ④ 무상과 비애 ⑤ 유흥과 쾌락 등이 중요한 내재 의식의 항목들이다.

4. 기 타 : ① 題材와 내용의 不一致, 기능과 가사의 괴리 현상을 보이고 있다. ② 모자이크식 내용과 형식 ③ 이질적인 문체의 혼합 ④ 형태의 변이성 때문에 가창하기 어려운 민요가 많다는 점.

이상과 같이 강릉 지방 민요에 대해서 몇 가지 측면에서 서술해 보았다.

僅僅月餘에 작성되어 보다 세밀한 고찰이 이루어지지 못한 점, 또한 紙面 관계로 작품의 실례를 일일이 예시하지 못한 점 등이 아쉬움으로 남는다.

이들 민요에 사용된 어휘에 관한 고찰(예를 들면 빈도, 성격 등), 고정 민요 와 유동 민요의 대비 연구 등은 일단 훗날의 과제로 남겨 놓고자 한다.

<강릉 민요 일람표>

일련번호	제 목	음수율	음보율	가창방법	기능적 분류		주 제	비고
1	오독떼기	4·4	4음보	교환창	기능요	노동요	직업 독려	농업요
2	자진아리랑	3·3·4	6음보	선후창	기능요	노동요	작업 독려	농업요
3	불림(불림노래)	2·3	4음보	교환창	기능요	노동요	추수의 즐거움	농업요
4	타작노래	4·4	4음보	선후창	기능요	노동요	추수의즐거움	농업요
5	사리랑(세모꺾기)	5·5	4음보	독창	비기능요	정연요	痴情	
6	잡가	5·5	4음보	독창	비기능요	정연요	相思	
7	안선달타령(세모꺾기)	4·4	4음보	독창	비기능요	정회요	은덕 칭송	타령
8	정선 아리랑	4·4	4음보	독창	비기능요	정연요	연정	○
9	초부가	4·5	4음보	독창	기능요	노동요	노동의 고달픔과 신세한탄	채취요
10	정선아리랑	4·4	4음보	독창	비기능요	정연요	상사	
11	덕타령	4·4	4음보	독창	비기능요	정회요	부모, 임금 등의 덕을 칭송	타령
12	상여소리	4·5	2음보	선후창	기능요	의식요	인생 무상	△
13	옥단 타령	3·4	4음보	독창	비기능요	유흥요	유람의 즐거움	타령
14	깨굴타령	3·4	6음보	독창	비기능요	정연요	연정	타령
15	율곡선생 유람가	4·4	4음보	독창	비기능요	유흥요	명승지 유람	
16	오독떼기	5·5	4음보	교환창	기능요	노동요	일과를 끝냄	농업요
17	강릉아리랑	3·5	4음보	독창	기능요	노동요	신세 한탄	채취요
18	자진아리랑	3·3·4	6음보	선후창	기능요	노동요	작업 독려	농업요
19	파래소리(파래타령)	4·5	4음보	선후창	기능요	노동요	작업 독려	농업요
20	장타령	4·3	4음보	독창	비기능요	정회요	방랑자의 행색	타령
21	팔도유람가	4·4	4음보	독창	비기능요	유흥요	명승지 순례	
22	뱃노래(Ⅰ)	3·3	4음보	선후창	비기능요	유흥요	뱃놀이의 흥겨움	△
23	뱃노래(Ⅱ)	3·3	4음보	선후창	비기능요	유흥요	뱃놀이의 흥겨움과 상사	△
24	방아타령	5·5	4음보	선후창	비기능요	유흥요	상사	타령
25	관동팔경	4·4	4음보	독창	비기능요	유흥요	명승 유람과 무상감	△
26	뱃노래	4·4	4음보	선후창	비기능요	정연요	관능적 사랑	○△
27	둥기가(1)	4·4	4음보	독창	비기능요	정회요	자식 사랑	○
28	둥기가(2)	4·4	4음보	독창	비기능요	정회요	어머니에 대한 그리움	○
29	상사타령	3·3·4	6음보	선후창	비기능요	정연요	남녀간의 정사	△타령
30	장부가	4·5	4음보	독창	비기능요	정연요	상사	○
31	둥기가(3)	4·5	4음보	독창	비기능요	정연요	손자에 대한 애정	○
32	정선아리랑	3·3·4	6음보	독창	비기능요	정연요	상사	○
33	에이냐타령(뱃노래)(1)	3·4	4음보	선후창	기능요	노동요	풍어 기원	어업요,타령
34	에이냐타령(뱃노래)(2)	3·4	4음보	선후창	기능요	노동요	出漁의 즐거움	어업요,타령
35	장부가	4·4	4음보	독창	비기능요	정연요	상사	○△
36	상여소리	4·5	4음보	선후창	기능요	의식요	인생무상	
37	베틀노래	4·4	4음보	독창	기능요	노동요	베를 짤 때의모습	○길쌈요
38	장부가	4·4	4음보	독창	비기능요	정연요	상사	○
39	지짐이노래	3·4	4음보	선후창	기능요	노동요	터 다질 때의 흥겨움	토목요
40	목도소리(산판소리)(1)	3·4	4음보	선후창	기능요	노동요	운반의 흥겨움(의미 없음)	운반요
41	목도소리(2)	3·4	2음보	선후창	기능요	노동요	운반의 흥겨움(의미 없음)	운반요

일련 번호	제 목	음수율	음보율	가창 방법	기능적 분류		주 제	비고
42	목도소리(3)	4・4	2음보	선후창	기능요	노동요	운반의 흥겨움(의미 없음)	운반요
43	목도소리(4)	3・4	2음보	선후창	기능요	노동요	노동의 고통스러움	운반요
44	쇠 모는 소리 1	3・4	2음보	독창	기능요	노동요	작업 독려	농업요
45	쇠 모는 소리 2	3・3	2음보	독창	기능요	노동요	작업 독려(의미 없음)	농업요
46	쇠 모는 소리 3	2・3	2음보	독창	기능요	노동요	작업 독려(의미 없음)	농업요
47	모찌는 소리	3・3・3	3음보	독창	기능요	노동요	노동의 즐거움(의미 없음)	농업요
48	벼베기홍조(불림)	3・3・3	3음보	교환창	기능요	노동요	작업 독려(의미 없음)	농업요
49	질삼노래	4・4	6음보	독창	기능요	노동요	안락한 생활의 구가	○△길쌈요
50	둥기가 1	2・3	4음보	독창	비기능요	정회요	아기를 달램	○
51	둥기가 2	3・4	4음보	독창	비기능요	정회요	아기를 달램	○
52	새쫓는 노래	4・4	4음보	독창	기능요	노동요	조류의 피해를 막으려는심정	농업요
53	글자풀이요	4・3	2음보	독창	비기능요	정회요	언어의 유희	
54	장타령 1	3・3	6음보	독창	비기능요	정회요	언어의 유희	타령
55	장타령 2	3・4	6음보	독창	비기능요	정회요	언어의 유희	타령
56	장타령 3	5・4	6음보	독창	비기능요	정회요	언어의 유희	타령
57	엿장수 타령	5・4	4음보	독창	비기능요	정회요	엿 사기를 바람	타령
58	정선 아리랑	4・4	4음보	독창	비기능요	정연요	낭군을 기다림	○
59	덜구소리	6・5	4음보	선후창	기능요	의식요	강원도 명산 열거	△
60	상여소리(집에서 떠 날 때 부르는 소리)	2・3	4음보	선후창	기능요	의식요	망자의 슬픔	
61	상여소리(길에 가면 서 부르는 노래)	4・4	4음보	선후창	기능요	의식요	인생의 무상함	
62	지짐이노래(집 다지 는노래)	3・4	4음보	선후창	기능요	노동요	지짐터가 명당임을 강조함	토목요
63	종종덜구	5・4	6음보	선후창	기능요	의식요	후손들의 발복을 기원함	△
64	고사요(3)	3・4	4음보	독창	기능요	의식요	국가 형성 과정	
65	산신요(1)	4・4	4음보	독창	기능요	의식요	손자의 보호를 기원함	○
66	타맥요(1)	4・4	4음보	선후창	기능요	노동요	작업 독려와 정념	농업요
67	통타령	4・4	2음보	독창	기능요	정회요	언어의 유희	타령
68	벼 베기 노래	6・6	2음보	독창	비기능요	노동요	언어의 유희	농업요
69	산타령(14)	5・4	4음보	선후창	비기능요	정회요	산의 험준함	타령
70	만가(24)	4・4	4음보	선후창	기능요	의식요	인생의 무상함	
71	산중노래	4・4	4음보	독창	비기능요	정회요	여자의 가여운 일생	○△
72	아리랑타령(6)	3・3・5	6음보	독창창	비기능요	정회요	고독과 정한	○타령
73	오돌또기(1)	4・4	4음보	교환창	기능요	노동요	잡다한 정서	농업요
74	타작노래(4)	4・4	4음보	선후창	기능요	노동요	작업을 독려함	농업요
75	노랫가락(110)	3・3・4	3음보	독창	비기능요	정요	막연한 연정	△
76	오돌또기(1)	4・4	4음보	선후창	기능요	노동요	연정	농업요
77	오돌또기(2)	4・4	4음보	선후창	기능요	노동요	작업 독려와 정념	농업요
78	옥단춘요(4)	4・4	4음보	독창	비기능요	정회	어머니가 늙어감을 슬퍼함	○
79	지명풀이(3)	4・3	2음보	독창	비기능요	정회요	언어의 유희	
80	자진아라리(1)	4・4	4음보	선후창	기능요	노동요	작업의 독려	농업요
81	자진아라리(2)	3・3・5	3음보	선후창	비기능요	정연요	정념	
82	자진아라리(3)	3・3・5	3음보	선후창	기능요	노동요	작업의 독려	△농업요
83	연산홍	4・4	4음보	선후창	비기능요	정회요	봄날의 흥취	

일련 번호	제 목	음수율	음보율	가창 방법	기능적 분류		주 제	비고
84	놀양 사거리	5·4	2음보	선후창	비기능요	정연요	연정	
85	자진 아라리	4·4	6음보	교환창	기능요	노동요	작업의 독려	농업요
86	오독떼기	4·4	6음보	교환창	기능요	노동요	작업 독려와 연정	농업요
87	잡가	5·4	6음보	선후창	기능요	노동요	관능적 애욕	농업요
88	사리랑	4·4	4음보	선후창	기능요	노동요	관능적 애욕	농업요
89	싸대(쌈싸는 노래)	4·4	4음보	선후창	기능요	노동요	언어의 유희	농업요
90	타작노래(도리깨질 노래)	4·4	4음보	선후창	기능요	노동요	작업 독려	농업요
91	인생타령	5·4	4음부	독창	비기능요	정연요	상사	○△타령
92	정선아리랑	3·4	4음보	독창	비기능요	정회요	시어머니의 박대	○△
93	오독떼기	4·4	4음보	교환창	기능요	노동요	작업 독려와 풍년 기원	
94	따북네	4·4	4음보	교환창	비기능요	정회요	어머니를 그리워함	○
95	유희요	3·4	2음보	교환창	기능요	유희요	언어의 유희	
96	글자 유희요	3·4	2음보	교환창	기능요	유희요	언어의 유희	
97	새 쫓는 노래	4·4	4음보	독창	기능요	노동요	새들의피해를막으려는심정	농업요
98	요고리조고리요	4·3	2음보	교환창	기능요	유희요	언어의 유희	
99	정선 아리랑	4·4	4음보	독창	비기능요	정회요	△상사의 인생 무상	○
100	그물 당기는 노래	4·4	4음보	선후창	기능요	노동요	△신세를 비관함	어업요
101	시집살이	4·4	4음보	독창	비기능요	정회요	시집살이의 고통	○
102	둥기가	4·4	4음보	독창	비기능요	정회요	자식 사랑	○
103	엿장수타령	4·3	4음보	독창	비기능요	정회요	엿 선전	△타령
104	각서리타령	3·3·4	4음보	교환창	비기능요	정회요	언어의 유희	△타령
105	병석 타령	4·5	4음보	독창	비기능요	정연요	상사	타령
106	각설이타령(12)	5·3	6음보	교환창	비기능요	정연요	걸인의 신세	타령
107	노 젓는 노래(2)	4·4	4음보	선후창	기능요	노동요	고기잡이의 흥거움	어업요
108	도라지타령(1)	5·3	4음보	선후창	비기능요	정연요	정념	타령
109	뱃노래(8)	3·3	4음보	선후창	비기능요	유흥요	정념	△
110	사슴타령	4·4	4음보	독창	비기능요	정회요	어미 사슴의 유언	○타령
111	원정(3)	4·4	4음보	교환창	비기능요	정회요	상처의 슬픔	
112	이별요(5)	4·4	4음보	독창	비기능요	정연요	이별의 슬픔	
113	사위삼소요(3)	3·3	4음보	교환창	비기능요	정연요	청혼	
114	회심곡(5)	4·4	4음보	독창	비기능요	정회요	인생의 무상함	
115	자진 아라리	4·4	4음보	독창	기능요	노동요	권농	△농업요
116	자진 아라리	3·4·5	3음보	독창	기능요	노동요	작업의 독려	△농업요
117	벼베는노래	6·3·3	3음보	교환창	기능요	노동요	작업의 독려	△농업요
118	타작노래	4·4	4음보	선후창	기능요	노동요	작업의독려	△농업요
119	파래소리	5·5	4음보	선후창	기능요	노동요	작업의 독려	어업요
120	뱃노래(2)	4·4	4음보	선후창	기능요	노동요	出漁 시의 정회	어업요
121	뱃노래(1)	4·4	4음보	선후창	기능요	노동요	漁撈의 고충	농업요
122	새 쫓는 노래	4·4	4음보	선후창	기능요	노동요	조류의 피해를 막겠다는실정	
123	상여소리(1)	4·4	4음보	선후창	기능요	의식요	인생의 무상함	
124	상여소리(2)	4·4	4음보	선후창	기능요	의식요	생명의 유한함	
125	달고소리	4·4	4음보	선후창	기능요	의식요	달고질의 요령	
126	영산홍	4·4	4음보	선후창	비기능요	정회요	영산홍 찬미	

第二部 關東 地方 素材 古典 詩文

Ⅰ. 關東 素材 近·古時調에 나타난 諸樣相

1. 緒言

개별적 장르로서의 시조에 관한 논급은 白華生의 "시조론"[1]에서 비롯되었다고 할 수 있지만, 고전 시가로서의 개괄적인 언급은 安廓의 "조선의 문학"[2]에서 시작되었다고 할 수 있을 것이다.

이러한 초동단계의 논의들을 기점으로 삼는다면, 시조 연구의 연륜도 어느덧 한 세기를 육박하고 있는 셈이 된다.

지금까지 진행되어 온 연구사를 조감해 본다면, 초기의 인식론에서 기원·발생론을 거쳐 형태론·작가론 등으로 行되어 오다가 최근에 와서는 해석학·문예미학의 영역으로까지 진전되고 있음을 볼 수 있다.

이런 先行 연구들을 또 다른 관점에서 본다면 일반적인 작품론, 수사나 주제·소재론, 작품 구조론, 작가별 작품론, 지역별·시대별 작품론 등으로 분류할 수도 있을 것이다.

本 論題와 연관 시켜서 지역별 작품론의 실태를 본다면 嶺·湖南에 대한 연구가 주축을 이루고 있음을 알 수 있다.

영남권에 관한 것으로는 趙潤濟의 "퇴계를 중심으로 한 영남가단"[3]과 洪在烋의 "영남의 시조 문학(I)"[4] 등을 예로 들 수 있고, 호남에 대한 것으로는 丁

---

1) 白華生, "時調論", 時代日報(1925. 7. 27).
2) 安廓, "朝鮮의 文學", 學之光 第 6號(1915. 7).
3) 趙潤濟, "退溪를 中心으로 한 嶺南 歌壇", 論文集8(青邱大, 1965).
4) 洪在烋, "嶺南의 時調文學(I)", 洛東 第 19輯(大邱 : 嶺南時調文學會, 1986. 12).

益燮의 <호남 가단 연구>[5]와 池種玉의 "호남 시조의 계보 연구"[6] 등이 대표적인 존재들이다. 희귀한 예에 속하지만, 趙建相의 "호서의 시조 문학"[7]은 湖西 지방의 시조들을 대상으로 삼고 있다.

각 지역별로 출간되고 있는 학술지나 문예지의 근황을 세부적으로 파악할 수는 없으나, 적어도 대표적인 학술 자료집[8]에는 강원도나 關東 지방을 직접적으로 지칭한 시조 연구는 발견되지 않는다. 다만 부분적이거나 연관성이 있는 것들로서 權斗煥의 "송강의 훈민가에 대하여"[9], 鄭明世의 "<금강산유기> 所載 시조의 문헌학적 연구"[10] 등에서 그 관심의 일단을 찾을 수 있을 뿐이다.

本稿에서는 강원도 지방을 대상으로 해서 쓰여진 시조 연구의 일환으로 우선 이 지방을 소재로 한 고시조와 근대시조에 나타난 몇 국면을 計數를 중심으로해서 살펴보고자 한다. 여기서 '고시조'라 함은 갑오경장 이전에 산출된 시조들을 가리키며, '근대시조'라 함은 편의상 갑오경장 이후부터 1950년에 이르는 기간에 창작된 작품들을 지칭한다.

고찰의 대상 작품으로는 고시조의 경우, 朴乙洙의 <韓國時調 大事典>上·下(亞細亞文化社,1992)에 실린 5,122首를 그 대상으로 했으며, 근대시조는 잡지[11], 신문[12], 창작 시조집[13] 등으로 구분해서 대상으로 삼았다.

---

5) 丁益燮, 湖南 歌壇 硏究(進明文化社, 1975).

6) 池鍾玉, "湖南 時調의 系譜 硏究"(博論, 圓光大學院, 1989. 2).

7) 趙健相, "湖西의 時調 文學", 論文集 第 1輯(忠北大, 1960. 3).

8) 朴乙洙, 韓國 時調 大事典, 下(亞細亞文化社, 1992), PP.1569~1656에는 1914~1986年 間에 발표된 시조 관계 단행본 69권과 논문 2,417편의 목록이 작성되어 있고, 蘇在英 外, 韓國 古典文學 關係 硏究論著 總目錄(啓明文化社, 1993), PP.117~236에는 1900~1992年 間에 나온 시조 관계 단행본 90권과 논문 2,755편의 목록이 실려 있음.

9) 權斗煥, "松江의 訓民歌에 對하여", 震壇學報 第 42輯(震壇學會, 1976). '訓民歌'는 송강이 강원도 관찰사로 있을 때 이곳 백성들을 대상으로 해서 지은 작품임.

10) 鄭明世, "<金剛山遊記>所載 時調의 文獻學的 硏究", 時調文學硏究 第2輯(大邱 : 嶺南時調文學會, 1987. 9. 25).

11) 林仙默, 近代時調大典(弘盛社, 1981)에는 <大韓 留學生會 學報>(1907)에서 <春秋>(1944)에 이르는 200여종의 잡지에 실려 있는 6000여 수가 수록되어 있음.

12) _____, 近代時調輯覽(景仁文化社, 1995)에는 <帝國新聞>(1898)에서 <平和日報

本稿에서는 작품 연구의 일환으로 관동을 소재로 한 近·古時調에 나타난 구체적인 計數를 근거로 해서 이 지방에 대한 우리 先人들의 風流와 詩心의 방향이 어떤 양상을 띠고 있는가를 고찰해 보려는 데에 注眼點을 두고자 한다.

2. 詩歌類의 計數上에 나타난 關東의 樣相

'關東'이란 靑石關을 표준으로 해서 그 以西를 關西, 그 以東을 關東이라고 했다는 說, 古代에 京城 以東에 한 大防關이 있어 關東이라고 불렸다는 설, 鐵關(鐵嶺)을 표준으로 하여 그 명칭이 생겼다는 설 등이 있으나14), 어느 것이 近理한 견해인지는 잠깐 판단하기 어렵다.

또 松江의 저 유명한 歌辭 '關東別曲'의 一節인 "關東 八百里에 方面을 맛디시니……"에 대해서도 서울서 강원도의 끝인 平海까지의 거리가 八百九十里이기 때문에 그렇게 표현했다는 說, 강원도 東端서 西端까지의 거리가 約 八百里이기 때문에 그렇게 말했다는 설 등이 있다.15)

어떻든 本稿에서 '關東'이라 함은 古典 詩歌에 등장되는 그런 의미의 것으로서, 현재의 행정 구역으로 본다면, 경상북도에 속하는 울진, 평해까지를 포괄하는 강원도의 별명이라고 할 수 있다.

여기서 지칭하는 '嶺東'·'嶺西'라고 했을 때의 '嶺東地方'이란 通川, 高城, 杆城, 束草, 襄陽, 江陵, 東海, 三陟, 太白, 旌善, 平昌, 洪川의 一部를 지칭하고자 한다16). 이것은 俗稱 東方 6郡(江陵, 三陟, 蔚珍, 襄陽, 高城, 通川)을 嶺東이라

>(1948)에 이르는 80여종의 신문에 실려 있는 5000여 수가 수록되어 있음

13) ____, 近代時調集叢覽(檀國大出版部, 1988)에는 <百八煩惱>(1926)에서 <現代朝鮮名詩選>(1950)에 이르는 51종의 창작 시조집에 실려 있는 작품들이 수록되어 있음.

14) 金善豊, "江陵地方 詩歌의 民俗學的研究"(博論, 高麗大 大學院, 1976. 10), p.3 및 한국토지공사, 강원도 땅이름(한국토지공사 강원지사, 1997), p.9.

15) 朴晟儀, 松江.蘆溪. 孤山의 詩歌文學(玄岩社, 1966), p.35.

16) 關東大學校 附設 嶺東文化硏究所의 指針 및 李翊燮,嶺東.嶺西의 言語分化(서울大出

칭하고, 西方15郡(寧越, 平昌, 旌善, 原州, 橫城, 洪川, 春川, 楊口, 華川, 麟蹄, 淮陽, 金化, 伊川, 平康, 鐵原)을 嶺西라고 했던 종래의 견해17)와는 차이를 보이고 있는 대목이다.

이 관동의 地名이나 名所 등이 이와 有關한 각종 詩歌類에 어떤 分布나 頻度로 나타나고 있는지를 鄭澈의 '關東別曲'(歌辭), 安軸의 '關東別曲'(景幾體歌), <東國輿地勝覽> 등에 실려 있는 漢詩에서 標集的으로 集計해 보면 <集計表 I >과 같다.

먼저 여기에 나타나 있는 84개 항목의 地名이나 名所 중 포괄적 명칭인 '관동', '동해'를 제외한 82개 항을 소재지에 따라 영동, 영서로 구분해 보면 71 : 11로 되어 있어서 영동 지방이 단연 우세함을 알 수 있다. 이는 우리 先人들의 詩心과 風流가 문자 그대로 '山紫水明'한 영동 쪽에 집중되어 왔다는 의미로 해석할 수 있을 것이다. 이런 편중 현상의 중요한 요인은 주로 14개의 금강산 관련 항목과 세칭 '관동 8경'과 유관한 9개 항목에서 비롯된다고 하겠다.

'관동' · '동해'를 포함시킨 이들 84개 항목을 山名, 地名과 같은 순수 자연물과 樓亭과 같은 人工物로 나누어 보면 50:34로 前者의 우세로 되어 있다. 이들의 소재지를 보면 통천군 : 26, 양양 : 9, 강릉 : 8, 고성 : 7, 간성 : 5 등이 多數 지역으로 나타나 있다. 여기서도 통천군이 단연 우세함을 보여 주고 있다.

<집계표I>에 나타난 사항들을 개괄적으로 결론짓는다면, 관동 素材 시가류에 등장된 지명이나 명소는 영동 지방 중심, 자연물 중심으로 되어 있으며, 구체적인 소재지로 본다면 금강산 지역권이 단연 우세하고, 양양, 강릉 , 고성 등도 상당한 비중을 차지하고 있다고 할 수 있다.

版部, 1981)의 '江原道 言語 地圖'에 의거함.
17) 金善豊, 上揭 論文, 同頁.

<집계표I>

出典 / 内容	①	②	③	備考	出典 / 内容	①	②	③	備考	出典 / 内容	①	②	③	備考
杆城			○	杆城	萬瀑洞	○			金剛山	小香爐	○			金剛山
江陵	○		○	江陵	望高臺	○			江陵	十二瀑(布)	○			金剛山
江陵東軒			○	江陵	望棱亭			○	江陵	雁門재	○			金剛山
江門橋	○			江陵	望洋亭	○			江陵	襄陽			○	襄陽
降仙亭		○		襄陽	鳴沙	○	○	○	杆城	永郎湖				高城
開心臺				金剛山	夢泉寺			○	高城	寧越樓			○	寧越
鏡浦(臺)	○			江陵	妙吉祥	○			金剛山	五臺山				平昌
孤石亭			○	鐵原	白玉樓	○			通川	五十川				三陟
高城				高城	白川洞	○			金剛山	雲錦樓			○	江陵
關東	○	○		關東	鳳捿樓			○	平海	元帥臺				鶴浦
觀瀾亭				襄陽	鳳儀樓			○	春川	圓通곡				金剛山
金剛臺				金剛山	北寬亭			○	鐵原	越松臺				蔚珍
金剛山	○			金剛山	分水嶺			○	平康	月精寺				平昌
金난窟	○			通川	佛頂臺			○	金剛山	楡岾寺				金剛山
洛山	○			襄陽	毘盧峯			○	金剛山	義相臺				襄陽
洛山寺				襄陽	憑虛樓			○	原州	長安寺				金剛山
陵仙驛				襄陽	四仙亭			○	高城	旌善			○	旌善
陵波臺				三陟	獅子峯			○	金剛山	正陽寺				金剛山
樂豊驛				江陵	山暎樓			○	高城	酒泉石				原州
丹穴	○			高城	三日浦			○	高城	竹西樓				三陟
大關嶺				江陵	祥雲驛			○	襄陽	衆香城				金剛山
大香爐				金剛山	祥雲亭			○	襄陽	眞珠館				三陟
東海	○			東海	仙槎	○			蔚珍	眞歇臺				金剛山
燈明寺				江陵	仙遊潭	○	○		高城	鐵嶺			○	淮陽
摩訶衍	○			金剛山	雪嶽			○	束草	鐵原			○	鐵原
萬景臺				杆城	召公臺			○	三陟	淸澗亭				杆城
萬景樓			○	杆城	昭陽江	○			原州	叢石亭	○	○		通川
聚遠臺			○	江陵	寒松亭			○	江陵	淮陽			○	淮陽
雉岳山	○			原州	海山亭			○	高城					
太白山	○			太白	峴山	○			襄陽					
通川			○	通川	穴望峯	○			金剛山					
楓岳	○			金剛山	花川	○			淮陽					

※出典 中 ①은 鄭澈의 '關東別曲' (歌辭)

②는 安軸의 '關東別曲' (景幾體歌)

③은 漢詩 (東國輿地勝覽 等) 등을 각각 표시한 것임.

3. 近·古時調에 나타난 關東의 諸樣相

本 欄에서도 먼저 영동, 영서로 二分해서 아래의 <집계표Ⅱ>에 나타난 양상을 개관해 보기로 한다.

근·고시조에 나타난 총 91개 항목의 지명, 명소 중 '강원도', '관동', '동해'를 제외한 88개 항목을 소재지에 따라 영동, 영서로 구분해 보면 그 비율은 73 : 15로 집계가 된다. 이것은 앞서 살펴 본 각종 시가류의 경우(71 : 11)와 너무나 흡사한 수치를 보여 주는 것이라고 하겠다.

이렇게 보면 관동 소재의 각종 시가류에 나타난 우리 선인들의 취향은 일관된 틀을 유지하고 있다고 할 수 있을 것이다.

또 山名, 地名과 같은 순수 자연물과 樓亭과 같은 인공물의 경우를 보면 68 : 23의 비율로 되어 있어서, 시조가 상대적으로 다른 시가류보다 더욱 친자연성을 띠고 있다고 할 수 있겠다.

<집계표 Ⅱ>

内容 \ 出典	①	②	③	備考	内容 \ 出典	①	②	③	備考	内容 \ 出典	①	②	③	備考
迦葉峯		1	3	金剛山	霧在嶺		1		金剛山	萬世橋	1			淮陽
江陵	1	2	1	江陵	文珠潭		1		金剛山	萬川		1		原州
江原道	3			江原道	文筆峯		1		金剛山	萬瀑洞		13	58	金剛山
皆骨山	3			金剛山	白雲臺		6	6	金剛山	望軍臺		5	7	金剛山
鏡浦臺	3	2		江陵	普德窟		1	4	金剛山	望洋亭		1	4	蔚珍
關東	1	1		關東	毘盧峯		18	42	金剛山	明境臺		6	2	蔚珍
九龍淵	1	18	13	金剛山	飛鳳瀑		5	6	金剛山	鳴沙	1	1		高城
金剛門		1		金剛山	四仙橋		1	2	高城	鳴淵潭		3	3	金剛山
金剛山	2	148	318	金剛山	四仙亭		1		高城	妙吉祥		3	6	金剛山
金剛巖		1	1	寧越	山暎樓		1	1	高城	永郎湖	1	1		高城
錦江亭		1	1	寧越	三佛岩		1	1	金剛郡	靈源洞		3	3	金剛山
金幱窟	1			金剛山	三日浦		7	6	高城	靈源菴		1	10	金剛山
禁夢菴		1	1	寧越	三陟	1			三陟	寧越		1		寧越
內金剛		6	1	金剛山	西氷庫	1			金剛山	五臺山		1	3	平昌
斷髮嶺	1	3	1	通川	仙遊潭	1			金剛山	玉流洞		3	4	金剛山
端宗陵		1	1	寧越	雪嶽山	1			束草	王陽寺		1		金剛山

東海		2		東海	水簾洞		2	5	金剛山	外金剛		5	4	金剛山
摩尼洞	1			金剛山	十二瀑		3	2	金剛山	月精寺		1	3	平昌
摩訶衍		5	7	金剛山	仰望臺		1		金剛山	楡岾寺	1	3	4	金剛山
萬景臺		1		金剛山	業鏡臺		1	2	金剛山	隱仙臺		1		金剛山
萬物相		10	4	金剛山	連珠潭		1		金剛山	長安寺		6	9	金剛山
正陽寺		2	11	金剛山	春川		1	3	春川	楓川原	1			金剛山
丁子閣		1	1	寧越	雉嶽山	1			原州	表訓寺		6	7	金剛山
衆香城		3	1	金剛山	七寶庵		1	3	金剛山	寒松亭	3			江陵
眞珠潭		4	3	金剛山	七星峯		1		金剛山	寒霞溪		2		金剛山
天仙臺		5	5	金剛山	太白		4	4	太白	海金剛		5	6	金剛山
鐵嶺	3	1		淮陽	太白山	1			太白	歇醒樓		1		金剛山
鐵原		2	2	鐵原	太子宮		1	5	金剛山	玄叢石		1		通川
淸冷浦	1	1	1	寧越	太子陵(墓)		4	22	金剛山	黃泉江		3		金剛山
靑鶴峯		3		金剛山	太子城		3	9	金剛山					
叢石亭	1	5	6	高城	平康		1		平康					

* 出典 中 ①은 고시조의 출현 빈도
②는 근대시조의 출현 빈도
③은 이를 詩題로 한 경우의 작품 首數 등을 각각 표시한 것임.

이제 이러한 개괄적인 사항을 좀 더 구체적으로 살펴 보기 위해서 몇 가지 관점을 설정해 보기로 한다.

먼저 금강산 소재 시조의 경우를 보기로 한다.

출현 빈도를 보면, 고시조의 경우는 전체 23회 중 7회로서 약 30%에 해당된다.

> 摩泥洞 깊은 골로 斷髮嶺을 올라 서니
> 金剛山 萬二千을 歷歷히 다 볼로다
> 아희야 말 바삐 몰아라 어서 가려 하노라[18].

위의 시조에는 한 작품 안에 금강산과 관계되는 사항이 3회나 반복되고 있다.

근대시조의 경우를 보면 총 빈도수 168회 중 140회로서 약 70%에 육박하고 있다.

---

18) 古時調나 近代時調의 작품 예는 편의상 현행 표기법에 따르기로 하였음. 위의 시조는 작자를 알 수 없음.

이것은 '紀行時調' 등 聯時調 형태가 많기 때문이다. 예를 들면 鄭寅普의 '金剛山에서'라는 題下의 작품은 長長 72수로 구성되어 있고, 李殷相의 '金剛行'은 무려 102수가 한 작품을 이루고 있다.

'金剛行'은 1930년 9월 <東亞日報>에 7회에 걸쳐서 연재된 連作으로, 제목 그대로 기행 시조이다.

> 金剛이 저기로다 구름밖에 저기로다
> 꿈인지 상해(眞)런지 그림인지 實相인지
> 알고도 모를 것이야 金剛인가 하노라

로 시작해서

> 金剛이 어드메뇨 東海의 가이로다
> 갈 제는 거기러니 올 제는 胸中에 있네
> 라라라 이대로 지켜 함께 늙자 하노라

로 끝맺고 있다.

금강산 소재의 시조는 빈도에 있어서도 우세하지만, 그것을 詩題로 한 작품의 首數는 더욱 압도적이다. 전체의 작품과 이것을 비교해 보면 다음과 같다.

① 고시조의 경우 : 21 : 7(33% 고시조는 시제가 없으므로 출현 작품 수로
　 계산)
② 근대시조의 경우 : 634 : 592(93%)

금강산 소재 다음으로 많이 나타나는 것은 소위 '관동 8경'이지만, 이는 微微하기만 하다. 고시조에는 전혀 등장하지 않고 있으며, 근대시조의 경우에는 다음과 같은 현상을 보여주고 있다.

① 출현 빈도의 경우는 168 : 15 (8.9%)

② 작품의 수로는 634 : 16 (2.5%)

'관동 8경'을 소재로 한 시조의 예를 '叢石亭'이라 題한 金泰午의 작품 중에서 한 수 인용해 보기로 한다.

> 關東八景 首位라 叢石亭이 예로구나
> 蒼海의 努한 波濤 부딪히고 흩어져를
> 龍宮의 水晶門인가 玄叢石도 奇異해

어떻든 시조의 경우는 그것이 고시조이든 근대시조이든 간에 可히 금강산의 독무대라고 할 수 있을 것이다.

특이한 현상으로는 '寒松亭' 소재의 시조이다. 고시조에서는 출현하는 작품이 3수이나 근대시조의 경우는 全無한 상태이다.

다음의 시조는 저 유명한 紅粧의 작품이다.

> 寒松亭 달 밝은 밤에 鏡浦臺에 물결 잔 제
> 有信한 白鷗는 오락가락 하건마는
> 어떻다 우리의 王孫을 가고 아니 오는고

끝으로 시조 작가에 관해 memo해 보기로 한다.

關東을 소재로 古時調를 남긴 작가는 金重說, 申각, 申獻朝, 安玟英, 趙明履, 紅粧 등이 각각 한 수씩 남겼으며, 근대시조에 있어서 5수 이상 남긴 시조 작가는 다음과 같다.

① 李殷相 : 179首 ② 鄭寅普:72首 ③ 辛宇生 : 69首 ④ 李光洙 : 67首 ⑤金泰午 : 47首
⑥ 金毘盧 : 41首 ⑦ 甲川 : 40首 ⑧ 春波 : 15首 ⑨ 姜邁, 申不出, 紫霞山人, 崔南善 : 各各 11首
⑩ 安廓, 劉瓊龍, 李秉岐, 鄭淑婉 : 各各, 7首 ⑪ 朱耀翰 : 6首 ⑫ 金秋笛 : 5首

이들의 작품 중 일부를 인용해 보면 다음과 같다.
먼저 고시조 중 몇 수를 보기로 한다.

> 江原道 百姓들아 兄弟 訟事 하지 마라
> 종꿰 밭꿰는 얻기에 쉽거니와
> 어데 가 또 얻을 것이라 흘깃흘깃 하는가(151)[19]

위의 시조는 鄭澈의 작품이다.

> 雪嶽山 가는 길에 皆骨山 중을 만나
> 중더러 물은 말이 楓嶽이 어떻더니
> 이 사이 連하여 서리치니 때 맞은가 하노라(2258)

위의 작품은 趙明履의 시조이다. 그리고 다음의 시조는 歷史의 앙금을 머금
은 李恒福의 작품이다.

> 鐵嶺 높은 봉에 쉬어 넘는 저 구름아
> 孤臣 寃淚를 비삼아 떼어다가
> 임 계신 九重深處에 뿌려볼가 하노라(3975)

끝으로 金重說의 작품을 예로 든다.

> 九龍沼 맑은 물에 이내 마음 씻어 내니
> 世上 榮辱이 오로다 꿈이로다
> 이몸이 淸風明月과 함께 늙자 하노라(411)

근대시조는 작품 수의 빈도에 따라 인용해 보기로 한다. 물론 누구보다도
두드러진 것은 李殷相의 경우이다.

---

19) 朴乙洙, 上揭書의 一連番號임. 以下 同一함.

金剛에 살으리랏다
金剛에 살으리랏다
雲霧 데리고
金剛에 살으리랏다
紅塵에 썩은 名利야 아는 체나 하리요

이몸이 쇠어져서
魂이 정녕 있을진대
魂이나마 길이 길이
金剛에 살으리랏다
생전에 더럽힌 몸을 明鏡같이 하고저

— '金剛에 살으리랏다'[20]

다음은 鄭寅普의 시조이다.

맑고도 넓은 개울 몇 폭포를 얼러 온고
들어선 아람드리 기우신양 더 예롭다
곧바람 지났건마는 숨은 아직 울려라

— '金剛山에서', <총람, p.103>

다음은 辛宇生의 한 작품이다. 역시 금강산을 소재로 한 시조이다.

楓川原 부는 바람 옛 英雄의 恨숨이오
甲溪에 흐르는 물 옛 將士의 눈물이라
山川은 예와 같거늘 主人 어데 갔느냐

— '金剛漫吟', <집람, p.820>

---

20) <총람>, p.119. ※林仙默, <近代時調大典>은 <대전>으로, <近代時調輯覽>은 <집람>으로, <近代時調總覽>은 <총람>으로 각각 略語를 쓰기로 하겠음(주(11)~(13) 참조).

다음은 '만폭동 폭포'를 소재로 한 李光洙의 작품이다.

　　萬瀑洞 盤石 위에 바둑판 그려 놓고
　　金剛 風月을 혼자 맡아 노단 말가
　　아마도 風流 男兒는 너 뿐인가 하노라
　　　　　　　　　　　　　　　　— '萬瀑洞', <총람, p.208>

　　金剛이 좋다더뇨 마음 아니 설레인가
　　朝鮮의 보배오라 世界 아니 名山인가
　　내 이제 임의 품안에 안개 볼가 하노라
　　　　　　　　　　　　　　　　— '金剛巡禮', <집람, p.494>

위의 시조는 금강산을 소재로 한 金泰午의 시조이다.
다음은 '총석정'을 소재로 즐겨 쓴 金毘盧의 작품이다.

　　뱃길로 에는 줄을 모를 이는 없다 해도
　　일부러 왜 나섰노 그리운 정 새로워라
　　저다지 연연하올가 물에 점벙 드시네
　　　　　　　　　　　　　　　　— '叢石亭', <대전, p.188>

다음은 '三日浦'를 소재로 한 甲川의 시조이다.

　　高城 三日浦야 잔 물결 춤추노라
　　四仙이 놀던 자취 아직도 남았건만
　　옛 사람은 어데 가고 나 혼자 徘徊하노
　　　　　　　　　　　　　　　　— '三日浦', <대전, p.158>

　　울소 눈물이 솟처 屍身石을 에두르네
　　技術에 진 恨을 지금까지 하소하듯
　　兄弟巖 부딪히면은 흑흑 느껴지더라
　　　　　　　　　　　　　　— 春波 : '金剛詠', <집람, p.1029>

터져서 門이 되고 깔리어 盤이로다
손벽같이 서 있으면 이른바 明鏡이라
묻노라 그 거울에 누구누구 비취인가

            — 姜邁 : '바위', <대전, p.151>

金剛이 하 좋다 하길레 봄 가을 다 버리고
落花 落葉 다 진 뒤에 참 얼굴이 보고지워
여름도 겨울도 아닌 때에 니를 찾아 왔노라

            — 申不出 : '金剛', <대전, p.554>

다음은 崔南善의 작품이다.

하느님 石假山이 어이 여기 와 있는고
귀여운 큰 아드님 무엇으로 고일가 해
찾아도 아까운 이것 물려 주심이니라

            — '毘盧峯에서', <총람, p.311>

작품 수는 많지 않지만 소재로서 가장 다채로운 것은 安廓의 시조들이다.
다음의 작품은 溟州의 傳說을 토대로 하고 있다.

溟州에 이는 秋波 書窓 앞에 흘러 든다
月下情 은근하자 折桂期約 더 좋구나
祖帳에 둘의 心思야 둘이서만 알리라

            — '溟州', <총람, p.223>

다음은 李秉岐의 時調이다.

때로 이는 물결 밀어오다 스러진다
눕고 앉고 서서 바다를 노려 보고
아직도 누긋한 마음 太古런듯 하도다

            — '叢石亭', <총람, p.552>

끝으로 朱耀翰의 작품을 보기로 한다.

> 金剛을 본다 하여 본다 하길 十年餘를
> 山人불에 탄다 하니 나를 아니 뵈시려는가
> 타다가 남은 자췬들 아니 칭송 하리오
>
> — '金剛山火', <대전, p.952>

4. 近·古時調의 主題 考

1) 古時調의 主題

'관동'을 직접적으로 지칭했거나 素材가 된 古時調는 18수이다. 이들 작품을 <韓國 時調文學 大事典>의 順次대로 열거해 보면 다음과 같다.

○ 150 : 相思(情念)

○ 151 : 兄弟 友愛(人倫)

○ 152 : 相思(情念) ※사설시조

○ 411 : 脫俗

○ 529 : 敍景

○ 1107 : 自然愛

○ 1367 : 敍景

○ 1505 : 哀傷

○ 1559 : 敍景

○ 2258 : 敍景

○ 3650 : 相思(情念) ※사설시조

○ 3974 : 待春

○ 3975 : 戀君

○ 3976 : 望鄕

○ 4269 : 敍景

○ 4319 : 別離 ※사설시조

○ 4518 : 相思(情念)

○ 4519 : 遊樂 ※사설시조

위에 열거한 관동을 소재로 한 고시조 18수의 주제들을 다시 통합해서 情懷系, 敍景系, 人倫系 등으로 분류하면 다음과 같다.

① 정회계 : 150, 152, 411, 1505, 3650, 3974, 3976, 43149, 4518, 4519(小計 10首)

② 서경계 : 529, 1107, 1367, 1559, 2258, 4269(小計 6首)

③ 인륜계 : 151, 3975(小計 2首)

이렇게 보면 정회계가 단연 두드러짐을 알 수 있다.

주제에 따라 몇 작품만 인용해 보기로 하겠다.

정회계의 주축을 이루고 있는 것은 정념이라고 할 수 있다. 다음의 시조는 임에 대한 소박한 감정을 나타내 주고 있다.

> 저 건너 太白山 밑에 예 못 보던 菜麻田이 좋을시고
> 너리너리 넝쿨에 둥글둥글 수박에 얽혀지고 틀어졌는데
> 꿀같은 참외 조롱조롱 열렸어라
> 두엇다가 다 익거들랑 임 계신 데 보내리라 (3650)

다음의 시조는 세칭 '관동 8경'은 아니지만, 古來로 빈번하게 칭송되어 온 간성 앞 바다인 '鳴沙'를 칭송하고 있다. 그런데 원문에는 '鳴沙'가 '明沙'로 誤記되어 있다. 이것은 아마도 원산 앞 바다의 白沙場인 '明沙'를 誤記한 것인 듯하다.

묻노라 저 禪師야 關東 風景 어떻더냐
明沙十里에 海棠花 붉었는데
遠浦에 兩兩白鷗는 飛疎雨 하더라 (1559)

우리 先人들이 自然 佳境을 말할 때 흔히 쓰는 "明沙十里 海棠花" 句를 그대
로 引用하고 있다. '明沙十里'의 白色, '海棠花'의 赤色, 여기에 더하기를 '白鷗'
의 白色을 배치함으로써 아름다운 자연경을 잘 표현해 주고 있다.

江原道 百姓들아 兄弟 訟事 하지 마라
종뀌 밭뀌는 얻기에 쉽거니와
어디 가 또 얻을 것이라 흘깃흘깃 하는가 (151)

鄭澈이 강원도 관찰사로 있을 때 이곳 백성들을 훈계하기 위해서 지은 '短
歌'의 하나이다. 형제 사이의 友愛를 강조한 人倫之歌이다.
앞에서도 언급을 했듯이 강원도를 소재로 한 고시조는 너무나 零星한 감이
없지 않다. 그런 가운데에도 다채로운 주제를 담고 있다는 것을 특기할 사항
이라고 생각된다.
또 주제와 소재가 깊은 연관성을 띠고 있는 점도 특이하다.

2) 近代時調의 主題

관동을 대상으로 쓰여진 근대시조는 78篇 688首이다(<집계표Ⅱ>의 '詩題
로 한 作品 數'와는 차이가 있음).
하나의 詩題 밑에 2수 이상으로 구성된 연시조의 경우, 그 주제가 全篇에
일관되게 나타나는 것은 아니지만, 작품 전체의 情調(mood)로 보면 대개의 경
우 어느 한 주제를 구심점으로 해서 결집되어 있음을 알 수 있다.
이들 78개 詩題의 주제와 그 주제를 가진 작품의 首數를 보면 다음과 같다
(이들 주제들은 크게 三大別 할 수 있다).

① 情懷를 읊은 것 : 30편, 86수(12.4%)
② 敍景과 情懷를 읊은 것 : 28편, 562수(81.7%)
③ 敍景을 읊은 것 : 20편, 40수(5.9%)

　이들 주제에서 '敍景'이 중심을 이루고 있는 것은 本稿의 대상 소재가 대체로 관동의 地名 · 名所이기 때문이다.
　먼저 정회를 주제로 한 작품들을 고찰해 보기로 한다.
　이런 주제의 시조를 많이 남긴 이는 李殷相이며, 주로 금강산 기행 등에서 麻衣太子에 대한 哀傷이 중심이 되어 있다. 또 막연한 정회를 읊은 것도 있고, 어떤 사건에 대한 정감이나 단순한 칭송으로도 나타나 있다.
　먼저 마의태자에 대한 憐憫의 情을 보기로 한다.

　　　나라를 잃었으니 무삼 榮光 바라리오
　　　一生이 千年인들 웃음 한번 있으리만
　　　크신 뜻 품고 가시니 못내 설어 하노라

　　　일우려 하시든 일 어이 다 버리시고
　　　寂寞 空山에 줌 흙이 되오신고
　　　풀 끝에 맺힌 이슬은 怨淚인가 하노라
　　　　　　　　　—이은상 : '太子墓'의 一節(총람, pp.568〜569).

　다음의 시조는 山暎樓에서의 막연한 정서를 노래하고 있다.

　　　樓 아래 蓮못 가에 잔 고기 떼를 모아
　　　나같기 달을 맞아 이리저리 노닐기로
　　　그들을 벗하여 놀다 돌아 올 줄 몰랐어라
　　　　　　　　　—金世震 : '山暎樓의 밤'(대전, p.248).

　위의 시조에서는 막연한 閑情이 나타나 있을 뿐이다.

또 어떤 사건에 대한 情感을 노래한 작품도 있다.

　　　　금강을 본다 하여 본다 하길 십년여를
　　　　산서 불에 탄다 하니 나를 아니 뵈시려는가
　　　　타다가 남은 자취들 아니 황송하리오

　　　　만물초 구룡연이 한줌 재가 되단 말가
　　　　초목이 다 타던들 바위 아니 남았으리
　　　　만폭동 찧는 불이야 마를 줄이 있으랴
　　　　　　　　　　　— 朱耀翰 : '金剛山火'의 一節(대전, p.952).

다음의 시조는 단순한 칭송을 주제로 하고 있다.

　　　　太白에 꽃이 피니 富貴가 雙全이라
　　　　大國民의 저런 歷史 永遠토록 할 것 같다
　　　　太皇祖 크신 힘은 萬年 無彊이라

　　　　太白에 비 내리니 群物이 滋生이라
　　　　즐거움과 부르짖음 들 밖에 가득하다
　　　　太皇祖 어지신 化는 萬物 均霑이로다
　　　　　　　　　　　— 公六 : '太白에'의 一節(대전, pp.62~63).

　　太白의 위대함과 德을 찬양한 崔南善의 國土 禮讚의 한 作品이다. 그의 <國土巡禮>에는 이런 내용으로 가득 차 있다.
　　崔南善은 六堂이라는 號 外에도 公六子·大夢崔·한샘·樂天子 등 많은 筆名을 쓰고 있다.
　　다음으로는 자연의 아름다움이나 威容을 읊은 敍景系를 보기로 한다. 이런 작품의 소재들은 대부분 金剛山群이며, 간혹 총석정 등이 등장되기도 한다.

　　　　요리조리 돌아 굴을 겨우 벗어나니

앙상한 白樺서리 눈인양 돌도 희고
트이는 까만 虛空에 峯이 새로 솟는다

서대는 다람쥐가 길을 자주 알리우고
잦은 서리 틈에 石楠은 연연하고
젓나무 썩어진 뿌리 향은 그저 남았다

나린 바위 낱이 발 아래 떨고 있고
봄마다 골마다 제여곰 다른 모양
한눈에 모여 드나니 다만 어질 하여라
— 李秉岐 : '迦葉峯'(총람, p.52).

금강산의 한 봉우리인 가섭봉과 그 주변의 경관을 담담하게 그리고 있을
뿐, 여기서 일어나는 정회는 되도록 감추고 있다.

斷崖 絶壁은 깎은듯이 水晶인떼
萬頃 滄海는 水平線 뿐이로다
美麗코 莊嚴한 景致 이도 金剛 속인가
— 金禧圭 : '叢石亭'(총람, p.552).

총석정의 위용을 美化法을 한껏 사용해서 그려내고 있다.
그러나 뭐니뭐니 해도 절대적인 비중을 차지하고 있는 주제로는 敍景과 情
懷가 混合된 것들이다.
이러한 주제를 가진 시조들 역시 대부분의 소재는 金剛山群이라고 할 수 있다.

돌이면 다 돌이요 물이면 다 물이요
귀로 듣는 돌이어니 코로 맡는 물이어니
꽃과 새 잡힐 듯해서 손을 들고 섰었오

버럭 소릴 내어 울어 보고 싶은 마음
왈칵 소릴 질러 웃어 보고 싶은 마음

나종엔 울도 웃도 못하고 멍하니만 보느니
— 申不出 : '金剛'의 一節(대전, p.554).

앞의 시조는 서경이고, 뒤의 것은 그저 정회이다. 이렇게 해서 금강산에 대한 視角이 더욱 다양성을 띠게 된다.

때로 이는 물결 밀어 오다 스러진다
눕고 앉고 서서 바다를 노려 보고
아직도 느긋한 마음 太古런듯 하도다

한껏 고요하고 琉璃같이 맑은 바다
어두운 굴에 金幡이 빛이 나고
앞 섬에 알을 놔두고 갈매기도 날아 오다
— 李秉岐 : '叢石亭'(총람, p.552).

이번에는 앞의 작품이 정회이고 뒤의 것이 서경이다. 총석정 부근의 풍경과 거기에 상응하는 정회가 조용한 가운데 연결되어 있다.
끝으로 '관동 8경' 중 위치상으로 최남단에 있는 望洋亭을 소재로 한 작품을 들어본다.

近方의 人家들이 눈 아래 깔려 있고
몇십길 絶壁 밑에 萬頃蒼波 아득하니
한덩이 구름을 타고 바다 위에 뜬 듯하이

北風 寒雪에도 푸른 저 물 얼지 않네
四時로 어느 때나 이 亭子에 머물고저
내 넋은 물결을 지어 새 港口를 더듬어
— 吳信惠 : '望洋亭' (총람, pp.211~212).

역시 서경과 정회를 읊은 시조로서, 앞의 것이 敍景, 뒤의 것은 情懷라고 할 수 있다.

5. 結語

1920년대부터 본격적으로 논의하기 시작한 시조 연구는 초기의 인식론에서 출발해서 여러 단계를 거치는 농안 오늘의 해석학·문예미학적 연구에까지 이르렀다. 지역별 연구도 그 중의 한 형태였다고 할 수 있다.

지역 중심의 연구는 영·호남이 주축을 이루고 있으며, 직접적으로 관동이나 강원도 지방을 지칭한 연구는 찾아 볼 수 없다.

본고에서는 관동 지방을 소재로 한 근·고시조에 나타난 계수적인 사실을 중심으로 주제와 소재에 관한 개략적인 고찰을 시도하였다. 지금까지 논의해 온 바를 요약해서 결론으로 삼고자 한다.

① 정철의 '관동별곡'(가사)과 안축의 '관동별곡'(경기체가), <동국여지승람> 등에 실린 한시에 나타나 있는 관동 지방의 지명·명소를 통계적으로 비교해 보면 영동이 영서를 크게 압도하고 있다. 이는 주로 금강산이나 '관동 8 경'이 소재로 많이 쓰이고 있기 때문이다.
② 이들 시조에 나타난 지명이나 명소를 자연물과 인공물로 나누어 보면 자연물이 훨씬 우세하다.
③ 근·고시조에 나타난 지명이나 명소를 소재지별로 비교해 보면 그 빈도에 있어서 영동 지방이 훨씬 우세하다. 이것 역시 금강산이나 '관동 8경'에 기인한다. 자연물과 인공물의 대비에 있어서는 전자가 압도적이다.
④ 근·고시조에서 영동 우위의 결정적인 역할을 한 금강산과 이에 결부된 소재들은 출현 빈도에 있어서 고시조 30%, 근대시조 70%의 비중을 보이고 있다. 또 금강산군을 시제로 한 작품수는 고시조 33%(고시조는 시제가 없으나, 소재가 바로 시제로 전환될 수 있음), 근대시조 93%의 비중을

보이고 있다.

⑤ 금강산 다음으로 많이 출현하리라고 기대되었던 '관동 8경'은 고시조에
는 전혀 등장하지 않았고, 근대시조의 경우에도 아주 미약하기만 하다.

⑥ 관동을 소재로 한 근·고시조를 총괄적으로 볼 때 출현 빈도나 작품 수
에 있어서 금강산의 우위가 두드러지며, 또 인공물보다 자연물이 훨씬
우세한 것도 금강산에 기인한다고 하겠다.

⑦ 이들 시조의 주제는 고시조의 경우는 정회계>서경계>인륜계의 순이
며, 근대시조의 경우는 서경과 정회>정회>서경의 순위를 보이고 있다.
특히 근대시조의 주제에서 서경적 요소가 두드러진 것은 역시 금강산이
중심 축을 이루고 있기 때문이다.

참 고 문 헌

1. 자 료

박을수. 한국시조대사전 싱·하. 아세아문화사, 1992.
임선묵. 근대시조대전. 홍성사, 1981.
_____. 근대시조집총람. 단국대 출판부, 1988.
_____. 근대시조집람. 경인문화사, 1995.

2. 단행본

박성의. 송강·노계·고산의 시가문학. 현암사, 1966.
소재영 외. 한국고전문학관계 연구논저총목록. 계명문화사, 1993.
이익섭. 영동·영서의 언어분화. 서울대 출판부, 1981.
정익섭. 호남가단연구. 진명문화사, 1975.
한국토지공사. 강원도의 땅이름. 토지공사강원지사, 1997.

3. 논 문

권두한. "송강의 훈민가에 대하여". 진단학보 제42집. 진단학회, 1976.
김선풍. "강릉지방 시가의 민속학적 연구". 박사논문. 고려대대학원, 1976. 10.
백화생. "시조론". 시대일보. 1925. 7. 27.
안 확. "조선의 문학". 학지광 제6호. 학지광사, 1915. 7.
정명세. "<금강산유기> 소재 시조의 문헌학적연구". 시조문학연구 제2집. 대
    구 : 영남시조문 학회, 1987. 9. 25.
조건상. "호서의 시가 문학". 논문집 제1집. 충북대, 1960. 3.
조윤제. "퇴계를 중심으로 한 영남가단". 논문집 8. 청구대, 1965.
지종옥. "호남시조의 계보연구". 박사논문. 원광대대학원, 1989. 2.
홍재효. "영남의 시조문학(Ⅰ)". 낙동 제19집. 대구 : 영남시조문학회, 1986. 12.

II. 東海市 素材 古典 文學의 몇 局面

1. 緖 言

국문 시가이든 한시이든, 혹은 기문이든, 동해시와 관계되는 작품을 선정함에 있어서는 동해시가 형성되기까지의 역사적인 배경에 관해서 간단히 언급할 필요가 있을 것 같다.

이 지역은 고대에는 悉直國 혹은 悉直州에 속해 있었던 것이 고려에 들어와서 현종 9년(1018)에 부곡 지방을 중심으로 해서 남쪽 지역은 삼척현에, 북쪽 지역은 강릉부에 예속시킴으로써 지역이 분할되게 되었다.

조선 시대에 와서는 남쪽 지역은 인조 9년(1631)에 북평리와 반곡리로 분리되었고, 현종 3년(1662)에 반곡이 견박으로 변경되었다.

영조 14년(1738)에 북평은 북상면·북하면으로, 견박리는 견상리·견하리로 분리된 바 있고, 순조 1년(1801)에 북상면은 도상면, 북하면은 도하면으로 바뀌고, 견상리와 견하리는 견박면으로 통합되었는데, 1914년에는 이 3개 면이 합쳐져서 북상면이 되었고, 1945년에는 북평읍으로 승격되었다.

북쪽 지역의 경우 인조 26년(1648)에는 강릉부 망상리였으나, 숙종 31년(1705)에 망상면으로 되었고, 1941년 8월에 묵호항이 개항됨에 따라 1943년 10월에 묵호읍으로 승격되었다.

이러한 변천을 거쳐서 1980년 4월 1일자로 북평읍과 묵호읍이 통합되어 오늘의 동해시로 승격되었던 것이다.

동해시와 유관한 고전 문학의 대상과 범위를 선정함에 있어서는 이러한 역사적인 배경이 고려되어야 할 것이다. 동해시가 북쪽으로는 명주군(현 강릉시)의 일부인 묵호읍과, 남쪽으로는 삼척군(현 삼척시)의 일부인 북평읍을 통합시켜 새로운 시로 탄생되었기 때문에 현재의 동해시의 행정 구역은 물론, 막연하게 삼척과 명주에 관련된 작품들이나 혹은 삼척·명주 두 지역에 관계되는 경우, 나아가서는 강원도 전체와 연관성이 있는 작품들도 고려의 대상이 될 수 있다고 생각한다.

본서에서는 가급적이면 이러한 포괄적인 입장을 취하려 한다.

또 국문 시가이 경우는 편이상 현행 맞춤법에 이거, 되도록 현대문으로 전환시켜 작품 인용을 하려고 한다.

2. 詩歌

'시가'라는 용어는 국문학에서는 "국문 표기 중심의 운문"을 지칭하는 것이지만, 여기서는 편의상 '국문 시가'와 '한시'를 포괄하는 용어로 사용하고자 한다.

국문 시가의 경우, 그 갈래나 대상은 매우 다양하겠지만, 시조와 가사만을 그 대상으로 삼기로 한다.

먼저 시조의 경우를 보기로 한다.

강원도 전 지역에 관계되는 시조로 먼저 松江 鄭澈의 작품을 들 수 있다.

강원도 백성들아 형제 송사(訟事) 하지 마라
노비와 전답은 얻기에 쉽거니와
어디 가 또 얻을 것이라 서로 눈을 흘기는가

강원도 백성들에게 형제 사이에 우애가 있기를 가르친 시조이다. 송강은 45세 때에 강원도 관찰사로 부임해서 일년 정도 재직한 일이 있었는데, 그 때에 지은 '訓民歌'(16수)는 너무나 잘 알려진 연시조이다. 위의 작품도 그 무렵에 쓰여진 것으로 추측된다.('훈민가'는 강원도와 관계되는 구체적인 지명이 명시되지 않았기 때문에 여기서는 작품 인용을 생략한다.)

또 작자 미상(未詳)의 작품에 다음과 같은 시조도 있다.

    묻노라 저 선사(禪師)야 관동 풍경 어떻더니?
    명사십리(明沙十里)에 해당화만 붉어 있고
    원포(遠浦)에 兩兩白鷗는 飛疎雨를 하더라

동해시와 구체적인 연관성이 있는 유일한 고시조는 아마 南九萬의 작품일 것이다.

    동창(東窓)이 밝았느냐 노고지리 우짖는다
    소 칠 아이는 아직 아니 일어 났느냐
    재 너머 사래 긴 밭을 언제 갈려 하느냐

남구만(1629~1711)은 조선조 숙종 때 사람이다. 그의 자(字)는 雲路, 호는 藥天 혹은 美齋, 시호(諡號)는 文忠이며, 본관은 宜寧이다.

효종 7년(1656)에 문과(文科)에 올라 도승지, 대제학, 영의정 등을 두루 역임했다.

사색(四色) 당쟁의 소용돌이 속에서 소론(少論)의 영수가 된 그는 숙종 15년(1689) 2월 己巳換局의 화를 입고 동해시 望祥洞 深谷 마을에 유배되었다가 2년 후에 다시 조정으로 복귀하였다.

동해 고속도로 하행선 휴게소에 세워진 '藥泉 時調碑'에는 바로 이 작품이 세겨져 있다.

오늘날 망상동에 남아 있는 '약천샘'도 남구만의 호를 따서 붙혀진 이름이며, 長田은 시조 속에 나오는 "사래 긴 밭"의 한자식 명칭이기도 하다.

    동해(東海)를 넓다더니 이제 보니 과연 넓다
    魯仲達 없으니 누가 다시 바랄 것인가

아마도 강한조종(江漢朝宗)은 옛 길인가 하노라
— 朴淳愚의 시조

여기서 '동해'는 딱히 동해시나 강원도에 국한된 것은 아닐지 모른다. 그러나, 고시가에서 "東海……."운운(云云)의 글귀는 대부분 강원도를 염두에 두고 있음을 볼 때, 이 시조도 좁게는 동해시, 넓게는 강원도와 결부된 것이 아닌가 한다.

동해 위 五峰山이 夢龍室에 강신(降神)하여
적공(積工)한 <聖學輯要>·<西山衍義> 이었구나
천년에 石潭 추월(秋月)이 선생(先生) 기상이구나
— 趙槐의 시조

이 시조는 栗谷 李珥를 model로하여 쓰여진 작품이다. '몽룡실'이나 '석담' 등은 다 율곡과 관계되는 처소이며, <성학집요>는 그의 저서의 하나이다.
따라서 위의 작품에 나오는 '동해'는 좁게는 강릉 앞 바다를 가리키겠지만, 범위를 좀 더 넓힌다면 동해시나 혹은 강원도와 연관되는 존재라고 볼 수 있다.
위의 시조들 외에도 "동해……."운운의 작품들이 더러 있지만, 그 내용으로 볼 때 동해시 내지 강원도와 결부시키는 데는 무리가 있기 때문에 예문으로 제시하지 않기로 한다.
가사(歌辭)나 한시(漢詩)에서처럼 강원도를 대상으로 해서 쓰여진 시조들은 金剛山이나 關東 八景을 소재로 한 것들이 주류를 이루고 있어서, 구체적으로 동해시와 연관된 작품을 찾기란 쉬운 일이 아니다.
이번에는 가사의 경우를 보기로 한다.
가사도 시조처럼 정송강의 작품을 먼저 예문으로 들 수 있다. '關東別曲'이 바로 그러한 작품이다.
이 가사는 송강이 45세 되던 해인 선조 13년(1580)에 강원도 관찰사로 부임

할 때, 한가한 틈을 타서 금강산, 관동 8경 등 관동 지방의 승경(勝景)들을 두루 돌아 보고 쓴 대표적인 기행가사(紀行歌辭)이다. 구체적인 유람 코스를 보면 춘천 → 철원 → 회양 → 금강산 일대 → 명사십리 → 금란굴 → 총석정 → 삼일포 → 낙산의 일출(日出) → 경포 → 삼척의 죽서루·오십천 → 울진 망양정의 월출(月出) 등으로 되어 있다.

이러한 다양한 여정(旅程)들 중에서 동해시와 비교적 근접된 것으로는 강릉과 삼척에 관한 부분이라고 할 수 있겠다.

석양 무렵 峴山의 철쭉꽃을 이어 밟아
귀인이 탄 수레가 鏡浦로 내려 가니
십리나 되는 흰 깁을 다리고 다시 다려
소나무로 울타리를 한 속에 한없이 펼쳐져 있으니
물결도 잔잔하기도 잔잔하구나 모래알을 헤일 만하구나

江陵 大都護 풍속이 좋을시고
절효정문(節孝旌門)이 고을마다 벌렸으니
태평한 시대가 지금도 있다 하겠구나
眞珠館 竹西樓 五十川 내리는 물이
太白山 그림자를 東海로 담아 가니
차라리 漢江의 南山에 닿게 하고저!

三陟 竹西樓 경내(境內)에는 "진주관 죽서루 오십천 내리는 물이……" 운운의 글귀가 새겨진 정철의 노래비가 서 잇다.

高麗 忠肅王 17년(1330)에 江陵道存無使로 있다가 이임(離任)할 때 관동 지방의 절경을 읊은 安軸의 景幾體歌인 '關東別曲'에는 동해시와 직접적인 관련이 있는 글귀는 찾아 볼 수 없다.

朝鮮朝 哲宗 때 지은 것으로 추측되는 작자 미상의 장편 가사인 '關東壯遊歌'에도 관동 8경에 관한 내용만이 가득할 뿐, 역시 동해시와 구체적으로 유관한 대목은 찾아 볼 수 없다.

'關東續別曲'은 曹友仁(1561~1625)의 작품이다.

이 가사는 그의 만년(晚年)에 정송강의 '관동별곡'을 읽고 감동해서, 자기가 젊었을 때 유람한 바 있는 관동 지방의 풍물과 그 소감을 송강의 '관동별곡'과 중복되지 않는 곳을 중심으로 회상하여 지은 것이다.

이 노래에는 강릉과 삼척에 관련된 부분이 극히 단편적으로 표현되어 있다.

> 월백(月白) 寒松에 有信(유신)한 沙鷗(사구)들은
> 浪吟(낭음) 飛過(비과)를 아는가 모르는가
> 凌波(능파) 羅襪(나말)을 洛浦로 돌아 갔는가
> 博望(박망) 仙槎(선사)를 마주 올 듯하건마는
> 月松(월송) 지나는 것을 잊을가 생각했던가

여기서 '寒松'은 강릉의 寒松亭이며, '仙槎'는 울진의 이명(異名)이다. '凌波'는 혹시 동해시의 '凌波臺'를 가리키는 것인지 모르겠다.

'觀東海歌'는 작자는 알 수 없는 내방가사(內房歌辭)의 하나이다. 출가(出嫁)한 여인이 동해의 웅장한 경치를 바라보면서 고향에 대한 그리움을 노래한 이 가사는 초반 내용 중에 "세재(歲在) 辛酉年(신유년)이오 월재(月在) 五月(오월)이라"라는 구절이 있는 것으로 보아 純祖 원년(1801)에 지은 것으로 추단할 수 있다.

가사의 서두 부분은 다음과 같다.

> 오호유지 동해수(東海水)는
> 사해중(四海中)에 으뜸이요
> 조선중(朝鮮中) 대지(大地)로다
> 세상(世上)이 한유(閑遊)하여
> 동해수(東海水) 조종(祖宗)이라
> ······ 中略 ······
> 세재(歲在) 신유(辛酉)요 월재(月在) 오월(五月)이라

玉所 權燮(1671~1759)의 '寧三別曲'은 그가 35세 때에 영월과 삼척 등지를 유람하고 쓴 기행가사이다. 여기에는 동해시 북평의 '靑玉山', 삼척군 삼화리의 '雲橋'·'東海' 등 동해시와 직·간접으로 연루되는 소재들이 다소간 등장하고 있다.

바윗길 익숙한 중이 큰 가마를 늦추어 메고
떨어진 험한 벼랑 얼른 지나 가서
靑玉山 속으로 첩첩이 돌아 드니
운모병(雲母屛) 금수장(錦繡帳)이 좌우로 펼쳐 있구나
雲橋를 걸어 건너 솔 속에 쉬고 앉아
나무하는 아이들아 지난 일 묻자꾸나
······ 中略 ······
백사장을 이어 밟아 東海로 내려 가서
백옥주(白玉柱) 벌려 있는 곳에 헤집고 앉으니
동서(東西)를 모르거니 원근(遠近)을 어이 알랴

작자 미상의 '陟州歌'는 동해시의 명소(名所)인 '凌波臺'와 '武陵溪'를 자세하게 묘사하고 있어서 위에 인용한 어느 작품보다도 더 동해시에 연관된 처소들이 구체적으로 명시되고 있다. 추암리에 있었던 '능파대'와 삼화동 소재의 '무릉계'는 소위 '陟州 八景'에 드는 명승(名勝)이다('척주 8경'이란 ① 竹西樓 ② 凌波臺 ③ 廻江亭 ④ 鎭東樓 ⑤ 翠屛山 ⑥ 武陵溪 ⑦ 萬景臺 ⑧ 燕謹堂 등을 일컫는다).
실제의 작품을 보면 다음과 같다.

凌波台는 어디메오 약일(約日)하여 놀겠노라
큰 배에 돛을 달아 토포사(討捕使)와 동행하니
물 위의 호적(胡笛) 소리 새롭기도 하거니와
어부사(漁父詞) 여창(女唱) 소리 뇨뇨(裊裊)함이 더욱 좋네
잠간 사이 일범풍(一汎風)이 신지(信地)에 그쳤으니
돌올(突兀)한 등군지가 대해(大海)에 임(臨)하였고

큰 괴석(怪石) 작은 괴석 수변(水邊)에 벌려 있으니
질실로 기이(奇異)함이 海金剛과 백중(伯仲)이라

武陵溪 좋다고 함을 옛 글에서 보앗더니
이름과 비슷하니 이 아니 도원(桃源)인가
청산(靑山)이 겹겹하고 녹수(綠水)는 도도(滔滔)한데
옥(玉)같은 넓은 바위 물 위에 걸려 있으니
넓이를 헤아려 보면 십만인(十萬人)도 가능하리
전전(轉轉) 심입(深入)하여 영경(靈境)을 찾아 가니
층층한 오색 바위 하늘을 고이고 있는 듯
높고 높은 鶴巢臺에 離又瀑이 가로질러 섰고
삼층 진 짚은 소(沼)에는 신룡(神龍)이 잠겨 있구나
천지(天地)의 조화공(造化工)이 어찌 그리 교공(巧工)한가

끝으로 한시(漢詩)의 경우를 보기로 한다.

강원도를 소재로 한 한시의 문헌으로는 <東文選>, <大東詩選>, <東國輿地勝覽>, <江原道志>(강원도, 1940. 9), <關東志>(1829~1831), <關東邑誌>(1871), 최근에 출간된 각 시군지(市郡誌) 등을 꼽을 수 있다.

그러나 이러한 여러 전적(典籍)들보다도 가장 방대(尨大)하고 구체적인 자료는 <내 고장 자랑 東海市> Ⅰ-Ⅴ輯(東海文化院,1985~1988)이라고 할 수 있다.

이러한 여러 자료집에 실려 있는 작품들 중에서 동해시와 관계 있는 것들만 선택적으로 소개하고자 한다.

동해시의 여러 명소(名所)들 중에서 가장 인기가 있었던 곳은 凌波臺였던 것 같다. '陟州 八景' 중에서 竹西樓 다음으로 거명된 것만 보아도 그 사실을 알 수 있다.

高麗 말엽의 문신(文臣)인 通亭 姜淮伯(1357~1402)의 '凌波臺'詩가 그의 문집인 <通亭集>에 실려 있다.

登臨宛在蔚藍天   올라와 보니 뚜렷이 울람천에 있고

俯瞰人寰若箇邊	굽어 보니 인간 세상은 아래 쪽에 있네
直恐淸都臨咫尺	신선의 세계는 바로 지척에 와 닿았으니
不憑丹竈覓神仙	단조에 의지해서 신선을 찾지 않네
金浮沆瀣連三島	금빛은 황해에 떠서 세 섬과 연대어 있고
日射玻瓈絟百川	해는 파려를 쏘아 여러 시내를 묶었네
坐久精神苦淸澁	오래 앉아 있노라니 정신이 맑고 얽히는데
風吹鶴背更冷然	바람이 학의 등으로 부니 다시 서늘하네

<陟州誌>(湫岩里)에도 "千仞稜層鏤積氷"(드높은 저 층계는 얼음을 깎아서 만들었고)로 시작되는 澤堂 李植(1584~1647)의 '凌波臺'가 소개되어 있다.

<眞珠誌>에는 西波 吳道一(1645~1703)이 新興洞을 소재로 쓴 정회시(情懷詩) 한 편이 소개되어 있다.

薄暮停驂古驛村	어스름녘 곁말 멈추니 옛날의 역촌인데
亂藤喬木擁柴門	욱어진 칡 높은 나무가 사립문을 막았네
川南大海靑邱盡	시내 남쪽 바다는 푸른 언덕으로 가려 있고
關外諸山白茯尊	관문 밖은 여러 산인데 백복이 우뚝하네
長路暗驚危鬂換	먼 여행에 놀랍게도 흰 머리 생겼는데
短燈偏覺旅愁繁	등잔불 켜 놓으니 오로지 나그네 시름 뿐
西樓雪後應添爽	서루에 눈 내려 응당 상쾌함이 더하니
倘許逢迎共一樽	만난 김에 잔 기울이며 놀아 보세나

오도일은 문장이 뛰어났었고, 술을 좋아했다고 전해 온다.

그가 한때 강원감사로 있다가 공조 참판(參判)으로까지 승진된 바 있었다. 그 뒤 다시 襄陽府使로 좌천된 바 있는데, 이 시는 분위기로 보아 아마 그가 실의(失意)했을 때의 작품이 아닌가 한다.

그는 지나치게 음주벽이 있어서 肅宗도 하교(下敎)하여 "오도일은 술로 병이 들어 고질이 되어도 깨닫지 못하니 아까운 일이다."라고 하였다 한다.

옛적에 平陵에는 역(驛)이 있었다 한다. 그 규모도 대단해서 15개 역을 관장했다고 한다. 고려말의 충신 元天錫이 읊은 시가 있다.

碧海超超靑	푸른 바다는 넘실대며 푸르고
靑山點點靑	푸른 산은 봉우리마다 푸르랬네
欲將探勝槩	좋은 경치를 찾아 보려고
下馬上林亭	말에서 내려 정자에 오르네

원천석의 호는 耘谷이며 原州人이다.

고려의 사직(社稷)이 기울어지자 稚岳山에 은거하여 말년(末年)을 보낸 사람이다.

이 작품을 언제 지었는지 알 수 없으나, 아마 그가 치악산에 숨어 살면서 농사를 지을 때 쓴 것이 아닌가 한다.

望祥洞은 南九萬의 시조로도 유명한 곳이거니와, 이곳을 연고로 해서 여러 편의 시가 이루어진 바가 있다. 鄭松江이 이곳을 유람할 때 小福이라는 妓女의 미모(美貌)에 이끌려 지었다는 시도 그 중의 하나이다.

咫尺仙娥一望祥	미녀를 지척에 두니 한결같이 망상인데
碧雲迷海信茫茫	푸른 구름 뛰노는 바다가 진실로 아득하구나
如今悔踏眞珠路	진주로 갈 것을 지금에사 후회되네
錯使行人也斷腸	행인으로 하여금 애를 끊게 하나니

다음은 梅月堂 金時習(1435~1493)의 '武陵溪'詩이다.

澗聲浙浙雜松聲	물 소리 졸졸 솔바람 소리와 어울리는데
十里蒼松白石明	끝없는 푸른 솔에 바위 빛이 더욱 희다
定有武陵人避世	무릉에는 속세를 떠난 사람 머물렀다더니
試看流水泛挑英	보아하니 흐르는 물에 복숭아꽃 떠가는구려

세칭(世稱) '척주 8경'의 하나인 '무릉계'를 소재로 읊은 시이다.

김시습은 본관이 강릉으로, '癸酉靖難'(端宗 1년,1453)으로 뜻을 잃고 평생을 방외인(方外人)으로 살다시피한 사람이다. 불세출(不世出)의 천재였던 그는 24세 때에 水落山 속에서 글을 읽다가 단종의 참변 소식을 듣고 방성대곡(放聲大哭)하며 서적을 불살라 버리고 그 길로 방랑의 길에 올랐다.

이 시는 그가 26세 때 五臺山을 거쳐 강릉 일대를 돌다가 寧越로 향할 때 지었거나, 아니면 襄陽府使 柳自漢의 두터운 예대(禮待) 속에 재차 강릉 부근에서 유랑의 생활을 하던 50대 초에 지은 작품일 것이다.

김시습은 觀音寺, 高寂臺 등을 소재로 쓴 시도 남기고 있다.

끝으로 '海岩亭'을 제(題)한 金克己의 시를 보기로 한다.

김극기는 고려 중엽의 시인으로 문명(文名)이 자못 높았으나, 주로 초야(草野)에서 시를 즐겼다.

> 望中孤島沒長天　　바라보니 외딴섬 수평선 너머 아물아물
> 一點逢萊隔渺然　　한 점 신선의 나라 아득하구나
> 長愛君家多笛竹　　길이 사랑스러운 것은 그대 집의 우거진 대숲
> 若爲隣幷座含蟬　　만약 이웃이 된다면 매미는 쫓아야지

끝으로 위에서 인용한 시조를 申緯가 漢譯한 것을 들어 둔다.

> 釋子相逢無別語 關東風景近何許
> 明沙十里海棠花 兩兩白鷗飛疎雨

이상의 작품 예에서 볼 수 있듯이 국문시가에 비해 한시의 경우가 작품의 질과 양에서 월등하게 우위를 점하고 있고, 또 동해시와 직접적으로 연관된 구체적인 처소가 시의 소재로 등장된 경우도 상당수에 달하고 있다고 하겠다. 이들 한시의 시제(詩題)나 소재들은 누정이나 풍광이 좋은 명소 등에 집중되어 있음은 물론이다.

3. 記文

기문은 기사문(記事文)이니 줄여서 기(記)라고도 한다.

이는 사물에 대한 사실이나 관찰을 객관적으로 하는 것이다. 그러므로 어디까지나 서술이지 논의(論議)는 아니다.

그러나 때로는 李穀의 '義財記'처럼 예외적으로 논의를 내용으로 하는 기문도 가끔 발견되고 있다.

기(記)는 가끔 지(志,誌)와 그 한계가 모호한 때가 있다. 원래 지(志)란 사관(史官)들이 당시의 일을 기록하다가 누락된 기사들을 문인들이 보충해서 기록하는 것들로서 야사적인 자료로 삼았던 것이지만, 때로는 사물이나 사실(事實)의 서술을 의미하기도 한다.

기문은 문장의 성격상 대개는 누정(樓亭)과 관련되는 경우가 많다.

관련 문헌에 따르면 동해시 관내에도 많은 누대(樓臺)와 정자(亭子)가 있고 거기에 연관된 기문도 상당량에 이르고 있다. 그러나 한정된 지면 관계상 본서에서는 비교적 많이 알려진 누정기들만을 선택해서 내역 소개로 대신하고자 한다.

1) 凌波臺

북평읍 추암리 해변 왼쪽 바다와 접해서 우뚝 솟은 산에 위치했던 정자로 지금은 없어졌고, 현재는 이 산 서쪽에 海巖亭이 있다. 원래 이 능파대 일대를 湫岩이라고 부르던 것을 韓明澮 (1415～1487)가 강원도 관찰사로 관동 8경을 순시할 때 "江陵 鏡浦臺와 通川 叢石亭과는 그 경치가 우열을 가리기 힘드나, 기이한 점은 이곳이 더 좋다. 湫岩이라는 이름은 속되니 凌波臺라고 고치겠다."고 기문에 씀으로써 능파대로 고쳐 부르게 되었다.

해암정은 삼척 沈氏의 시조 沈東老가 창건하고, 그 뒤에 沈彦光이 중수하였다. 李敏輔·沈升澤 등의 기문이 있다.

2) 萬景臺

북평읍 구미동의 뒷산, 송정동 남쪽 安山인 聖山 위에 있는 정자인데, 光海君 5년(1613)에 金勳이 창건하였다. 眉叟 許穆(1595~1682)이 府使로 와 있을 때 이곳의 빼어난 경치를 감탄하여 萬頃이라고 불렀다. 金元植의 '萬景臺重修記' 외에 3편의 기문이 있다. '중수기'에는 "이대로 말하면 竹西樓와 비교해서 조금도 손색이 없다."고 하였다.

3) 永慕亭

북평읍 쇄운리 등곡산 밑 江陵 金氏 재실 서편에 있는 정자로 헌종 14년(1848)에 金九爀이 용정리에 창건했던 것을 1938년에 후손들이 현재의 위치로 옮겨 짓게 되었다. 洪敬謨 등의 기문이 있다. 홍경모의 기에는 김구혁이 조상을 추모하기 위해 이 정자를 세웠다는 사실과 김씨 가문의 미풍 양속을 칭송하는 내용이 들어 있다.

4) 金蘭亭

북평읍 삼화리 무릉계곡 남쪽에 있는 정자로, 1947년에 金蘭契 83인이 단봉리에 건립했던 것을 정자의 위치가 부적절하다고 해서 1958년에 이곳으로 이전하였다. 정자 옆을 흐르는 계곡 반석(盤石)에는 楊士彦(1517~1584)의 글씨가 암각되어 있다. 金潤東의 기문 외에 3편의 기문이 있다. 기문에는 "반석이 평평하면서 티끌 하나 없고, 수백 명이 앉을 수 있으니 관동 지방에서 제일 경치 좋은 곳"이라는 내용이 적혀 있다.

5) 湖海亭

북평읍 구미리 갯목 할미바위 서쪽에 있는 정자로 1945년 10월 30일에 崔惠圭 등 住春契 계원 75인이 해방의 기쁨과 조국 광복을 기념하기 위하여 창건하였다. 영동 지역 정자들 중에서 가장 많은 현판시가 걸려 있고, 秋史 金正喜

(1786~1856)가 쓴 "天下怪石"이라는 글씨로 유명하다. 金潤東의 기문에는 아름다운 경관을 칭송하는 내용이 들어 있다.

6) 優然亭

부평읍 송정동 담안 南陽 洪氏 재실 옆에 있는 정자로 인조 16년(1638)에 洪應溥가 松蘿亭을 창건한 것을 哲宗 12년(1861)에 洪秉珏, 洪然燮 등이 개축하면서 애연정으로 이름을 바꾸었다. 홍연섭 등이 쓴 5편의 기문이 있다. 기문에는 정자의 창건과 중수에 관한 내용이 들어 있다.

7) 觀海亭

북평읍 천곡동 한섬 해안에 있는 정자로 1936년 봄에 이곳 松林契 계원 62인이 창건하였다. 원래의 정자는 映湖亭으로 송정리 화랑포에 있었는데, 동해시 개발에 따라 1979년에 이 지방으로 옮기면서 이름을 관해정으로 바꾸었다. 洪鏽學의 기문에는 화랑포의 뛰어난 경관과 정자를 짓게 된 경위를 적었다.

북평읍 송정동 감추 북쪽 해변에 있는 玉石亭은 1960년대 金海 金氏와 金海 許氏 양 문중에서 건립했는데, 金亭培의 기문이 있다.

또 송정동 해변 송림 사이에 있는 泛槎亭은 1959년 이 지역 송라계 계원들이 건립하였으나, 삼척 비행장 설치 관계로 1961년에 현재의 위치로 이전하였다. 洪淳星의 기문이 있다.

4. 結語

이상 간략하나마 동해시와 관련된 고전 문학의 몇 국면을 有關 문헌에 나타난 작품들을 중심으로 一瞥해 보았다.

실제의 작품상에서 본다면 시조의 경우는 그 자료가 너무나 零星하고 빈약하다. 여기에 비하면 가사의 경우는 어느 정도 구체적인 작품을 접할 수 있다.

그러나 가장 풍성한 것은 한문 작품의 경우이니, 한시와 기문이 모두 그러하다. 특히 한시의 경우는 이 지방 연고자들의 작품은 말할 것도 없고, 과객반 주인반격으로 스치고 지나가면서 음영한 타관 출신 문사들의 그것까지를 수습해 넣는다면 그 분량은 참으로 방대할 것이다.

기문의 경우도 보다 세심하고 구체적으로 새로운 名所를 찾아내어 이를 보충하는 일이 과제로 남게 되었다.

※ '참고문헌'은 본문의 註로 대신함

第三部　資料篇

I. 강원도 東海岸 地域의 民謠

1. 고성군 민요편

[1] 시집살이요

　　1. 조사일자 : 1995년 4월 8일 토요일
　　2. 제 보 자 : 박분녀 (81세, 여, 고성군 토성면 천진리 1구 1반)

시집살이 잘해이면은 내 살림되나요
식기대집 팔아서 엿이나 사먹읍시다
시집살이 못하고 뜰 달에 살면 갔지
술 담배 아니 먹고는 나는 못 살아요

[2] 아라리요

　　1. 조사일자 : 1995년 4월 8일 토요일
　　2. 제 보 자 : ① 박분녀, ② 김옥녀 (78세, 여, 천진리 1구 3반)

아리랑 아리랑 아리리야
아리아리 고개로 날 넘겨주오

오늘 갈지 낼 갈지 모르는데에
울 밑에 봉숭아는 왜 심궈났나

저산의 물레방아 물살을 안고

안고지고 도는데
나는야 왜 임을 안고서
안고 돌 줄을 모르나

아리랑 아리랑 아리리요
아리아리 고개로야 나를 넘겨주오

산이랑 까막까친 까악까악 우는데에
정든 임 그린 병은 짚어간다

산천초은요 구시월 단풍에 늙는데
우리네야 인생은 시집살이서 늙는다

[3] 새 쫓는 노래

1. 조사일자 : 1995년 4월 9일 일요일
2. 제 보 자 : 나옥분 (75세, 여, 토성면 천진리)

아랫녘세 웃녘새야 천지고불 녹두새야
우리 논에 들지 막고
저~강릉 김첨지 논에 가 들어라

[4] 시집살이요(1)

1. 조사일자 : 1995년 4월 9일 일요일
2. 제 보 자 : 윤춘성 (72세, 여, 토성면 천진리)

한치 뒷산에 곤드레 딱지가야
낮이니 맘만 같으면
병자년 숭년에두나 봄한철을 산다
아리아리랑 쓰리쓰리랑 아라리가 났네
아리랑 고개로 넘어간다

아우라지 맷사공아야 배를 좀 건너라아
뒷동산 올 던 배가두 다 떨어진다

[5] 시집살이요(2)

1. 조사일자 : 1995년 4월 9일 일요일
2. 제 보 자 : 김옥녀

오늘 갈지 내일 갈지 모르는데 에헤
울밑에야 봉숭아는 왜 심귀났나
아리랑 아리랑 아라리요
아리 아리 고개로나 나를 넘겨주오

[6] 지경 다지는 노래

제보자 : 김옥녀

산지조종은 곤륜산이요
수지조종은 황하수라
어얼싸싸 지경이야
금강산 낭맥이 뜩 떨어져서
어얼싸 지경이야
향로봉 주렁이 되었구나

[7] 나물 캐는 노래

제보자 : 김옥녀

천우치 참나물 씨러진 골로
우리나 친구들아 나물 캐러 가세

오림이냐 내림이냐
잰지침소리 물맑은

이터이 경치가 있네

[8] 멸치 떠는 노래

제보자 : 김옥녀

어기여차 어기여차 ……(선소리)
어차 어기여차 어차 ……(후소리)
어기어차 땡겨라 어차어차

[9] 노 저을 때 하는 노래

1. 조사일자 : 1995년 5월 16일 화요일
2. 제 보 자 : 이종명 (83세, 남, 토성면 봉포리 7반, 함경남도 원산 태생)

저어서 보지에야
저어서 보지에야
이내 동무들에야
잘도한다에야
저어서 보지에야
힘써라 힘써라 잘한다

저어서 보지에야
저어서 보지에야
이내 동무들 잘도 한다
저어보지
저어보지 저어보지

간다간다 나는 간다
너를 두고서
나는 간다
에야 보지에야 에야

저어서 보지에야

[10] 고기 몰아 넣고 펴지르는 소리

제보자 : 이종명

옛사아
뒷사람 옛사아
예야서 삼대로다
예라서 예라서
실어만 놓자
예라서 실어 보자
예라서 예라서
삼대로다 예라서
이번 삼대는 우리네 삼대
에라서 이번 삼대는 영자님 삼대
에라서 에라서 실어내자
에라서 이번 삼대는 무우 삼대
에라서 안준 전준 삼대로다
에라서
이내 동무들 힘써 주자

[11] 아라리

1. 조사일자 : 1995년 3월 9일 목요일
2. 제 보 자 : 한금자 (58세, 여, 토성면 청간리 8반)

뒷동산 곤드레1)가 우리님 같다면
뜯어나 먹지 살아나 보지

아리아리 아리리야

---

1) 곤드레 : 산나물 이름

얼럴럴 아라리야

[12] 잡가

제보자 : 김금례 (74세, 여, 토성면 청간리 2반)

노들 강변에 봄바람 분다
휘늘어진 가지에다 매어나 볼까
무정세월 칭칭 감아 매어나 볼까 봄버들도 못 믿으리로다
에헤야 데헤야

[13] 아리랑

1. 조사일자 : 1995년 5월 13일 토요일
2. 제 보 자 : 김춘송 (75세, 남, 토성면 이아진리 경로당)

아리랑 아리랑 아리리요
아리랑 고개로 넘어간다
아리랑 고개에다 주막집 짓고
넘어갈 제 넘어 올 제 놀아나 보세

[14] 연은가(1)

1. 조사일자 : 1995년 5월 13일 토요일
2. 제 보 자 : 이성집 (78세, 남, 이아진리 경로당)

색경 백발은 쓸데나 있지
사람 백발은 어디다 쓰느냐

[15] 연은가(2)

제보자 : 이성집

중국천지 진시황은 세력이 모자라 죽었느냐

천하절색 양귀비는 인물이 모자라 죽었느냐
삼천갑자 동방삭은 명약이 없어서 죽었느냐
우리 인생 늙어지면 전부 쓸데가 없다네

[16] 월앙가

　　1. 조사일자 : 1995년 5월 13일
　　2. 제 보 자 : 장귀란 (72세, 여, 아야진리 경로당)

월앙월앙 워야 디야
내사랑이로구나
친구중에 못할 친구는 처녀 친구라네
애태 머리 양태정은 영이별이로구나

[17] 자장가

　　1. 조사일자 : 1995년 5월 13일 토요일
　　2. 제 보 자 : 차옥선 (67세, 여, 아야진리 경로당)

자장 자장 얼레 자장
꾀꾀 닭아 울지마라
우리 애기 잠들었다
자장 자장 얼레 자장

[18] 권학가

　　1. 조사일자 : 1995년 4월 5일 수요일
　　2. 제 보 자 : 김채월 (74세, 여, 고성군 거진읍 거진 6리 4반)

청춘 소년들아
이내 말을 들어보소
천하의 요님금은 역산에 밭을 갈아
부모 봉양 하옵시고

천하문장 이접순은 광산의 일꾼들인가
명정춘추 하였으니
하물며 우리 인생
성현 문장 돔을 받아 치호구 하재니라
주경야독 일년 삼백육십일은
춘하추동 사시절이라
꽃지고 버들잎 피면
화조 월석 춘절이요
사월 남풍 대매인 광음
녹음 방초 하절이라
금풍리 하고
동방에 벌레 울면
황구 단풍 추절이라
백설이 분분함하고
천산에 저 비들하고
반경에……면
청송녹죽 동절이라
인생 칠십이 고래희라
이아니 애달픈가
바람아 불지마라
추풍낙엽이 다 떨어진다
인생이 늙어지면 다기 젊지 못한다.
바람아 불지마라
휘어진 정자나무잎이 다 떨어진다.
세월아 오고 가지 마라
홍안 백발이 가련하다
어찌타 우리네 인생
한번 가면 무소식인가.

[19] 장부 타령

1. 조사일자 : 1995년 5월 14일 일요일
2. 제 보 자 : 이순자 (83세, 여, 거진읍 화포리 2반)

얼씨구나 절씨구나
아니 놀지는 못하리라

백구야 훨훨 날지를 마라
너를 잡을 내 아니다
세상이 하도 아득하니
너를 따라서 여기 왔다

나물 먹고 물마시고 팔을 베고 누웠으니
대장부 살림살이 요만하면 만족하리
얼씨구 절씨구 지화자 좋구나
아니 놀지는 못하리라

띠리리 띠리리
아니 놀지는 못하리라

하늘 같이도 높은 사랑
하해같이도 깊은 사랑
칠년 대한 가문 날에
빗발같이도 당지사라
당명황에 양귀비요
이도령에 춘향이라
일년 삼백 육십일을
하루만 못봐도 못살겠네
얼씨구 좋구나 지화자 좋네
얼씨구 좋구나 지화자 좋네
아니 놀지는 못하리라

[20] 풍년가 (잡가)

제보자 : 이순자

올해도 풍년 내년에도 풍년
세세년년 풍년이 오네
명년 춘삼월은 화전놀이 가자
저 건너 김도령 거동을 보소
노적가리 앞에다 놓고
춤만 두둥실 추는구나

[21] 사랑 타령

1. 조사일자 : 1995년 3월 1일 수요일
2. 제 보 자 : 김홍남 (72세, 여, 현내면 명파리)
　　★ 명파리는 민통선 안에 있는 마을임

행주치마 똘똘말아 옆에다 끼고
청강나무 가잘적에 나는 왜 못갔나
어야데야 어야데야
사랑타령으로 돌려라

[22] 과부 타령

제보자 : 김홍남

산천초목도 물물마다 임자가 있는데
요놈의 과부는 뭘로 생겨서 임자도 없나

[23] 모심기 노래

1. 조사일자 : 1995년 3월 1일 수요일
2. 제 보 자 : 박석환 (67세, 남, 명파리)

심어주게 심어주게
심어만 주게
원앙의 줄모로만
심어를 주게

[24] 김매는 노래

1. 조사일자 : 1995년 3월 1일 수요일
2. 제 보 자 : 김옹녀 (69세, 여, 명파리)

명사십리 아니라면 해당화는 왜 피며
춘삼월이 아니라면 두견새는 왜 우나

[25] 자장가(둥기가)

제보자 : 김옹녀

둥기둥기 둥기야아 금자동아 옥자동아
천금같은 보배동아 부모한테 효자동아
형제간에 우애동아 일가간에 화목둥아
동네간에 사랑둥아

[26] 나물 캐는 노래

1. 조사일자 : 1995년 3월 1일 수요일
2. 제 보 자 : 강주자 (68세, 여, 현내면 명파리 4반)

감매골 연당안에 연밥따는 저 처녀야
연밥은 내다줄꺼니 내 품안에 잠들어라

잠들기는 어렵지 않아도
연밥따기가 늦어간다

[27] 정선 아라리

    1. 조사일자 : 1995년 3월 1일 수요일
    2. 제 보 자 : 박분녀 (73세, 여, 명파리)

곤드레 만드레 쓰러진 해골로
우리집 삼동서 호남불 따세
뜯어 먹어도 바로 난다

눈이 올라나 비가 올라나
엊그제 장마로 집나오나
만소산에 검은 해에
구름이 막 모여 든다

[28] 海女 뱃노래

    1. 조사일자 : 1995년 3월 1일 수요일
    2. 제 보 자 : 고옥일 (74세, 여, 현내면 대진 2리 7반)

이어사 어으리 이어사 어으어
어기어차 야아 가자
윤해 사트렁 어으얼 싫어서
이내 어딜 가느냐 아 —

저 바다에 시달리면 어 —
천근만근 어 —
뜯어 오렴
이어차 이어차 이어차 이어서

[29] 베틀 노래

1. 조사일자 : 1995년 5월 14일 일요일
2. 제 보 자 : 함재옥 (72세, 여, 거진읍 반암리 1반)

하늘에다 베틀놓고 구름잡아 잉에 걸고
와지끈 지끈 짜터라니 개가 쿵쿵 짖어서
대문열고 내다보니 우편배달 왔구나
두손들어 뜯어보니 부모 죽은 소식일레

[30] 남강 아기(서사 민요)[2]

1. 조사일자 : 1995년 5월 14일 일요일
2. 제 보 자 : 최순덕 (68세, 여, 반암리 1반)

하늘같이 넓은 뜰에 구월같이 선선하고
울도담도 없는 집에 시집간지 3년만에
시어머니 하시는 말씀
아가아가 며늘아가 진주 남강 가야된다
진주 남강 빨래가니 난데없는 벼락소리
곁눈으로 쳐다보니 녀락같은 말을 타고
하늘같은 갓을 쓰고 못본 듯이 가는구나
그길로 흰 빨래가니 난데없는 벼락소리
곁눈으로 쳐다보니 벼락같은 말을 타고
하늘같은 갓을 스고 못본 듯이 가는군
그길로 흰 빨래는 깨끗이 빨고
검은 빨래는 막 빨아가지고
천방지방 집이라고 오니
시어머니 하시는 말씀
아가아가 며늘아가 사랑문 열고나 보렴

---

2) 任東權은 '남강 아기'의 발원지가 경상도 지방일 것 같다고 했는데, 고성 태생인
   최할머니와 그 친구들은 어릴 때부터 이 노래를 자주 들은 적이 있다고 했음.

사랑문을 열고 보니 옥석같은 술을 놓고
기생첩을 무릎에 놓고 못본 듯이 앉았구나
그길로 제방에 가서 명주석자 목에 걸고
까옥까옥 약을 먹고 못본 듯이 죽었구나
할머니요 할머니요 며늘아기 죽었어요
그 할머니 맨 버선 바람으로
뛰어제서 나오더니
아가아가 며늘아가 너 죽는단 말 웬 말이냐
버릴 놈아 살림 놈아 후한장을 빼일 놈아
남의 청춘 데려다가 너 죽는단 말 웬말이냐
최권이 달려들어 최권 목을 안고 보면
여보여보 최권이라 너희 머리는 못들었나
하초래 나물이 좋아도
춘추만절이라 하옵디다
연못아래 금붕어는 물살을 안고 돌고
밤낮없이 돌고 도는 굼붕어라
얼씨구나 좋네 저절씨구 좋아
아니 놀지는 못하리라

[31] 자장가

제보자 : 함재옥

자장자장 워리자장
우리애기 잘도잔다
오래자면 내려오고
옆에자면 돌아오고
코에 잠은 올라오고
잘도자네 자장자장

[32] 양양 노래(지명풀이)

1. 조사일자 : 1995년 5월 14일 일요일
2. 제 보 자 : 이욱이 (78세, 여, 반암 1리)
   * 제보자는 양양 태생이라고 하였음

경치좋고 물맑은 양양이라네
뒷뜰에는 설악산 앞뜰에는 낙산산데
해안을 끼고 도는 하조대로다
에헤야 좋구나 좋네 팔경이로구나

[33] 잡가

제보자 : 이욱이

아니아니 놀지는 못하리라
백구야 훨훨 날지를 마라
너를 잡을 내 아니다

청산에 해적은 팽팽 나무나 열도 나가지
잎은 피어 만발하고 꽃은 피어서 산발한데
잊었던 우리낭군 언제 다시 만나보랴
얼씨구나 좋다 절씨구나 좋다 아니 놀지는 못하리라

나를 위해 정붙인 날이 억하심정 궁금하구나
첩의 집에 갈려거든 나 죽는 꼴이나 보고 가오
첩의 집은 화초밭이요 큰댁의 집은 연못이라
연못안의 금붕어는 사시사철 돌아가네

[34] 미나리

1. 조사일자 : 1995년 3월 9일 목요일
2. 제 보 자 : 이석후 (75세, 남, 죽왕면 송포 1리 1반)

아 해는 저물어 가는데
농부들 같이 일들하세
해는 서산에 모락모락하고
우리들 농부는 일들하세

[35] 시집살이요

1. 조사일자 : 1995년 3월 9일 목요일
2. 제 보 자 : 권동녀 (72세, 여, 송포 2리)

성님성님 사촌성님
시집살이 어떻던가
동상동상 말두마라
모시당포 열폭치매
눈물닦다 다 썩었다

[36] 떡 감는 노래(타령)

1. 조사일자 : 1995년 3월 9일 목요일
2. 제 보 자 : 함오동 (84세, 여, 송포 1리)

해동공자 네 심이 좋다
물 안자 한폭이 새끼 열둘이라
해파리가 높다고 해도 무슨 소용 있다더냐
둥글래 당실 둥글래 당실
너도 당실 나도 당실
연자 머리 달도 밝아
냇가 떡감으러나 가볼까나

[37] 에야누야

    1. 조사일자 : 1995년 3월 9일 목요일
    2. 제 보 자 : 박춘자 (58세, 여, 죽왕면 오호 2리)

하늘은 들었네
낮물이 들었네
이산저산 도라지꽃에
단물이 들었네

2. 속초시·양양군 민요편

[1] 노 젓는 노래(복선 가지고 고기 잡으로 나갈 때)

    1. 조사일자 : 1995년 4월 26일 수요일
    2. 제 보 자 : 김봉걸 (67세, 남, 속초시 장사동 1통 3반)
                 김종태 (40세, 남 장사동)
                 이춘모 (50세, 남, 장사동)

가래 밀어
예 밉니다
어야 어야 이여차 어이여차
이여차 어이여차
이여차 어이여차 이여차 어이여차
잘도 간다 어이여차
잘도 미네 어이여차
이여차 어이여차 이여차 어이여차
잘도 한다 어이여차
앞발은 버티고 어이여차
뒷발은 밀고 어이여차
앞당겨서 어이여차

이여차 어이여차 이여차 어이여차
이여차 어이여차 이여차 어이여차
이여차 어이여차 이여차 어이여차

[2] 그물 당기는 소리(그물 놓으면서 당기는 소리)

제보자 : 김봉걸, 김종태, 이춘모

에야 어야 어허야
에야 어야디야 어허야 어야 어야
잘도 하네 어야
잘도 하네 어야
앞발은 버티고 어야
뒤로 자빠져 어야
눕지 말고 어야
부쩍부쩍 어야
당겨 주네 어야 어야 어야 어야
어야 어야 어야 어야 어야
달아 달아 어야
밝은 달아 어야
이태백이 어야
놀던 달아 어야
저게저게 어야
저 달속에 어야
우리힘두 어야
다있겠다 어야
어야 어야 어야 어야

[3] 산대로 고기를 후리는 소리

제보자 : 김봉걸, 김종태, 이춘모

야 가자
야(함성)
야 고기 들어 왔어
가자 어이
야 어야 야 어야 어허 어야 어야
어이여차 어이여차 어이여차

[4] 그물 당기는 소리

제보자 : 김봉걸, 김봉태, 이춘모

(고기 후리면서 당기는 소리)

어허 어야 어야 어야 어야 어이여차
어야 어이산지 어야
어야 어야 어야 어야
잘도 한다 어야
잘도 한다 어야
어야 어야 어야 어야
명사십리 어야
해당화도 어야
머지않아 어야
질텐데 어야
어야 어야 어야
어야 어허 어야
어야 어야 어야 어야
(빠르게)
다리어 다리어 다리어 다리어

어야 어야 어야(같이)

[5] 고기 푸는 소리(가래라소)

제보자 : 김봉걸, 김종태, 이춘모

가래 가래라 가래로구나 에이야 가래라소
요번 가래는 누구의 가랠까 에이야 가래라소
요번 가래는 이도령의 가래요 에이야 가래라소
두번째 가래는 춘향의 가래 에이야 가래라소
산천초목이 우릴때까지 에이야 가래라소
슬퍼말게 슬퍼말아 에이야 가래라소
늙어진다고 슬퍼말게 에이야 가래라소
젊어진다 젊어지네 에이야 가래라소

◉ 뱃소리 ─ 노저으면서 하는 소리
       ─ 그물 놓았다가 당기는 소리
       ─ 고리 후리면서 당기는 소리

[6] 산대 노래(고기를 많이 잡기를 기원하는 노래)

1. 조사일자 : 1995년 4월 26일 수요일
2. 제 보 자 : 김형준 (77세, 남, 속초시 청호동 4통 1반)

저어라~ 보지~ 앵하
(서너번 반복함)

[7] 배 나갈 때 부르는 소리

제보자 : 김형준

앵하 저어라 내라
일락서산 해는 지고~앵하

월출동방 달이 솟았네~앵하
우리 갈길은 천리 같고~앵하

[8] 다리여 소리(바다에 나가서 그물을 당길 때)

제보자 : 김형준

다리여라 내라
다리여라 내라
다리여 저기 가는 저놈바라
다리여 나를 보며 손을 친다.
손을 친데
밤에 가고
동네 술집은
낮에 가자.

[9] 산대 소리(고기를 배에다 실을 때나 고기를 풀 때)

제보자 : 김형준

예라 수~ 어라 수~
가래로구나 예라 수~ 어라 수~ 가래로구나
예라 수~ 이산대 저산대 거두시더니
예라 수~ 우리 배가 만선되어
예라 수~ 사공낭은 배를 몰라
예라 수~ 원산항에 입항하여
예라 수~ 예라 수~ 가래로구나
예라 수~ 이왕 지나왔던 가응에
예라 수~ 원산시내나 구경가자
예라 수~ 이골목 저골목 당기다 보니
예라 수~ 명사십리 나리로구나.
예라 수~ 명사십리 해당화야

예라 수~ 꽃이 진다고 서러워 마라
예라 수~ 내년 춘삼월에 다시 만나자

[10] 뱃노래

1. 조사일자 : 1995년 4월 26일 수요일
2. 제 보 자 : 조용호 (66세, 남, 속초시 청호동 7통 1반)

에야 디히야 에야 디히야
어 어기야 여차 뱃노래 가잔다

[11] 자장가

1. 조사일자 : 1995년 4월 26일 수요일
2. 제 보 자 : 이종례 (72세, 여, 속초시 조양동 새마을 4통 5반)

효자동아 금자동아 잘자거라
나라에는 충성동이 부모에는 호자동이
금을 주면 너를 사리 옥을 주면 너를 사리
충성동이 효자동이 잘 자고 잘 커라

[12] 상여 소리 : 죽은 사람의 속 적삼(원색)을 들고 사제를 청한다.(9마디)

1. 조사일자 : 1995년 4월 8일 토요일
2. 제 보 자 : 김영수(75세, 남, 양양군 손양면 동호리)

사제 사제 사제!**
사제 사제 사제!
보옥 보옥 보옥(福)

속점삼을 가져가라, 짚세기를 가져가라!
보옥 보옥 보옥!

** 이렇게 사제를 부른다.
　부를 때는 산이 들썩거릴 만큼 크게 부른다.
　밥 나물 세 접시를 엎어 놓는다.
　속적삼을 헛간 같은 곳에 끼워 넣는다.
　이초, 삼초라 하여 초초를 아뢴다.
　할아버지께서 요령을 들고 흔들면서 "초초 아룁니다."
　3빈 하면 싱두꾼들이 '에'하고 모인다.

이제 가면 언제 오나**
명년 춘삼월에나 다시 올까
달은 밝고 명량한데
나를 버리고 왜 가느냐
이리 침침 야삼경
밤중 샛별이 돌아온다.

** 초초 다 아뢨다 하여 상주 앞에 술을 한잔 부어 놓는다.

중시에 이초를 아뢴다.

이제 가면 언제 오나**
명년 춘삼월에나 다시 올까
해는 지고 저문 날에
날 버리고 가시면 어디로 가나
이렇게 원통한 일이
어디 있단 말인가
아무개가 내일이면
이 터전을 아주 떠난다.

** 그리고 그 후 떡국 제사를 지낸다.

이초를 지낸 후

어하 어하오 어~**
어하 넘차 어하오

** 이렇게 상두꾼도 세 번 아뢴다. 그리고 삼초를 아뢴다.

간다 간다 나는 간다**
인제 가면 언제 오나
명년 춘삼월에나 한번 올까
어허 엄차
산지 조종은 곤륜산이요
수지 조종은 학례수라

** 하고 마지막 부르면 상두꾼들이 '어허 엄차'한다.
　그리고 '자!'하면서 떠나면서 '어허 넘차'한다.
　요령을 계속 흔들면서……

　☞ 장사를 치를 때 죽은 사람의 친척이나 이웃들은 줄을 걸어 매어
단다. 이것은 "사람이 죽었는데 친척으로서 가만히 있으면 되겠느냐?"
고 하여 사람을 위로하기 위해서이다.

[13] 멸치 잡이 노래

　　1. 조사일자 : 1995년 4월 8일 토요일
　　2. 제 보 자 : 김근배 (59세, 남, 손양면 동호리 1반)

자 멸치들이 왔다
빨리 나오너라
자 빨리 자 살구자
자— 자— 배~ 자 이어자—
내려라 빨리 내려라 내려라 자 빨리

내려라 자 밀어라 자 밀어라 밀어 밀어라
에— 또 나가이다 에— 또 나가이다
이어자 이어자 이어자
절로 나갔어 인제 댕겨라 댕겨라
자— 자— 이어자 이어자—
어 신효다 어— 가래라 소—
이번에 상대는 요랑리 상대다
이번에 상대는 선윈외 상대디
가래라 소— 가래라 소—
얼른 얼른 얼레야 빨리야 돌아라
가래라 소— 가래라 소—
이번에 상대는 우리의 상대다
가래라 소— 가래라 소—
이번에 상대도 우리의 상대다
가래라 소— 가래라 소—
얼른 아 온다 올른 온다

[14] 베틀 노래

1. 조사일자 : 1995년 4월 16일 일요일
2. 제 보 자 : 최난연 (82세, 여, 양양군 현남면 남애 1리)

베틀다리는 두성제요 강강 수월래
허릿대는 독신이요 강강 수월래
이엣대는 삼형제요 강강 수월래
눈섭대는 두성제요 강강 수월래
눌림대는 독신이요 강강 수월래

[15] 성님가

제보자 : 최난연

성님은혜 성님은혜 봄고개야 성님은혜
성님마중 누가가나 반달같은 내가가지
니가 무슨 반달이냐 초승달이지 반달이지

성님성님 사촌성님 앵두같은 팥을 삶고
앱씨같은 이밥에다 오복소복 담아놓고
앞집에는 접시다죠 뒷집에는 목기다죠
성님성내 다올랐네 게르날 같은 켕지름이
성님성내 다올랐네 성님성님 사촌성님

[16] 상여 나가는 노래

제보자 : 최난연

아이구 마당에 저마당에
서방배를 덩그렇게 올래놓고
초롱꾼아 불밝혀라
상두꾼아 발마채라
불망산천 들어가니
어느산천 맹기가 들려오네
어느친구가 날 찾느냐
어느자식이 날 찾느냐
심연란에 해당화야
느꽃진다고 서러마라
멩년 춘삼월이면 다시 피건마는
우리 인생은 한번가믄 싹이나니
느기능차 느호 느기능차 느호

[17] 엄마 기다리는 노래

제보자 : 최난연

울 엄마 가는고든 멍둥굴로 갔건마는
울 엄마 젖줄받아 산 따라 갈까.
길경 밑에 쌀믄 팥이 싹이 나믄
울 엄마가 올라는지
소다저다 솥안에 쌀믄 개가 컹컹 지즈믄
울 엄마가 우릴 찾을라는지
을 엄마야
저 병풍에 그린 닭이 홰를 치고 올라오면
울 엄마가 다시 올라는지.

[18] 팔자노래

제보자 : 최난연

내 신세가 요 모양 요꼴이 되이니
집에 돌아와서 장롱문을 덜컥 열고
아홉폭 치매 끄내여 한폭 뜯어 장삼 짓고
한팡 뜯어 가사 짓고
한팡 뜯어 바랑 짓고
절로 절로 찾아서 경주 불국사으로 들르니
염줄 없다 설음이네
오대산으로 싸아고 들으가니
발대 없다고 설음이네
설음 설음 하다가 내 신세야

[19] 모 심을 때의 노래

    1. 조사일자 : 1995년 4월 23일 일요일
    2. 제 보 자 : 윤월자 (74세, 여, 양양군 현남면 시변리 1반)

서울이라 금테밭에
금비둘기가 알을 났네.
그알 저알 날 줬으뭔~, 금년

[20] 백발가

    제보자 : 윤월자

새게 백발은 써먹을 곳이 있어도
우리 인생 백발은 써먹을 곳이 없구나.
갈곳은 한곳 뿐이구나.
노자 노잔다 젊어서 노잔다.
늙고야 병들면 못노나리.

[21] 아리랑

    제보자 : 윤월자

아리랑 아리랑 아리리요.
아리랑 고개로 넘어간다.
세월이 갈라면 너 혼자나 가지야
아까운 우리청춘을 왜 데려가나.

[22] 아리랑

    1. 조사일자 : 1995년 4월 23일 일요일
    2. 제 보 자 : 서순희 (63세, 여, 현남면 시변리 1반)

아리랑 아리랑 아라리요

아리랑 고개로 넘어간다.
아리랑 고개는 열두고개
내가가는 고개는 한고개 뿐이네.
아리랑 아리랑 아라리요
아리랑 고개로 넘어간다.

오라버니 장개는 후년에 가고
깜장고무신 사가지고 날 시집보내주게.

아리랑 아리랑 아리리요
아리랑 고개를 넘어간다.

정든 님 오시는데 인사를 못해
행주치마 입에 물고 입만 뺑긋하네.

[23] 창부 타령

제보자 : 서순희

아니아니 노지는 못하리라
아니 노지는 못하리라
하날같은 서방님이
태산같은 댁네들아
치마팔고, 반지팔고, 시계팔아
제일 야쁘게 약을 져야
청굴활에 불을 피워서
절그만 단지에 약을 달여
복약을 져야 머리맡에 놔여 두고
몰쓸년은 잠이 들어서
서방님 숨겨둔줄 내 몰랐네
얼씨구 좋네요
아니노지는 못하리라

[24] 아리랑

제보자 : 서순희

새끼에 백발은 쓸곳이나 있는데
사람의 백발은 끝곳이 없네
호박은 늙으므는 단맛이나 먹지
사람으는 늙으믄 무엇에 쓰나.
아리랑 아리랑 아라리요
아리랑 고개로 넘어간다.

술이나 담배나 내 심정 알건만
한품의 그 님은 왜 몰라주나
아리랑 아리랑 아리리요
아리랑 고개로 넘어간다

[25] 아리랑

제보자 : 서순희

남의 댁에 서방님은 잘났든지 못났든지
우리네 서방님은 명태밭에 갔는데
하늘 바람아 더 세야
섣달 열흘아 불어라

아리아리랑 쓰리쓰리랑
아리리가 났네.
아리랑 고개를
님이 냉게 주게.

[26] 아리랑

제보자 : 서순희

왜 갈라나 왜 갈라나
꽃같은 나를 두고서
왜 갈라나

아리아리라 쓰리쓰리랑
아라리가 났네
아릴아 고개고개를
나를 냉게 주게.

[27] 권주가

제보자 : 서순희

잡으시오 잡으시오
이 술 한잔을 잡으시오
이 술은 술이 아니라
먹구노자는 정배주라
내 올 때 걸음매 배와서
달성여관에 내 몸 팔려
낮이 되이면 밤으로 삼고
밤이 되이며는
낮을 삼고
밤중에 부랑자 만나서
나의 갈길이 천리로구나.

[28] 이별가

제보자 : 서순희

아니~ 아니 노지는 못하리라
아니 노지는 못하리라.
달게 달게 자는 잠을
흔들흔들 깨와 놓고
말 한마디 못해보고
간다야 말이 웬말이냐

할 말은 태산일망정
말 안들어 줄까봐 염려로다.
얼씨고 정말 좋네.
아니노지는 못하리라.

아니~ 아니노지는 못하리라.
노들강변에 비둘기 한쌍
푸른콩 하나 물어다가
암놈이 물어서 숫놈을 주고
숫놈 물어서 암놈주고
암놈 숫놈 응어리는 소리
청문 과부가 한숨짓네.

[29] 노랫가락

제보자 : 서순희

아니 아니 노지는 못하리라
아니 쓰지는 못하리라

시집가네 시집가네

골매동네 시집가네
시집가든 석달안에
밭이라고 매라가니
한골매고 두골매고
삼세번을 모두 매니
보고왔네 보고왔네
누가 죽어 보고왔네
엄마가 죽어 보고왔네

비네 팔아 품에 품고
머리 풀어 산발하고
신발 벗어 손에 들고
한등한등 넘어가니
청상소리 진동한다.

또 한등을 넘어가니
목소리가 진동한다.
또 한등을 너어가지고
집이라꼬 찾아가니
오라버니 하는 말씀이
에라에라 요망할년
어제 와였으면
산 어머니를 봤을텐데

불쌍하신 울 어머니가
북망산천이 왠말이요.
보고지고 보고지고
울 어머니가 보고지고

북망산천이 머다캐도
대문 밖에 북망산천

갈때는 오마더니
가는 제일로 잊었는지
오신다 소리가 전혀 없네.

얼씨구 정말좋네
요렇게 좋아서 또 딸낳네.

[30] 베틀가

1. 조사일자 : 1995년 4월 23일 일요일
2. 제 보 자 : 홍승호 (65세, 여, 현남면 시변리 1반)

오늘 낮에도 하심심하여
베틀이나 놀아볼까
큰아기 다리는 두다리
베틀다리는 네다리인데
이에 때는 삼형제요
우리꺼난 독신인데
낮에 짜이면 일공단이요
밤에 짜이면 월공단이라.
일공단에 월공단에 다 짜면
정든 님 혹시나 뵈어줄까.

[31] 뱃노래

제보자 : 홍승호

나물이 돋았네
나물이 돋았네
이산저산 끝에 나물이 돋았네
에야라 야노야 에야 야노
어기여차 뱃놀이 가잔다.

내가아 죽으면 누가아 오느냐
뒷동산에 에미나야 오지야.

앞바다 뜨는 배는
인시 일월배이요,
뒷바다 뜨는 배는
돈시 이를 배야.

아리랑 아리랑 아리리요,
아리랑 고개고개 나를 넘겨 주게.

[32] 아리랑

제보자 : 홍승호

떨어진 베보자기에 감자떡을 싸가져
삼각산 산넘어 님 찾아가자.
아리랑 쓰리쓰리랑 아리리가 났네.
아리랑 고개를 넘어간다.

[33] 아리랑

제보자 : 홍승호

오늘 갈는지 내일 갈는지
나는 모르는데
울밑에 줄 봉승아는
왜 벌어나나

아리아리랑 쓰리쓰리랑
아라리가 났네.
아리랑 고개는 왜 넘어갔나.

[34] 그네 뛰기 노래

제보자 : 홍승호

에~ 유천단 세모진 남게
높다 하기는 중천을 매여
임이 뛰면 내가 밀고
내가 뛰며는 임이 밀고
임아 임아 줄 살살 밀어라
줄 떨어지며는 정 떨어진다.

[35] 상사 노래

제보자 : 홍승호

얼씨구나 정말좋네
아니노지는 못하리라.

앉았선들 임이올까
누웠선들 잠이오까

님도 잠도 아니오고
바람강풍이 날 속이네

얼씨구 정말 좋네
요렇게 젊다가 또 딸 낳네

[36] 노세 노래

제보자 : 홍승호

삼사월 미나리깡에
미나리 캐는 저 처녀야

보라고 던진 돌이
처녀 손목에 맞았구나.

맞은 손목 마주잡고
훌짝훌짝 우는 소리
대장부 간장을 다 녹인다.
아싸 얼씨구
아니 노지는 못하리라.

사를사를 봄배타는
고개 바친 춘향이는
이도령 오기만 고대한다.
얼씨구나 좋다
정말로 좋아
아니노지는 못하리라.

[37] 노세 노래

　　　제보자 : 서순희, 홍승호

뻬뻬뻬 정저타
얼싸 다라궁 머시로다.
왔다가 이별이 불면하고요
얼었다가 녹으면
봄철이 완연하도다.
뻬뻬뻬 정저타
얼싸 다라궁 머시로다

노소서 노소서
연애 여섯목 노소서
물같은 연의 손목 아구나 지노라.
뻬뻬뻬 정저타

얼싸 다라궁 머시로구나.

[38] 뱃놀이 노래

제보자 : 서순희, 홍승호

지랄이 났구나
지랄이 났나구
아리집 삼동세 지랄이 났구나.
에야노 야노야
에야노 야노 어기여차
뱃너래 가잔다

저산에 지는 해는
지고싶어 지느냐
날버리고 가신님은
가고싶어 가느냐.
에야노 —

내 왜 못갔나
내 왜 못갔나
울기고 달랠제
내 왜 못갔나
에야노 — 야노 —

갈길이 멀어서 다꾸시 탔더니
다꾸시 운전수가 연애만 하잔다. 에야노 —

[39] 모심기 노래

  1. 조사일자 : 1995년 5월 26일 토요일
  2. 제 보 자 : 김진형 (60세, 남, 현남면 입암리 461번지)

심어주게 심어주세 심어나 주세
바다같은 이논 빼미 심어나 주게
남전 백설이 잦아지도록
봄소식을 몰랐나

지어가네 지어가네 담배참이 지어가네
뒷동산에 행화춘절이 나를 알려주네
앞 능선에 저 묵밭은 작년에도 묵더니
금년에도 날과같이 또 묵는구나

[40] 김 매기 노래

  제보자 : 김진형

창밖에 노송을 심어 노송 끝에 학이 앉아
그 학은 젊어가고 우리 인생은 늙어간다
늙기 젊기는 싫지 않아도
내 머리 시는 양이 더욱 섧다

팔만 장안 억만가로 한강 이룡은 꼬리를 치고
넘실넘실 춤을 추며 억만 가호를 굽어보네

[41] 오독떼기

  제보자 : 김진형

남산 봉학이 죽순을 물고
한강 성내를 굽어보내

양양이라 낙산사
의상대에 고기낚는 저 선비야
그 고기 낚지 말고 이네 몸을 낚아 주오

월정리 오대산 물은 청심대로 갓돌아든다
오대산 중놈세모시 고깔은
정박 처녀 솜씨로다
건곤이 불러 월정적하니
적막강산이 금백년이라

신사다 주게 신사다 주게
술맛이 좋고 딸 둔 집에
아침 저녁 놀러간다

연줄 가네 연줄 가네
해와 달 속에 연줄 가네

[42] 김 마무리 소리(일명 주름이)

제보자 : 김진형

에헤야 에헤야 에헤이요 우여싸아
에헤야 에헤헤 에헤이요 우여싸대

[43] 양승백이

제보자 : 김진형

더디 온다 더디 온다 칠월 한달이 더디 온다
돌아왔네 돌아왔네 양승백이 또 돌아왔네
칠월 한달 얼른 오면 부모동생 만나보세

돈 실러가세 돈 실러가세
충주 목교로 돈 실실러세
충주 목교에 돈 실어놓고
서천 개수로 술타령 가세

에헤야 에헤야 으으히 으히
어이구 지화자 자자 에야 지야
저어 월잔 부어도 못오시나

※ 이 노래는 김맬 때 부르는 이 지방의 대표적 농요의 하나이다.
양산백은 울진 태생의 풍류 문사로서 항상 걸식하면서 방랑하였다
고 한다. 그는 일터에서 끼니를 해결하기가 일쑤였는데, 밥값으로 곡
명을 '양산백이'라고 하고 글 한 수씩을 지어 주고, 김을 맬 때 부르라
고 했다고 한다.
그 까닭은 자기의 이름을 기억해 두었다가 다음 번에 올 때도 또 밥
을 먹게 해달라는 부탁이 담겨 있는 것이다.

[44] 사령가(일명 사랑가)

제보자 : 김진형

갈가나 보다 갈가나 보다 내님 찾아서 갈가나 보다
술집 큰 아기 술잔을 들고 베푸장으로 밑으로 왕래하네
겉에 겉잎 제쳐놓고 속에 속잎 나를 주오
건져주게 건져주게 빨래방치 건져주게

에헤야 사리라 에헤 으으 아아
아무리 하여도 내 사리요

[45] 동따래기(일명 김매기 노래)

제보자 : 김진형

동떨어졌네 동떨어졌네
정용 소매에 동떨어졌네

감쳐주게 감쳐주게
정용 소매 감쳐주게

※ 항상 백성들의 원성을 샀던 정용이라는 하급 관리의 관복 소매가
떨어진 것을 보고 이 노래를 불러 놀려 주었다고 한다.

[46] 시집살이요

1. 조사일자 : 1995년 5월 27일 토요일
2. 제 보 자 : 최종렬 (72세, 여, 강현면 장산리)

시집살이 하나문야
도토리 꼭지도 하나인데
왜 갔나노 왜 갔나노
깊은 정얄은 정 다 돼 놓고
왜 갔나노
참나물이여 주늑이나 지러진 홀세
우리집 산동네 나물하러 가세

[47] 노세노세

제보자 : 최종렬

내가야 죽으면 어느 누가 울어주나
뒷동산 감나무 밑에 참매미가 울지

놀아라 놀아라 젊어 청춘에 놀아라
나이가 많고야 병이 들면은
노자는 사람이 없다고야

[48] 아리랑

제보자 : 최종렬

산이냐 높아야 골이나 깊지
여자 속이 짚으면 얼매나 깊노
아리랑 아리랑 아리리요
아리랑 고개로 넘게 주게

우리가 사련야 몇천년을 사느냐
죽음에 들어야 노소가 없네
아리랑 아리랑 아리리요
아리랑 고개로 넘어가네

[49] 만물이 들었네

제보자 : 최종렬

만물이 들었네 만물이나 들었네
이산 저산 도라지 꽃이 만물이 들었네
그놈이 들어서도 분홍이나 들었네

저놈의 총각아 내 손목 놓아라
물같은 손목이 잔클어진다

간데야 쪽쪽 정들어 놓고
이별이 다져서야 나는 못살겠네

살고자 하니야 고생이요
죽고자 하니야 청춘이라

[50] 양양 아리랑

    1. 조사일자 : 1995년 4월 22일 토요일
    2. 제 보 자 : 양양 문화원

설악산 중턱에 실안개 돌고
달록집 문전에 건달이 돈다.
아리 아리 아리 아리 아라리요
아리랑 고개를 넘어간다.

낙산의 인경은 현산을 울리고
우리네 정든 님 나를 울린다.
아리 아리 아리 아리 아리리요
아리랑 고개를 넘어간다.

[51] 운자군 소리(노동요)

    제보자 : 양양 문화원

열십자로 걸러져서 일심받어 댕기라
에헤라 산우야

잘 넘어간다 잘넘어가
바람결에 잡아채라
에헤라 산우야

※ 유래 : 여러 사람이 산판에서 원목을 내릴 때 부르는 소리라고 한다.

[52] 메질 할 때 부르는 소리

제보자 : 양양 문화원

화란춘성 만화 방창
때는 좋다 벗님에야
어이여차 차차
시내 강변에 돌도 많구나
남의 며느리 말도 많다.
어이여차 차차

※ 유래 : 여러 사람이 다리발이나 말뚝을 박을 때 부르는 소리

[53] 농부가

1. 조사일자 : 1995년 5월 21일 일요일
2. 제 보 자 : 고위옥 (76세, 여, 양양군 양양읍 조산리)

농부들은 들에 나가
논 갈고 밭을 갈고
곡식 심기 분주하다
어서낄낄 큰 암소야
산 넘어 등을 넘어
어서어서 큰 암소야

농부들은 논밭갈아
씨뿌리기 분주하다
심으기에 분주하다
어서 낄낄 큰 암소야
이리저리 가지말고
한골수로 가잣고야

씨를 뿌려 가꾸어서
가을걷이 걷어들여
농부마음 기쁘지야
어서낄낄 큰 암소야

[54] 양양 아리랑

1. 조사일자 : 1995년 5월 21일 일요일
2. 제 보 자 : 노재봉 (78세, 여, 양양읍 임천리)

심어주게 심어주게
원앙 줄모를 심어주게
아리랑 아리랑 아리리요
아리랑 고개에다 진장물 놓고
정든 임 오실 때만 기다리네

[55] 타북네야 타북네야

제보자 : 노재봉

타북타북 타북네야 어디로 울고 가니
우리 엄마 문진골로 젖먹으로 울고 간다

아강아강 가지마라 문진골로 가지마라
산이 높고 물이 깊어 네 어머니 못찾는다

네어머니 오마더라 네어머니 오마더라
부뚜막에 엎친 박이 싹이 나면 오마더라
병풍에 그린 닭이 홰를 치면 오마더라
살강밑 삶은 팥이 싹이 나면 오마더라

3. 강릉시 민요편

[1] 뱃노래

    1. 조사일자 : 1995년 1월 28일 토요일
    2. 제 보 자 : 김대영 (73세, 남, 영진리 태생)

어기어차 어기어차 뱃노래 가잔다.
네가 죽고 내가 살아 무엇을 할꺼냐
실렁실렁 끓는 물에 풍빠져 죽자야

육칠월 장마에 개구리 우는 소리
시집 못간 처녀들이 앙심이 났구나

명사십리 해당화야
꽃 진다 서러워 마라
명년 삼월에 봄이 오며는
꽃은 다시 피련만
우리 인생 한번 가면
언제나 다시 올까나.

에야노 야노야 에야노 야노야 어기여차
뱃놀이 가잔다.

[2] 고기 잡는 노래

    1. 조사일자 : 1995년 5월 17일 수요일
    2. 제 보 자 : 오동석 (67세, 남, 명주군 가자곡면 정동진 2리 250)

고기가 잘잡혀 신이 나면* ; 여차 여차 저어라 여차 저어라
신이 나서 당길 때* ; 에여하 에혀으허 으허하
끌어 당겨라 으허하

댕겨보자 으여하 끌어라 당겨라
으여하 으여하 댕겨라

이산 저산 흙산이 진다 으여하
묵은 사래에 고기가 서린다 어혀으허
이여허 이여하 댕겨나보자
으여하 으여하 으여허

고기가 몰려 발로 잡을 때* ; 댓자 바리오.
댓자 댕겨나 보자 댕겨라 댕겨
산대를 집어넣으며* ; 에라소 가래로구나

[3] 멸치(앵미리)잡는 소리

제보자 : 오동석

첫번째 가래는 여왕님의 가래로구나
에라소 가래로구나
두번째 가래는 영자의 가래라
에라서 가래라소
세번째 가래는 선주의 가래라
에라소 가래라소
막판 가래는 선원들의 가래라
에라소 가래라소.

[4] 귀향할 때 부르는 소리

제보자 : 오동석

오징어를 잡고 밤에 만선기를 달고 들어올 때 ; 에야흐 에야 저어보자
선소리를 매기는 사람 ; 에야 에야 우리가 이길로 에야 에야
받는 사람 ; 에으하 저어나 보자 에야

매기는 사람 : 에으하 저어보자 에으하
받는 사람 ; 에으하 저어보자 애으하
매기는 사람 ; 일락서산에 해는 진다
에으허 저어보자 에으하
해저물기 전에 어서가자
에으허 저어보나 에으하

4. 동해시 민요편

[1] 아라리

1. 조사일자 : 1994년 12월 15일 목요일
2. 제 보 자 : 김기태 (78세, 남, 동해시 주암동 8통 2반 1~2)

에헤이에 에라 누워라
무정한 우리 농민은
흐른 땀 닦아가면서
백만장자로 성공할라고
이 고생을 하는구나

[2] 김맬 때 부르는 소리

제보자 : 김기태

한다 하느라 나는 돌아 가노라
이랑이랑 두고서 내가 돌아 가노라

[3] 메르치 그물 당길 때 부르는 소리

제보자 : 김기태

어사 어사 잘 걸었네 못 걸었네

　　어야 한탄을 말고 댕게 주소

　　어야 좁은 고을에 들지 말고
　　상동상경 들어가자 어야데야

5. 삼척시 민요편

[1] 뱃노래

　　　1. 조사일자 : 1995년 5월 17일 수요일
　　　2. 제 보 자 : 감진해 (53세, 남, 삼척 정라진<건너불>)

에이야 어거디야
에이야 에이야~
이거갈사 에이야
어기야 에이야
어이야 가라
어기넉차!
어이야 가라
어기넉차
에이야 에이야

[2] 오독또기

　　　1. 조사일자 : 1995년 4월 22일 토요일, 제1회 삼척 메나리 발표회
　　　2. 제 보 자 : 정길영 (68세, 남, 삼척시 근덕면 양리 4반)
　　　　　　　　　　　(삼척 문화회관 소공연장)

오독도기 추야월에 달도밝고 명랑하다
이원요도 복상꽃에 탐화봉접이 춤을 춘다
명사십리 해당화야 꽃이 진다고 설어마라

명년삼월 봄이오면 그꽃도 다시 피나리라
닭이 우네 닭이 우네 모시 밭골서 닭이 우네
그기 누가 닭이던가 맹상군에 인닭이네
사래길고 장찬 밭을 어느 장부가 갈아주오
태호정에 좋은 술은 우리님에 권능주라
아침이실 만난 친구 저녁달에 이별이요
이내골을 얼른 매고 임에골을 마중하세
샛별간은 점심골이 반달같이 들어오다
산들산들 부는 바람 모시적삼을 입혀주오
모시적삼 안자락에 연적같은 젖을 보오
점심참만 참일런가 담배참도 참일러라
불볕이야 더우라니 이내골을 마주매세
방실방실 웃는 님은 못다 보고서 해가진다
이농사를 이리지며 누구하고야 먹자던가
부모봉양 자식교육 사럼놀설 하여 보세
사농공상 생긴후에 귀중한기 농사로다
소가 우네 소가 우네 도림들에서 소가 우네
사행창생 농부들아 일생신고를 설어마오
음지 양지 솔퍼온대 우리님은 어대로 갔나
붉어오네 붉어오네 옥천앵두가 붉어오네
어느 님이 다 따먹고 앵두씨만 남았구나
오늘날은 여기 놀고 내닐날은 어디서 노나
기둥없는 하늘 밑에 어디 간들 못놀겠나
연줄가네 연줄가네 해당밭에도 연줄가네
그기 누구 연줄이던가 울어머니 젖줄일세
서울 갔던 우리 님아 진사 급제 그만 두고
하루 날래 돌아와서 임에 품에 날 안아주오
방틈에 가는 밭에 동네 사람들 뿌린 종자
올해년도 날새 좋아 이골 저골이 풍년일세
월충봉에 달 뜨거든 육녀봉으로 임차자가고
초생달만 반달이냐 그믐달고야 반달일세

정밭골에 정도령이 밀양 땅에 장가 가서
동방화촉 원앙금침 밤 깊은 줄을 모르구나
꽃동산에 나비가니 앞뜰에는야 풀잎나고
꽃을 찾는 벌나비는 꿀을 모아 나부낀다
산에 올라 꽃을 따니 이름 좋아서 상사화요
심심산골 약초 캐여 들고보니야 산삼일세

[3] 오독또기

    1. 조사일자 : 1995년 4월 22일 토요일 : 제1회 삼척 메나리 발표회
    2. 제 보 자 : 박준억 (83세, 남, 삼척시 근덕면 양리 4반 1261)

오돌또기 추야월에 달도 밝고 명랑하다
이월요도 복사꽃에 탐화봉접이 춤을 춘다 에후후

명사십이 해당화야 꽃진다고 설어마라
명년삼월 봄이오면 그꽃 또 다시 피난니타 에후후

아적이실 마낸친구 저녁달에 이별이요
이내골을 얼른매고 임에골을 마중하세 에후후

반달같은 점심콜이 샛별같이 들어온다
산들산들 부는 바람 모시적삼을 입혀주오 에후후

부용봉에 꽃을 꺾어 들고보니 상사화요
만수산에 자린약채 먹고보니 불로초라 에후후

월출봉에 달뜨거든 옥여봉으로 임차저 가고
일충봉에 해뜨거든 상임들로 밭가리 가서 에후후

칠년 대한 가문 날에 빗발같이 사랑하고
구년지수 장임날에 햇볕같이 도와주세 에후후

삼사세로 배운 것이 사서삼경 교육인데
부모불효 불견존장 반포새만 못하더라 에후후

나물 먹고 물마시고 호미차고 밭을 가니
대장부 살림살이 그만하면 행복일세 에후후

부귀공명 쓸데 업고 포이한사 으뜸이라
천하장사 힘을빌려 만리 장성 쌓았지만 에후후
만고영웅 큰도향이 생각이가 그뿐일가

호미들고 달을 이고 집을 찾아 들어가니 에후후
대문안에 청삽사리 몰라보고 짖고가네

사해창생 농부들아 일생신고 설워마라
사농공상 생긴후에 귀중한게 농사로다 에후후

실농씨에 가는 밭에 후직에 뿌린 종자
올해년도 우순 풍조 방방곡곡 풍년일세 에후후

[4] 성주풀이

1. 삼척 메나리 발표회
2. 제 보 자 : 김재봉 (69세, 남, 삼척시 노곡면 강천기리)

경사땅 십리허에
높고 낮은 저 무덤은
영웅 호걸이 몇몇이며
절대 가인이 그 누구냐
우리네 인생 한번 가면
저기 저 무덤이 되는 고야
어라망소 어라 대신이야

저건너 잔솔 밭에
솔솔기는 저 포수야
산 비둘기 잡지마라
그 산 비둘기 나와같이
임을 잃고 밤새도록
임을 찾아 다녔나니
어라망소 어라 대신이야

[5] 메나리

제보자 : 이준홍 (51세, 여, 삼척시 근덕면 선흥리 3반)

명사십리 해당화
꽃이 진다고 서러마라
명년을 삼월 봄이 오면
그 꽃도 다시 빛나리라
이 농사를 이리 지어
누구 하고 먹자드냐.

[6] 메나리

1. 삼척 메나리 발표회
2. 제 보 자 : 이성대 (70세, 남, 삼척시 미로면 하지노 2통 1반 694)

아니~ 아니 놀지는 못하리로다
하늘의 신선은 구름을 타고
대북의 천자는 코끼리 탄다
조선에 이능은 연을 타고
사경선은 우팡산 앞을 타네
이삼월 저구줄을 타고
삼사월 꽃난지 꽃남새를 타네

오뉴월 메뚜기 연잎을 타고
칠팔월 청개구리는 꽃잎을 타네
우리 인생은 자동차를 타고
팔도건달은 쬣차를 타네
이것 저것 다 타고 싶어서
춘향이 연못에 배타러 가고
얼씨구 좋네 지화자 좋아
아니 놀지는 못하리로다

[7] 메나리

    1. 삼척 메나리 발표회
    2. 제 보 자: 김덕수 (79세, 남, 삼척시 노곡면 하월산리)

아침 이슬은 은빛이슬이요
저녁그늘은 애비그늘이라
요골매고 저골매니 점심참이 늦었나
점심참만 참이던가 동백참도 참일레라
요골매고 저골매고 이내골을 매주시게
삼십명 일꾼들은 반달법으로 후려잡아 맵시다 우후후

[8] 농부가

    제보자: 김덕수

한 포기 영자 싹이 나서
막국장이 열매 맺네
참도생산 이여산은
하늘땅의 조화로세
어화영차 일꾼들아
어화농사 잘해보자
온갖 풍상 거름산아

오곡백과 꽃을 피어
천리만리 살릴 길은
농사밖에 더 있는가
어와 농사 일꾼들아
어와 농사 잘해보자

[9] 사벽가

1. 삼척 메나리 발표회
2. 제 보 자 : 지재갑 (남, 삼척시)

동벽을 바라보니 긴 초사 도렸나니 행태여 마다하고
이옆에 열리나 휘경강으로 가는거도 분명하게 그려있다
남벽을 바라보니 이소령 강태공이 선팔세 권고하야
무정세월 보내야고 호집이 싹튼 구름에 가사가 숙여지고
골은 낙서 문에 한거에 앉았는고 분명하게 그려있다
서벽을 바라보니 한중실 우왕손이 왕의 손생 보려하고
남행촌을 풍설중에 걸음좋은 경포만 투덕투덕 빛김몰아
지성으로 가는거도 분명하게 그려있다.
북벽을 바라보니 삼산사 후에 노인이 오동소년이 바둑판에
어떤 노인 괭이들고 어떤 노인 후끼 들고, 또한 노인
혼수터가 풍월 먹고 문창하여 백운선으로 참향하고
꼬박꼬박 조는 거도 분명하게 그려있다
사벽을 다 본후에 방구석을 살펴보니
오동목판 거문고
벽으로 내셔왔구나
여봐라 춘향아 저 구석의 저것이 무엇이냐
그것이 거문고요
거문고면 흰 털이 하나 없느냐?
그것이 타는 거면 뭐여 하등면이 가사라나
세상의 양반놈 욕하오
그것이 둥덩기 둥덩실하는 거문고요

둥덩기라함이니 근본으로 와라
대현은 용현하여 오학의 울음이요
황천하조 먹사놀이요
오목진미 창해오니라 하던 백낙천으로 한창하고
초성으로 알돌려라 둥덩기 둥~

[10] 장구 타령(서사민요)

    1. 삼척 메나리 발표회
    2. 제 보 자 : 이달성 (남, 삼척시)

아니 아니 노지는 못하리라
불쌍도나 하구나 가련도 하네
춘향이 신세가 가련쿠나.
입은 것을 옆에다 끼고 동문 전당도하니
춘향이 신세가 가련쿠나
여봐라 춘향아 허락은 해라
허락이나 한마디 하려무나
아이구 어머니 그 말씀 마오
잘 되어도 내 낭군이고
못 되어도 내 낭군이네
일부종사를 못할망정
이부종사가
웬말씀이요
얼씨구나 좋구나 지화자 좋고 아니노니는 못하리라.
끝동 치마도 나는 싫어요 그만 돌아가시지요
소원이요 부탁인데 도련님 내가 부탁이요
내일 사또 생신 늦게 나를 올려서 버린다니
아무데도 가지를 말고 동문전 서있다가
나를 유격 헤치거든 인사 잃고서나 돌아와요
질퍽질퍼도 나는 싫어요 도련님의 지극 정성으로 지내
이심을 못본고로

전라도 땅도 나는 싫어요
경상도 땅도 나는 싫어
경기도나 한양 서울에 도련님 계신 집앞에다
깊이 깊이나 묻어주소.
얼시구나 좋구나 정말로 좋고 아니노지는 못하리라

[11] 메나리

제보자 : 삼척시청 문화예술과

동해동창 돋은해가 일락서산으로 넘어간다.
아침이슬 만난임은 저녁난두에 이별일세.
방실방실 웃는임을 못다보고서 해가지오.

담배참도 참이란데 점심참이 늦어가오.
오늘해도 거진갔네 음지양지가 슬프다.
새벽같은 점승코리 반달같이도 떠올리네.
그게무슨 반달이야 그믐달도 반달이지.
절에 올라 목단화야 법당앞이가 붉어오오.
씨고낮은 패랭이꽃은 시내강변에 붉어오오.

영구영천 흐른물에 배추씻는 저큰아가.
겉에큰잎 젖혀놓고 속에속잎을 나를 주오.
언제보던 임이라고 속에속잎을 달라하오.

머리좋고 실한처녀 떨뽕넝구에 그려앉겨.
떡뽕참뽕 나따줄게 백년언약을 날과맺세.
언제보던 임이라고 백년언약을 맺자하오.

늦어가네 늦어가네 점심참이 늦어가네.
점심참도 참일레라 담배참이 늦어가네.
사례장천 장천밭에 담배참이 늦어가네.

이골매고 저골매고 이많은골 누가매나.
사래차고 창찬밭에 어느임이 마주매나.

[12] 메나리

    1. 삼척 메나리 발표회
    2. 제 보 자 : 김상령 (여, 근덕면 성흥리)

명사 십리 해당화야
꽃이 진다고 서러워 마라
명년 춘삼월이 돌아오면
꽃도 피고 잎도 핀다
산들 산들 부는 바람
먼길은 거의 지나요
많이 보이면 연기를 먹고
담배 끊었지만 또 문다요
산들 산들 부는 바람

················ (★할머니가 가사를 잊어버리고 웃으심.)

닭이 우네 닭이 우네
모시 밖구레서 닭이 우내
섥게 우네 닭이 우네
맹상군의 닭일세

[13] 정선아리랑

    1. 삼척 메나리 발표회
    2. 제 보 자 : 김택수 (60세, 신이면)

정든님이 오셨는데 정인사를 못하구
오고치마 입고 다리고 넘어 반긴다

풍만삼천에 뼈꾸기는 초석궁아 좋다
섣동이 지나서 변치 않는데
울밑에 수선대는 누구를 떠내나
오고지리 낭궁님은 오래 울지는 마셔요
여든 세 살 넘어서 중매 시집을 갔는데
안 처마 한근 눈물 코물에 다 녹아 있네
아리랑~ 아리랑~ 아라리가 났네~
아리 아리랑 고개고개로 나를 넘겨 주네

[14] 해녀 뱃노래

1. 조사일자 : 1995년 4월 30일 일요일
2. 제 보 자 : 양애옥 (41세, 여, 삼척시 원덕읍 갈람 1리 2반)
   * 제보자는 제주 태생으로 20여년 전에 이곳으로 와서 정착했다 함.

이어사 이어사
우리 배는 참나무로 지은 배되
참매 새끼 놓는 듯이 잘도 간다.
갈남 항구 떠나 서니 바람이 불어오네
맞바람이 고작같이 불어오고
임원 바다를 가야 하는데 언제 가나
이어사
우리형제도 삼형제가 심은 노는
등도 맞고 배도 맞아 우리 갈길 어서 가자
이어사 이어사
어떤 날에 난 사람은 팔자 봉력 잘만나서
요고생을 아니하리
이어사나
엄마 엄마 우리 엄마야
바늘 간데 실현가련
부산 연락 쌍고동 소리 절로 나네.
이어사 이어사 암멍애야 들어오라

뒷멍애야 밀고 가자.
이어사 이어사나
돈아돈아 말모른 돈아돈아
네가어디 있나 나를 찾아 오너라.
이어사나 이어사
말모른 돈아
이종사리 안식일자야 나를 데려 가거라.
이어사나 스무님은 설니문에 정든 가정 남아준들
요내성차 한두목사 남야 주리
이어사나 이어사
삶으라 어서 오너라
만을은 오지나 말어라
이어사 이어사 힘을 주어라.
양허리에 힘을 주어 노를 저어라
이어사야 이어이어 이어사야
허리는 납을 짊어지고 한쪽손에 가기를 뜯고
깊은 물에 들어 가니 생각 생각 절로 난다.
돈아 돈아 말모른 돈아 나를 찾아 오너라
비창 들고 납을 짊어 지고 한질 두질 들어가니
저승길이 당도하여 생각생각 부모생각
생각생각 남편생각 자식생각이 절로나네
말모른 돈이 원수로다
돈이 아니면은 여종살이 어느 누구가 하겠는가
이어사나 이어사
열아홉에 해녀 배워
스무살에 육지로 황토 따라 오랐더니
고생도 많고 서름도 많다.
이어사 이어사
돈많은 백만장자야 날다려 가거라 날 데려 가거라
이어사 이어사
여종살이 않시킬자야 나를 데려 가거라.

이어사 이어사 이어사
한푼 두푼 번다고 깊은 물에 들어가니
숨도 차고 머리도 아파 못살겠네
이어사 이어사
함푼 두푼 벌어와도 돈들어 갈데는 많고요
어서 돈벌어 우리 고향 어서가자
이어사 이어사
우리 해녀 번돈이 원수로다
한품 두품 벌어놓은 돈
우리 신랑님은 하룻저녁에 노름값도 모자라네
이어사 이어사
이네 해녀가 원수로다 원수로다
해녀 직업이 원수로다
이어사야 이어사
묻도 쓸고 납도 쓸고
생각 생각에 부모생각
자식 생각이 절로 난다
이어사야 이어사
열아홉에 해녀 배워
나이가 마흔 아홉이 되다보니
오십평생 바다에 몸을 바쳐 종사하니
억울도 하고 원통하다.
너무너무 억울하네
이어사 이어사
저산에 외로이 서있는 외솔나무
외 혼자 서있느냐
이어사 솔나무 날같이 외로이 서있구나
이어사 이어사
어서가자 어서가자 우리집으로 어서가자
서산에 저해는 다져가고
집집마다 연기는 나고

어서가자 어서 우리집으로 어서가자 어서가자
집에 있는 애가 운다
바람아 불어라.
불대로 불어라
어서 빨리 불어라
우리집으로 어서가자.
이어사야 이어사
돈아돈아 네가 눈이 있나
발이 돋았나
돈 때문에 원수로다.
말바른 돈아 이네 한데 어서 오너라
이어사 이어사
용왕님아 용왕님아
우리배 가는 델랑 재수대통 시켜 주시오
이어사야 이어사
참매새끼 놓는 듯이 놓는 배야
어서가자 어서가
용왕님아 용왕님아
우리배 가는데는 물건도 많고 자리도 좋은데로
닻을 놓게 해주소사
이어사나 이어이어 이어사나
떠날 때는 빈배여 작업해가지고 들어 올때는
뱃기가 만선하게 해주옵소서
깃발달고 우리 항으로
갈남항으로 들어가게 해주옵소서
남이눈에 꽃이 피고
남이 입에 웃음꽃 피게 해주옵소서
이어사야 이어사 이어사
용왕님아 고맙습니다
사고없이 하루일과 끝내어 주어
감사합니다

이어사 이어사

[15] 이어도 사나

  1. 조사일자 : 1995년 4월 30일 일요일
  2. 제 보 자 : 김태희 (48세, 여, 삼척시 원덕읍 갈람 1리 79번지)
   *제보자는 제주 태생으로 20여년 전에 이것으로 와서 정착했다 함.

※ 바다에 물질하러 나가기 전에 부르는 노래
* 뱃노래

이어도 사나 이어도 사나
우리야 배는 참나무로 모은 배라
참매새끼 나는 듯이 잘도나 가네
이어도 사나 이어도 사나
이어도 사나 이어도 사나

우리야 배눈 참매새끼 노는 듯이 잘도간다.
우리야 부모 날 낳을 적에
어떤 날에 나를 낳고
남들 난 날에 나도 낳건만은
어떤사람 팔자좋아 이고생을 왜하는고.
이어도 사나 이어도 사나 이어도 사나

요놈의 팔자 웬 팔자나
만날천날 요 고생을 하는구나
이어도 사나 이어도 사나
저건너에
호박잎에 나즌거려 임 얼굴 안보이네
이어도 사나 이어도 사나

저건너 외솔나무 홀로이 외로이 서있느냐

이어도 사나 이어도 사나

너도야 날같이 외로이 서있건만 나도야
널같이 외로이 서있건만 나도야
널같이 외로이 서있구나 아~
이어도 사나 이어도 사나
이어도 사나 이어도 사나

열두칸 기차 떠난데는 검은 연기 나고요
이어도 사나 이어도 사나 이어도 사나
재주도 연락선 떠난데는 굴파도만 남아나 있고
우리야 고향은 언제 나며가리 칠팔월 나면은
고향찾아 가리라
이어도 사나 이어도 사나 이어도 사나

나도야 남난날에 나를 낳고
남난날에 나도야 이어도 사나
요놈팔자 웬 팔자라 요고생은 만날천날하는거야
이어도 사나 이어도 사나 이어도 사나

※ 위의 민요들은 필자의 지도 아래 관동대학교 <민요조사반>에 의해 채록, 정리되었음.
민요 채록에는 김경남(관동대 강사), 엄은영, 최혜정(국교과 4년), 박태원, 박향심, 최규서,(국교과 2년)등이 참여했고, 정리는 장중석(국교과2년)이 맡았음.

Ⅱ. 太白市의 民謠

[1] 덜구 노래

산지 조종은 곤륜산이요
어 - 허이 덜구야
이 귀신 귀신은 무슨 귀신
어 - 허이 덜구야
덜구 소리가 나는구나
어 - 허이 덜구야
나갔던 상주가 모여든다
어 - 허이 덜구야
허리참에 매는 줄기
어 - 허이 덜구야
천하는 어째고 산들에 죽노
어 - 허이 덜구야
웬 소리가 나는구나
어 - 허이 덜구야

[2] 목두 노래

어영차 어야 아이구 어야
어서 가세 이하구 이살살 이같이
어영치기 어영치기

자질 이헤에 어영차 어야
저기 가는 저 아가씨
슬프게도 잘 간다 어영차

이 형님 이살살 잘 가세

자질 이혜에 어영차
저기 가는 저 아주머니
잘도 간다 에이구

에이이 가세
어영차 에헤차 이야
에야 어영차 가세
에야 어영차
어 좋다 갈풀이야

[3] 사스랭이(싸시랭이)

1자 불림 :
일수 투전 장난꾼, 일자 무식 전무식, 일날라리 옥퉁소

2자 불림 :
이화 도화 만발해, 이칸 도리 장도리, 이 행금에 춤 추고, 이팔청춘
늙는다

3자 불림 :
삼신산에 불로초, 삼월 들면 윤삼월, 삼천갑자 동박삭

4자 불림 :
사월 남풍 대맥화, 사촌 간에 어울려, 말 많은 건 사설장이

5자 불림 :
오래 가고 연학은 오막살이 길가 집, 오동추야 달 밝고

6자 불림 :
유월 유두는 해마다, 육로로 갈까, 배로 갈까, 육육봉은 토란봉

7자 불림:
칠월 대구 통대구, 일곱 형제는 칠 형제, 칠년 대한 왕가뭄

8자 불림:
여덟 형제는 팔 형제, 팔도 강산 유람 가, 팔팔이는 곰배팔

9자 불림:
구질구질 오는 비, 구월 국화 굳었네, 구진 적색 양귀비

10자 불림:
장고 치고 북 치고, 장삼 입고 절로 가, 장랭이들 날 보소

[4] 신세 타령

홍안 도령 백발이요 못 면할 건 죽음이라
천황시지 진시황 인왕시지 요순제
우리 인생 죽으면 북망산천 찾아 가
장하도다 진시황 육국을 평정 후에
아방궁에 높이 올라 천년 만년 살려고
동남 동녀 오백명 불사약 구하러 보냈지
삼신산의 불사약 오늘조차 소식 없네
영웅 호걸은 죽어도 사후에 이름이 남건만
우리와 같은 초로 인생 아차 한 번 죽어지면
안팎으로 일곱 매끼 이칠은 십사 열네 매끼
육진 장포로 질끈 묶어
소방선 베틀 위에 덩그렇게 실어 놓고
상두꾼아 발 맞춰라 요령꾼아 길 잡아라 초롱꾼아 불 밝혀라
북망산천 찾아 가서 용당봉이로 푹푹 파서

장대로 집을 짓고, 송죽으로 울을 삼고, 두견으로 벗을 삼는다네
오늘같이 좋은 날에 먹고 쓰고 쓰고 먹고
거드렁거리며 놀아보세

[5] 아리랑

뒷동산이야 높고 높아도 소나무 밑으로 돌고
여자 일색이 곱고 고와도 남자 품안에 돈단디

시집 가고 장가 갈 적에 홀기는 왜 불러
저희 둘이서 눈 맞으면 한오백년 살지야

태백 여울 물레방아는 물살을 안고 도는데
우리 집의 낭군님은 왜 나를 안고 못 도나

곤드레 겜추는 누가 뜯어 줄꺼나
잔솔밭 한허리 날 따라 오세요

행주치마 똘똘 말아 옆에다 끼고서
총각 낭군 가자 할 때 왜서나 못 따라 갔나

[6] 사랑가

수줍은 매화는 봄중에 피고
우리 임 술잔엔 금옥이 핀다

산에를 올라서 임 생각하니
풀잎 마디에 찬 이슬 진다

두타산 기슭에 샘이 솟는데
임자 못 만난 내 가슴 녹는다

저산의 단풍은 구시월에 좋고
꾀꼬리 연애는 춘삼월이 좋다

[7] 청춘가(1)

명사십리 아니라면 해당화는 왜 피며
춘삼월이 아니라면 두견새는 왜 울어

저 건너 묵밭은 작년에도 묵더니
올해도 똑 같이 또 묵었구나

오십천 황모래 밭에는 비 오건마는
우리 가장 품안은 점잖게 뭘 하나

[8] 청춘가(2)

큰 애기 손목은 방 안에서 놀고요
총각의 손목은 하늘에서 논다네

앞 산의 꽃망울은 팔랑팔랑 하는데
이내 임은 들락날락 딴전만 피는구나

아침에 돋는 해는 팔도강산 비추는데
누구는 이리저리 돌아 이내 방으로 가느냐

[9] 아라리

황해도라 구월산 밑에 주추 캐는 저 처녀야
너의 집이 어디멘데 하루 종을 주추를 캐나

나의 집을 알려거든 장신산 밑으로 오세요
안개 속에 초가 삼간이 나의 집이요

도라지 병풍 내닫이 방에
잠든 큰 애기 문 열어라

바람 불고 비 올 줄 알면
나 올 줄 모르고 문 걸었나

잠 자던 큰 애기 들락날락
모본단 치마가 펄렁펄렁

십오전짜리 갑사 댕기에
총각의 간장이 다 녹는다

[10] 수신가

어허 청춘 소년들아
이내 말을 들어 보소
허송세월 하지 말고
밭 갈고 글 읽어서
수신제가 할지어다

만고 성인 요임금은
역산에 밭을 갈고
천하 문장 이적선도
강상에서 글 읽었네

어허 청춘 소년들아
허송세월 하지 말고
논 갈고 글 읽어서
수신제가 할지어다

[11] 이별가

청실홍실 아래 놓고
백년 언약 맺었더니
십년이 다 못 가서
이별이 웬 말이냐
조강지처 배반하면
한강수가 갈라진다

[12] 시집살이요

춘아춘아 옥단춘아
시집살이 어떻더냐
아이고 야야 말도 말아
시집살이 말도 말아
고추당추 맵다 해도
시집살이만은 못 하더라

도리도리 도리집개
밥방질도 어렵더라
도리도리 도리상에
수저 놓기도 어렵더라

어머님 어머님 일어나서
세숫물에 세수하고
낮수건에 낮을 닦고
아침 준비 들어 보소

우리 어머님 하시는 말씀
네나 먹고 개나 줘라

아버님 아버님 일어나서

세숫물에 세수하고
낯수건에 낯을 닦고
아침 준비 들어 보소

우리 아버님 하시는 말씀
네나 먹고 개나 줘라

[13] 동무가

동무야 동무야
나의 동무야
골목 앞에 고운 얼굴
오매불망 보고싶다
섬섬옥수 서로 잡고
만단설화 하여 볼까

여자 행지 그건 그것
후생에는 남자되어
여자된 서름 씻어나 보게

[14] 쌍가락지

상금상금 쌍가락지
호작이로 깎아 내어
눈 대 보니 달이구나
그 처자 자는 방에
말 소리도 들을레라
숨 소리도 들을레라
빗 소리도 들을레라

홍두 버선 오라버니
거짓 말씀 말아 주오

동지 섣달 설한풍에
풍지 우는 그 소리요
아구 바디 바디 집이
호굴 영천 북을 밀어
아작아작 잠이 드네

경남을도 편지 오고
시골들도 편지 오고
경남 편지 들고 보니
나 죽거든 앞 산에다 묻지 마소
뒷 산에도 묻지 마소
연대 밭에 묻어 주소
연대꽃이 피거들랑
날만 여겨 걸어 보소
비가 오거들랑
도룡이를 덮어 주소
눈이 오거들랑
모지랑비로 쓸어 주소

머리 좋은 저 처녀가
구름 밖에 나왔구나
해가 떳네 달이 떳네
할까운다 할까운다
그름 같이 허튼 머리
기름 발라 썩썩 빗겨
남저고리 호랑치마
요리조리 잘라 매고
금따뱅이 팔에 걸고
금동이를 앞에 안고
이슬 같은 저 처녀가
누굴 한 번 녹일려고

저렇게도 곱게 생겼던가

[15] 메나리(1)

아침 이슬은 은빛 이슬이요
저녁 그늘은 에미 그늘이라

요골 매고 조골 매니
점심참이 늦었구나

점심참만 참이던가
동백참도 참일레라

요골 조골 다 매고서
이내 골도 매 주시게

삼사십명 일꾼들은
반달법으로 추리잡아 맵시다
이후후

[16] 메나리(2)

아니 놀지는 못 하리로다

하늘의 신선은 구름을 타고
대북의 천자는 코끼리 탄다

조선의 이능은 연을 타고
사경선은 우팡산 앞을 타네

이삼월 저 구슬도 타고
삼사월 꽃 단지 냄새를 타네

오뉴월 메뚜기 연잎을 타고
칠팔월 청개구리 꽃잎을 타네

우리들 인생은 자동차 타고
팔도 건달은 쬪차를 타네

이것 저것 다 타고 싶어서
춘향이 연못에 배 타러 가네

얼씨구 좋네 지화자 좋다
아니 놀지는 못 하리로다

[17] 싸시랭이 노래

파라 파 깊이 파
얕게 파면 너 죽고
파랑나비 강나비
나온다 나온다
나오는 글씨 한 글씨

오촌 사촌 다 모여
논과 밭을 다 샀네
나오고 나온다
나오는 글씨 한 글씨
뒷자 불림을 불리소

어는 자가 등장해
오재 한 장 등장해
오촌 숙모는 당숙모
오시면 가실 줄 모르네

나오고 나온다
나오는 글씨 한 글씨
뒷자 불림을 불리소

칡이꾼이면 더덕꾼
만첩 청산 도라지
나온다 나온다
나오는 글씨 한 글씨

이화 도화 만발해
도화 밭에 벌 기고
나오고 나온다
이금행의 북소리
평양 기생 춤추네
나오고 나온다

딸딸거리는 자전차
따라 가며 비비자
나오고 나온다
나오는 글씨 한 글씨
나온다

사신 행차 바쁜 길
조반 참이 늦어 가고
담배 참고 늦어 간다
나오고 나온다

삼신산에는 불로초
만인에게 약초일세
나오고 나온다
나오는 글씨 한 글씨

육로로 갈까 배로 깔까
육구 만달 동자심
나오고 나온다
나오는 글씨 한 글씨
뒷자 불림을 불리소

장터거레다 말 매고
큰 술집으로 들어간다
나오고 나온다
나오는 글씨 한 글씨
뒷자 불림을 불리소

치렁 대구는 통대구
나오고 나온다
치렁치렁 땋은 머리
은비녀로 수장해
나온다

이화 도화가 만발해
도화 밭에 벌 기네
나오고 나온다

구중궁궐 노처녀
시집 못 가 화가 나
나오고 나온다

넙덕 자세는 누 자세
넙적 다리를 들썩 해
사대 육신 녹아 나고
나오고 나온다

갈라 졌나 경북철
팔뚝질을 말아라
양반의 새끼 보면은 욕하네
나오고 나온다

구암룡이는 물 주고
물 준 패기는 흔드네
나온다

이집 주인은 누신가
김씨 생원이 분명코
나오고 나온다

서울 장안에 범 들어
어느 포수가 잡았나
일등 포수가 잡았네
나온다 나온다

[18] **따북 따북 따북년아**

따북 따북 따북년아
네 어디로 울고 가나
우리 어머니 몸 준 골로
젖 줄 바래 울구 가와

따북 따북 따북년아
네 어디로 울고 가니
우리 아버지 몸 진 골에
신발 없어 울고 가와

따북 따북 따북녀아
네 어머니
선반 밑에 삶은 팥이
싹 나거든 온다더라

선반 밑에 삶은 팥이
썩기 쉽지 싹 나겠소

따북 따북 따북녀아
병풍에 그린 닭이
홰 치거든 오마더라

병풍에 그린 닭이
언제나 홰를 쳐요

[19] 강원도 아리랑 타령

아리 아리랑 쓰리 쓰리랑 아라리요
아리랑 얼씨구 어리 얼러 주게

무정한 세월아 가지를 마라
장안의 호걸이 다 늙는다

장안의 호걸이 늙는다고
가는 세월이 아니나 갈까

가는 세월을 애연타 말고
젊어서 청춘에 마음대로 노세

산중의 귀물은 머루 다래
인간에 귀한 것은 정든 임이로다

열라는 콩 팥은 아니 열고
아주까리 동백은 왜 여느냐

아리랑 아리랑 아라리요
아리랑 띄어라 놀다 가게

아리랑 아리랑 아리리요
아리랑 고개로 넘겨 넘겨 주게

[20] 삼척 어러리(어려레이)

불원천리 장성 땅에 돈 벌려 왔다가
꽃같은 요내 청춘 탄광에서 늙네

작년 간다 올해 간다 석삼년이 지나고
내년 간다 후년 간다 열두해가 지났네

월백 산백 천지백은 옛 사람의 시인데
수흙 인흙 천지흙은 황지 뿐이라네

통리고개 송애재는 자물쇠 고개인가
돈 벌러 들어 갔다가 오도 가도 못하네

남양군도 검둥이는 얼굴이나 검다지
정선 황지 사는 사람 얼굴 옷이 다 검네

문어 낙지 오징어는 먹물이나 뿜지
이내 몸 목구멍에는 검은 가래가 끓네

누루황자 못지자가 황지라고 하더니

거칠황자 따지자로 황지가 됐네

연못의 금붕어는 물이나 먹고 살지
황지에 사는 사람 탄가루 먹고 산다네

황지 연못 깊은 물은 낙동강의 근원이요
깊은 먹장 검은 탄은 먹고 사는 근본일세

강원도라 황지 땅에 돈이나 벌러 왔다가
돈도 못 벌고 요모양 요꼴이 되었네

[21] 아리랑

아리랑 춘자가 보리쌀을 찧다가
아리도령 피리 소리에 오줌을 눴네

오줌을 누어도 적게나 누었나
낙동강 칠백리가 홍수가 되네

아리 아리랑 쓰리 쓰리랑 아라리가 났네
아리랑 고개 고개로 날만 넘겨 주게 이야야

[22] 태백 아라리

세월이 갈려거들랑 너 혼자나 가지
꽃같은 청년들을 왜 데리고 가나

따라 오소 따라 오소 날만 따라 오소
취밤목 한중허리로 날 따라 오소

곤드레 개미추는 내가 뜯어 즐 것이니
참나물 뜨렁거는 날 뜯어 주소

석양에 지는 해는 지고 싶어 지나
날 버리고 가신 임이 가고싶어 가나

돌개바람은 양손이 없어도 나무 가지를 훔치는데
요내는 양손이 다 있어도 가는 임을 못 잡아

골룡불이 반짝반짝 임이 오신 줄 알았더니
조 몹쓸 개똥벌레가 날 속인다

강물은 돌고 돌아서 바다로나 가지마는
요내 몸은 돌고 돌아서 어디로 가나

비가 올려나 눈이 올려나
억수장마가 질려나
만수산 꺼먼 구름이 막 모여 든다

아우라지 뱃사공아 배 좀 건너 주소
싸리밭골 오동백이 다 쏟아 진다

쏟아진 동백은 낙엽에나 쌓이지
사시장청 임을 기리고 못 사리라

우리 뒷동산 풀잎을 늙었다 젊었다 하는데
사람은 늙어지니 젊을 줄도 모르네

앞남산 뻐꾸기 소리는 초성도 좋더라
세 살 먹었던 초성이 변하지도 않네

산천 초목에 올라 서서 임을 탈기를 하니
풀잎의 마디마디 찬 이슬이 맺힌다

산천초목은 물각유주라 임자가 있는데
요내는 물구 숭어서 임자도 없나

아리랑 아리랑 아리리요
아리랑 고개고개로 날만 넘겨 주소

강원도 금강산 일만이천봉 구만구암자 칠성당에 다 모두 모여서
팔자에 없는 아들 딸 낳아 달라고 백일 치성을 드려 놓고
발머리 오신 손님을 괄시를 마라

영월 정선 물레방아는 물살을 안고서
밤낮으로 요리 뱅글 조리 뱅글 도는데
우리 집에 낭군님은 날 안고 돌 줄을 모르네

거랑 가에 포름포름아 날 가자고 하더니
온 산천이 타부레져도 날 가잔 말이 없네

시집살이를 못 살고서 가라면 갔지
양권연 술 아니 먹고 나는 못 사리라

머루야 다래를 따려거들랑 청서들가로 가고
남의 집 유부녀 볼려면 무릉굴가로 따라라

오십천 백장광에 비가 오나마나
조그마한 남자 품안에 잠 자나마나

옥양목 중의 적삼은 첫물에 좋고
새각시 새신랑은 첫날 밤이 좋더라

청청 하늘에는 잔별도 많고

요내야 가슴 속에는 수심도 많더라

날 좀 보고 날 좀 보고 날 조금 보소
동지 섣달 꽃 본 듯이 날 조금 보소

정든 임이 오시는데 인사를 못해
행주치마 입에 물고 벙글벙글 한다
일본 동경 가신 낭군은 돈이나 빌면 오지
공동묘지 가시는 낭군은 언제나 오리

자욱 소리 자욱자욱 임이 오신 줄 알았더니
조 몹쓸 돌개바람이 날 속인다

[23] 태백 아라레이

아리랑 아리랑 아리리요
아리랑 열두랑 고개로 나를 넘겨 주게

해심이 금발 머리야 밤 많이 열어라
재작년에 만났던 그 처자 또 상봉하자

골룡불이 반짝반짝 임이 오신 줄 알았더니
조 몹쓸 개똥벌레가 날 속였네

곤드레 개미추는 내가 뜯어 줄 것이니
참나무 뜨렁거는 날 뜯어 주오

아리랑 고개는 열두고개라는데
넘어 가고 넘어 올 적엔 눈물이난다

따라 오소 따라 오소 날 따라 오소

취밥목 한중허리로 날 따라 오소

※ 참조 : 위에 수록된 민요들 중 (1)~(16)은 관동대학교 '민요 연구반'을 주축으로 해서 주말이니
공휴일을 이용, 연인원 250여명이 동원되어 연화동·화전동·사조동 등 비교적 토착민이 많은
곳으로 알려진 동리를 중심으로 채록한 50여편 민요 중의 일부이다.

수록에서 제외된 민요들은 대개 잡가류이거나 즉석에서 가사를 개작한 것들, 또는 모자이크식
내용으로 구성된 것들이다. 수록된 민요들도 지나치게 방언투로 되어 있거나 표준어에서 과도
하게 벗어난 어사들은 문맥이 손상되지 않는 범위 내에서 표준어로 정리하였다.

(17)과 (18)은 MBC의 <한국민요대전> '강원도 해설집'(1996)에 수록되어 있는 민요들이고, (1
9)~(22)는 김병하·김연갑 공편, 정선아리랑(범우사, 1996)에 수록된 작품들 중 태백 지방 주민
들 사이에 많이 가창되고 있는 민요들이다.

마지막으로 (23)은 진용선, 정선 아리랑 찾아 가세(다움, 1997)에 수록되어 있음을 밝혀 둔다.

〈附錄〉

高麗 俗謠 難解 章句 攷

1. 序論

本 論文에서 '高麗 俗謠'라 함은 고려 시대에 창작된 詩歌들 중 ① 지금껏 한글로 기록되어 전하고 있는 작품들로서 ② 대개 서민들에 의해서 지어졌으며, ③ 따라서 주로 서민들의 정서를 진솔하게 表白한 一連의 시가들을 지칭하고자 한다. 따라서 '속된 노래'라든가 더구나 '천박한 노래'라는 의미와는 사뭇 다르다는 것을 전제해 둔다.

이러한 부류의 시가들을 학계에서는 그냥 '고려 가요', '고려 속가', '麗謠'라고 命名하고 있으며, 때로는 '고려 장가'라고 호칭하기도 한다.

고려 속요는 대부분 治國 이념을 달리 하는 조선시대에 와서 소위 '歌集'이라는 명목으로 편술되어 오늘에 전하고 있다. <樂學軌範>·<樂章歌詞> 등이 바로 그러한 가집들이었다.

周知하다시피 麗朝에는 國語는 있었으되 國字는 없었으며, 鮮朝에 와서도 '한글'이 진작 창제되었음에도 불구하고 대표적인 표기 수단은 여전히 漢字였다. 또한 兩朝를 통해서 문화 전반을 지배해 온 지배층은 역시 한문에 익숙했던 人士들이었다.

대체로 이러한 연유로 해서 고려 속요의 傳來는 참으로 적적하기만 하다. 世宗 때의 名臣 朴墺의 上疏文에 "舊時之樂 殆盡亡失 僅存者四十餘聲耳"라고 한 것을 보면 麗謠의 零星함이 어떠했던가를 미루어 짐작할 수 있을 것이다. 고려 속요가 이렇게 寂廖하게 된 배경에 대해서 梁柱東 博士는 "고유한 문자가 없었던 것" 등 몇 가지 사유를 적시하고 있다.[1]

고려 속요에 대한 論著는 상당한 양에 달하고 있다. 金學成의 자료[2]를 참고로 해서 그 연구사를 抄해 보면 대략 다음과 같다.

연구 초창기(1920年代~1940年代)에는 주로 문헌학적 방법에 의한 자료 정리와 작품의 解讀 등이 주류를 이루고 있었다. 그 대표적인 업적이 陶南의 <朝鮮詩歌史綱>(博文出版社, 1937)과 梁柱東 博士의 <麗謠箋注>(乙酉文化社, 1947)였다. 특히 後者는 고려 가요 연구 분야에 있어서 불멸의 기념비적 업적으로 평가되고 있다.

1950年代로 접어들면서부터는 문헌학적 · 고증학적 방법이 계속되면서 동시에 작품의 본질 연구 경향이 나타나기 시작하였다. 또한 명칭, 형태, 장르에 관한 논의 등 다양한 연구가 전개되었다. 淵民의 "鄭瓜亭曲", 成均 四集(성균관대, 1953)과 鄭炳昱의 "別曲의 歷史的 形態考", 思想界 3권 1호(사상계사, 1955), 金亨奎의 <古歌註釋> (白映社, 1955), 李能雨의 "高麗 歌謠의 性格研究", 국어국문학 14호 (국어국문학회, 1956) 등이 그 대표적 성과물들이었다. 1950年代에 가장 획기적인 사건은 1955년에 延世大 東方學 研究所가 <時用鄉樂譜>를 발굴, 影印해서 出刊한 일이다.

1960年代에 들어서도 문헌학적, 실증적인 방법은 그대로 지속되는 가운데 문예 비평 이론과 접목된 다양한 연구가 성행하였다. 이 시기의 특징 중의 하나는 개별 작품 연구가 많이 행해진 사실이다. 池憲英의 "井邑詞 研究", 亞世亞研究 3권 1호(아세아 연구소, 1961), 金東旭의 "翰林別曲의 成立 年代", 延世大 論文集(延世大, 1965), 徐在克의 "麗謠 註釋의 問題點 分析", 語文學 19(한국어문학회, 1968) 등이 소중한 연구물들이었다. 주목받는 주석서의 하나인 朴炳采의 <高麗 歌謠 語釋 研究>(宣明出版社, 1968)는 1994年에 國學資料院에서 증보판으로 다시 나온 바 있다.

---

1) 梁柱東, 麗謠箋注 (乙酉文化社, 1947), pp.1~2에서는 ① 고유한 문자가 없었다는 것 ② 한문 숭상 관념 때문에 서민들의 노래를 '詞俚不載'로 돌리고 만 것 ③ 순수 국어로 된 작품은 '俚語', '俗樂'이라고 하여 얕본 것 ④ 儒家的 기준에서 삭제된 것 ⑤ 전란으로 인해 많은 문헌이 소멸된 것 등의 이유를 들고 있다.

2) 金學成, 國文學의 探究 (成均館大 出版部, 1987), pp.68~81.

1970年代는 다양한 방법론이 시도되고 활용된 시기였다. 주석학에 있어서도 보다 精緻한 논증이 제시되었다. 李明九의 <고려가요 연구>(新雅社, 1974), 李勝明의 "靑山別曲 研究", 高麗 時代의 言語와 文學(螢雪出版社, 1975), 崔珍源의 "動動攷 Ⅰ · Ⅱ · Ⅲ", 大東文化研究 8 · 10 · 12집(成大 大東文化研究所, 1971, 1975, 1978), 金學成의 "高麗歌謠의 美意識", 한국고전시가의 연구(원광대, 1980) 등이 이 시기에 주목되는 성과들이었다.

1980년대에서 최근까지는 1970년대의 연구 성향을 그대로 이어 받으면서 보다 심화 · 확충된 양상을 보여 주고 있다. 종합화된 성과로는 尹榮玉의 <高麗詩歌의 研究>(영남대출판부, 1991)과 崔喆의 <고려 국어가요의 해석>(연세대출판부, 1996)을 들 수 있고, 崔美汀의 "고려 속요의 受容史的 연구"(博論, 서울대 대학원, 1990)도 주목할 만하다.

이상의 연구사 개관에서 살펴 본 것처럼 고려 속요에 대한 논의는 주석학에서 문예 미학에 이르기까지 거의 한 세기에 걸쳐 다양하게 전개되어 왔다. 따라서 다양하고 구체적인 논의가 부단히 이어져 온 셈이다.

고려 속요는 <樂章歌詞>에 '鄭石歌' · '靑山別曲' · '西京別曲' · '思母曲' · '雙花店' · '履霜曲' · '가시리' · '翰林別曲' · '處容歌' · '滿殿春 別詞' 등 十曲이 전하고, <樂學軌範>에 '動動' · '井邑詞' · '處容歌' · '鄭瓜亭' 등 四曲이 기록되어 있다.

本稿에서는 이들 여러 속요들 중 비교적 다양한 爭點이 부각되어 있어서 아직껏 논란의 소지가 많은 '井邑詞' · '動動' · '鄭瓜亭' · '靑山別曲' 등에 限해서 논의해 보기로 하겠다.

어휘론적 논의는 <여요전주>를 기본 Text로 하고, 이와 다른 견해들을 중심으로 서술해 보고자 한다.

이렇게 함으로써 기존의 쟁점들을 정리해 보고, 혹은 새로운 관점을 취해서 Context 상에서 고려 속요의 새로운 해석과 本意 파악에 一助해 보려는 것이 本 研究의 目的이라 할 수 있다.

다만 本稿는 철저한 국어학적 천착에 主眼點을 두는 것이 아니므로, 서술의 편의상 異說이나 反論을 구체적으로 枚擧하지 않기로 한다.

2. 難解 章句 攷

1) 井邑詞

‘정읍사’에서 빈번하게 쟁점으로 떠오른 것은 “後腔全져재녀저신고요”와
“즌디롤 드디욜셰라”, “내가논디 졈그룰셰라” 등이다.

먼저 문제가 되는 것은 ‘後腔 全져재’로 읽어야 한다는 梁柱東 博士의 所說
과 ‘後腔全 져재’로 읽어야 한다는 嘉藍 쪽의 주장이다.

梁 博士의 견해에 따른다면 ‘全져재’는 ‘全州’로서 <三國史記>의 기록에
따라 이 노래의 국적은 고려라고 할 수 있다.

全州는 본디 백제의 完山이었는데 眞興王 16년에 州가 되었고, 26년에는
주를 폐지하였다가 神文王 5년에 다시 完山州를 두었다. 景德王 16년에 이
름을 고쳐 지금에 이르렀다.[3]

즉 ‘全州’로 이름을 고친 것은 경덕왕 16년(A.D.757)인데 백제가 멸망한 것
은 A.D. 662년이기 때문에 옛날 백제 땅에서 유행했던 고려의 노래라는 결론
에 도달하게 된 것이다.

한편 이 노래의 국적이 백제라고 주장하는 근거는 <高麗史> (卷71 樂志2)
의 “三國俗樂…… 百濟 禪雲山 無等山 方等山 井邑 智異山” 云云의 기록이다.
이 기록을 근거로 한다면 ‘井邑詞’는 백제의 노래라는 추론에 이르게 된다.

또한 <高麗史>(列傳)를 근거로 李混의 작품이라는 견해도 있으나 설득력
이 별로 없어 보인다.

그러나 이러한 문헌적 기록은 국적을 단정하기에는 미흡한 점이 많고, 또

---

3) <三國史記> 卷35 地理3.

이 노래가 "구 백제 지방에서 유행했던 노래"이든 "백제의 노래"이든, 국적 문제는 별로 중요하지 않다고 본다.

어쨌든 '全져재' 說의 취약점은 ① 한자어＋국문으로 이루어진 지명의 용례를 찾기가 쉽지 않다는 점과 ② 가사의 본문이 전부 국문으로 구성되어 있는데 유독 이 語句만 한자와 국문을 혼합시켜 '全져재'로 읽을 필요가 있겠는가 하는 점이다.

한편 '後腔全'을 주장하는 쪽의 취약점은 ① 그 용어의 의미가 무엇인지, ② 또 그러한 음악상의 용례가 있는지의 여부이다.

이러한 學理的 관점을 떠나서 생각할 때, '井邑詞'는 <樂學軌範>에 고려 속요인 '동동'·'처용가'·'정과정' 등과 같이 수록되어 있다는 점, 또는 그 詩的인 情調(mood)로 보아 麗謠로 취급해도 무리가 없을 듯하다는 점 등이 고려되어야 될 줄 안다.

그 다음으로 문제되는 어귀가 '즌디'이다.

梁博士는 "즐(泥染)의 連體形 '즐'에 연체 조사 ㄴ이 첨가되고 여기에 '디' (처소)가 부가된 것"으로 보았고, 池憲英은 "육체 안에 있는 무엇을 상징하는 은어·비밀어·유행어 등속"이라고 풀이하여 '여성의 淫部인 듯이 말하고 있다.

여기서 유의해야 할 것은 이 노래의 解題이다.

井邑은 全州의 속현인데 그 현에 사람이 행상을 나가서 오랫동안 돌아오지 않자 그의 처가 산위 바위에 올라 멀리까지 바라보고, 혹시 그 남편이 밤길을 걷다가 해를 입지나 않을까 두려워하여 진흙물에 더럽혀지는 것에 의탁해서 노래를 불렀다. 세상에 전하기를 그 부인이 올랐던 고개를 '望夫石'이라 하였다.[4]

이 해설 記事는 신라 '致述嶺'에 얽힌 '망부석'과 유사한 烈女의 貞節을 담고 있다. 그렇다면 이를 '淫詞'로 규정짓는 것은 문제가 있다고 본다.

4) <고려사> 권71 악지2.

다음으로 문제가 되는 것은 "내가논디 졈그룰셰라"에서 '내'와 '졈그룰'이다. 이 부분에 대해서 梁博士는 "나의 (남편이) 가는 곳에" 즉 "내 남편이 돌아오는 곳에"와 "저물면 어떻게 하나 걱정이 된다." 정도로 풀이하고 있다. 다른 한편으로는 "내가논디"를 "厭女가 가는 곳에"로 해석해서 "내가 남편을 마중 나가는 데에 날이 저물면 어떻게 하나 걱정이 된다."로 풀이하기도 하였다.

한편 "졈그룰셰라"를 "좀 그릇되면, 잘못되면 어떻게 하나? 걱정이 된다." 로 보는 견해도 있다.

이상의 난해 章句와 기타의 문장에 대한 통상적 해석을 고려하여 '정읍사' 全篇을 현대어로 풀이하면 대략 다음과 같이 解할 수 있을 것이다.

달님이시여, 높이높이 돋으셔서
멀리까지 비추어 주십시오

시장에 가 계신가요
질퍽한 곳을 디디면 어떻게 하나
걱정이 됩니다.

어느 곳에라도 (짐을 풀어서) 놓으십시오
나의 임께서 가시는 곳에
저물어 버릴까봐 걱정이 됩니다
(좀 잘못 될까봐 걱정이 됩니다)

따라서 '정읍사'의 歌意는 배경 서사문(<고려사>)에 나타나 있듯이, 먼 곳으로 행상을 나갔다가 밤이 늦도록 귀가하지 못한 남편의 안위와 무사 귀가를 간구하는 한 아낙네의 가녀린 심사가 표출되어 있다고 하겠다.

2) 動動

'動動'은 무려 13개의 연으로 구성되어 있는 속요 중 最長型의 노래이다. 내용 또한 어떤 일관된 정서의 흐름이나 주제를 軸으로 하는 내용의 응집성이 결여되어 있어서, 단편적이고 산만한 느낌마저 주고 있다.

梁 博士의 견해처럼 歌名 '動動'은 노래 중의 후렴 "아으 動動다리"에 의한 것이며, 그 語義는 星湖의 說 "動動猶蓼蓼也" 그대로 북소리 '둥둥'에 불과하다. 또 그 내용도 어느 개인을 칭송한 것이 아니고, 男女間의 情思를 노래한 것이라고 할 수 있다.[5]

<고려사> (권71·악지)에는 "其歌詞多有頌禱之詞"라 하였지만, 실제로 그 내용 검토해 보면 1련은 "頌禱之詞"라 할 수 있으나, 2·3·5月련은 임에 대한 頌揚·祝禱의 내용이고, 4·6·7·8·9·10·11·12月련은 남녀 사이의 연정을 表白했다고 하겠다.

무릇 詩歌 章句의 해석은 주제를 염두에 두고 작품 전체의 context 상에서 이루어져야 함은 물론이다.

이 작품의 내용에 대해서는 諸說이 분분하다.

① 송축이나 연정을 노래했다.
② 오구굿과 시킴굿의 사설로서, 죽은 임을 대상으로 세시마다 느끼는 살아 있는 자의 슬픔을 노래했다.
③ 현실적으로 실현될 수 없는 비련을 읊었다.
④ 남녀 교환창의 공연 형태로서 홀수 연과 짝수 연을 나누었을 때만 두 개의 병행되는 줄거리를 발견할 수 있다.

이제 난해한 章句에 대해서 언급해 보기로 한다.
首聯의 '곰비'와 '림비'의 문제.
여러 견해들을 모아 보면 다음과 같다.

① 뒤에 : 앞에 혹은 後杯 : 前杯
② 신령 : 임금 혹은 임

---

5) 梁柱東, 上揭書, pp.70~71.

③ 神靈 : 祖靈
④ 金杯 : 銀杯
⑤ 자꾸자꾸, 계속해서

　'동동'의 주제가 "이별의 情恨"이라고 한다면 ②③④로 解하는 것은 부적합하다고 할 수 있다.

　①의 의미가 활용되어 실제로는 ⑤의 의미를 지닌다고 할 수 있다. 그래서 이 首聯은 다음과 같이 풀이할 수 있으리라고 본다.

　　　　德을랑 뒷잔으로 받잡고
　　　　福을람 앞잔으로 받잡고
　　　　덕이니 복이니 하는 것을
　　　　드리려 오사이다.

　'正月聯'에서 문제가 되는 것은 '어져녹져'의 내용이다. 이것은 '얼다'와 '녹다'에서 한 걸음 더 나아가 비약된 의미를 지니고 있기 때문이다.

① 얼려고 하다 : 녹으려고 하다
② 交合 · 娶嫁 : 釋 · 融
③ 자연의 循環
④ 얼었던 것도 녹으려 하다
⑤ 苦盡甘來나 역경에서의 소생
⑥ 死 : 生

　字句的 의미인 "얼려고도 하고 녹으려고도 하다"의 내면적인 뜻은 ③이 가장 근접된 견해가 아닌가 한다. 필자는 한걸음 더 나아가 '會者定離 離者定會'의 불교적 인연관과 결부시켜 보고자 한다. 즉 '얼다'는 만남의 뜻으로, '녹다'는 헤어짐의 의미로 보고자 한다.

(아무런 情意도 없는 微物인)
정월의 시냇물은 얼려고도(만나기도)하고 녹으려고도 (헤어지기도) 하는
데
세상에 태어난 내 몸이여
(임과 헤어진 후에는 다시는 만나지 못하고)
홀로 살아가는구려!

三月聯의 "滿春들읏고지여" 역시 異論이 紛紛하다.

① 둘읏곶(小葱花)
② 외얏(李花)
③ 읏곳(瓜花)
④ 둘>들 : 들외의 꽃, 들판의 꽃
⑤ 진달래꽃
⑥ (滿春둘읏) 곳

梁 博士는 <여요전주>에서 "오얏꽃(李花)으로 볼 수도 있으나, 외꽃(瓜花)
로 보는 것이 좋을 것"이라고 했으나, 1963년의 '고전 시가 강독' 강의에서
"진달래 꽃으로 보는 것이 더 좋겠다."고 견해를 수정한 바 있다.[6]
'滿春'은 '晩春'과 同義語로서 '늦봄'을 말하는데, "임에 대한 칭송"이라는
본 연의 주제와 가장 잘 어울리는 봄꽃으로는 아무래도 진달래꽃이 적격이라
고 하겠다. 그러나 '진달래>달래'의 用例를 찾을 수 없는 만큼, 이에는 좀 못
미치더라도 오얏꽃으로 解할 수도 있겠다.

三月을 지나면서 핀
아아, 늦은 봄의 진달래꽃이여
남들이 부러워할 모습을
지니고 나셨어라

---

6) 梁 博士의 수정 견해는 필자의 "靑山別曲·動動 散攷", 휘문 62호(1971,10)에서도 증
언한 바 있다.

'動動'에서 爭點이 가장 두드러진 곳은 九月聯이다. 그 중에서도 "새셔가만
ㅎ애라"는 논의의 중심부에 서 있다.

> 九月 九日에
> 아으 약이라 먹논
> 黃花고지 안해 드니
> 새셔가만ㅎ애라

"黃花 고지 안해 드니"는

    ① 국화꽃이 안에 드니
    ② 국화꽃이 마음(心中)에 드니
    ③ 국화꽃이 핀 청원으로 들어가니

등으로 풀이할 수 있으나, 문제는 그 다음의 문장이다.

    ① 歲序가 晚ㅎ애라 : 금년도 저물어 간다.
    ② 歲序 가만ㅎ애라(緩) : 세월이 조용히, 느릿느릿 간다.
    ③ 새셔 가만ㅎ애라 : a) 초가집이 한가롭구나.
                       b) 새로셔 감감하다.
                       c) 바람 소리 한적하다.
                       d) 초가집 마을이 조용하다.
                       e) 처음(약을 먹기 전)보다 아득하다.

이 연의 주제는 '孤寂'이다.

그렇다면 세월에 대한 무상감이나, 혼자 살아가는 외로움의 정서와 연결시
켜 볼 수 있다. 그래서 다음과 같은 해석이 가능하다.

九月 九日에 아아 약이라고 먹는
국화꽃이 피어 있는 정원에 드니
띠풀로 얽은 집이 고요하구나

노래 全篇을 解하면 다음과 같다.

德을랑 뒷진으로 받잡고
福을랑 앞잔으로 받잡고
덕이니 복이니 하는 것을
드리려 오사이다

正月의 시냇물은
아아, 얼려고도(만나기도) 하고
녹으려고도(헤어지기도) 하는데
세상에 태어난 내 몸이여
(임과 헤어지고는) 홀로 살아가는구려!

三月 보름에
아아, 높이 켜 놓은 등불과 같구려
모든 사람들을 비춰실 모습이로다

三月을 지나면서 핀
아아, 늦은 봄의 진달래꽃이여
남들이 부러워할 모습을
지니고 나셨어라

四月을 잊지 않고(신용을 그대로 지켜서)
아아, 꾀꼴새도 돌아 왔건만
무슨 연유로 우리 임께서는
옛날의 나를 잊으셨는가

五月 五日에

아아, 수릿날 아침(에 먹는) 약은
千年 萬年 長壽하실 약이라 바치옵니다

六月 보름(流頭日)에
아아, 벼랑에 내버린 빗과 같구나
돌보아 주실 임을 조금이나마 따르렵니다

七月 보름(白踵日)에
아아, 갖가지 제물을 차려 놓고
임과 한 곳에 가려는 소원을
간절히 비옵니다

八月 보름은
아아, 한가윗날이지만
임을 모시고 지내야만
오늘이 한가윗날답구나

九月 九日에
아아, 약이라고 먹는
국화꽃이 핀 정원에 드니
띠풀로 지은 집이 고요하구나

十月에 아아, 저며놓은
보로쇠와 같구나
꺾어서 버리신 후에는
지니실 분이 한 분도 없네

十一月 봉황 자리에
아아, 汗衫을 덮고 누웠으니
슬픈 일이구려
고운 임을 여의고 각각 살아가네[7]

---

7) 서재극은 이 부분에 대해서 "슬픔을 삼키며 불살라오긴 했지마는, 끝내 고운 이를

十二月 분디나무(山椒)로 깎은
아아, 進上 小盤에 있는
젓가락과 같구나
임의 앞에 가지런히 놓으니
손님이 가져다 물었습니다.

이 十二月聯에 대해서 梁 博士는 다음과 같이 評解하고 있다.

本聯은 인간의, 특히 男女間 情愛의 아이러니를 영탄한 辭. "十二月 분지
나무로 깎은" 고운 一双의 저를 모처럼 정성스러이 "임의 앞 진상 소반 위
에 가즈런히 들어 얼렸건마는" 정작 물어야 할 임은 물지 않고, 실업슨 어
이한 딴 '손(客)'이 가져다 입안에 물'지 않는가?
야릇할손 맘대로 되지 않는 것은 인생의, 더구나 사랑하는 이새의 數奇
한 운명이다.[8]

十二月聯은 이 노래의 작자가 再婚의 강요를 당함에 있어서 그 기구한 신세
를 넌지시 탄식한 것으로 풀이할 수 있다. 즉 스스로 貧苦를 이기기 어려워서
부득이 남성에게 의지할 수밖에 없게 된 동기를 노래한 것으로 볼 수 있다.
따라서 마음에도 없는 남성에게 再嫁할 수밖에 없었던 정황을 읽을 수 있는
것이다.
'動動'의 民謠 與否에 대한 논의는 且置하고, 어쨌든 이 노래의 작자는 서민
층의 젊은 여성이었으며, 본의 아니게 홀몸이 되어 친가로부터 재혼을 강요
받은 처지에 놓이게 되었음을 알 수 있다.

3) 鄭瓜亭

외따로 두고 살아가야만 하는가?"로 해석하고 있다.
8) 梁柱東, 前揭書, p.139.

'정과정'은 향가계의 10구체 노래로서 고려 속요 중 어느 노래보다도 쟁점이 많은 작품이다.

이 노래를 解함에 있어서 전제되어야 할 점은 우선 主題가 通稱 '忠臣戀主之詞'라는 것과, 鄭敍가 姻戚(그는 仁宗의 妃인 恭睿太后의 妹婿)임에도 불구하고 放逐된 배경을 고려해야 된다는 것 등이다.

<고려사>에는 이 노래를 짓게 된 경위에 대해서 다음과 같이 기록되어 있다.

> '정과정'은 內侍郎中 鄭敍가 지은 바이다.
> 정서는 스스로 瓜亭이란 호를 지었다. 외척과 혼인을 맺어 仁宗의 총애를 받았다. 毅宗이 즉위함에 이르러서 그의 고향인 東萊로 추방하면서 "오늘 가는 것은 朝廷의 衆議에 몰려서인데, 오래지 않아서 당연히 소환하겠오."라고 하였다. 정서가 동래에 있은 지 오래되도록 소환의 명이 이르지 않자, 이에 거문고를 뜯으며 노래를 하니, 그 가사가 지극히 처연하고 한탄스러웠다.[9]

먼저 논의의 대상이 되는 것은 "아니시며 거츠르신들"이다.

① (사실이)아니며 거짓인 줄을
② 아니시며 허망한 줄을
③ (저의 행동이 正道가)아니라고 하시며, 잘못되었다고 하시는 말씀은
④ (서울에) 안 있으며, (여기)동래에 (가서) 있다 하더라도
⑤ (임금님의 판결이) 잘못이며 경솔했던 것을

여기서 文脉上 가장 순편한 것은 ①과 ②라고 할 수 있다.
다음으로 문제가 되는 문장은 "벼기더시니 뉘러시니잇가" 이다.

① (내가 잘못되었다고)우기던 사람이 누구였습니까?
② 우기시던 분이 (바로 당신이 아니고)누구였겠습니까?

---

9) <고려사> (권기, 악지2)

③ 어기시던 이가 누구였습니까?

梁 博士가 解한 ①이 가장 무난하다고 본다. 이 부분에 대한 李齊賢의 漢譯 詩 "爲是爲非人莫問"이나 魚世謙의 漢譯詩 "果爲非與還爲非"와 결부시켜 볼 때 더욱 그러한 느낌을 갖게 된다.

가장 큰 쟁점으로 부각된 어사가 바로 "믈힛마러신뎌"이다.

<大樂後譜>에는 "믈힛마리신뎌"로 되어 있다.

이 章句에 관한 梁 博士의 소견을 들어 본다.

原刻에 만일 착오가 없다면 '러신뎌' ('더신뎌'의 轉)가 연접됨으로 미루 어 '믈힛마'는 마땅히 명사라야 할 것이다, '믈힛마'라는 명사를 문헌에서 찾지 못함은 유감이다. 또 '마러신뎌'를 'ᄒᆞ야신뎌' 형으로 보아 '마 러'를 '말'(辭·止)의 連用形으로 보더라도 諧音法의 齟齬는 물론 '믈힛'이 依然 히 문제이다.

本條는 혹 '물핫마러신뎌'의 誤刻이 아닐까.[10]

그래서 '믈힛'을 '물핫'의 誤刻으로 보고 '물'은 '群·衆', '핫'은 '할' (讒)의 대격으로 보아 "여러 사람의 참소하는 말입니다."로 풀이하고 있다.

그 외의 주장들을 보면 다음과 같다.

① '믈힛'을 '믈흿'으로 보고 믈흿>믈읫>믈읫>믈읏>무릇 : 凡, 大抵로 봄
② '믈힛'은 '말기'의 k>h의 변형으로 보아 '말끔,말짱'으로 보는 설.
③ '믈힛'을 '맑게 하는, 편안케하는'으로 보고, '마러신뎌'를 '말이었구 나, 말씀이었구나'로 보아 "(나를)위로하기 위한 말씀이셨네."로 해석 하는 경우
④ '믈힛'을 '몰림의'로, '마러신뎌'를 '말이 이신뎌'로 보아 "말이 있는 것이여, 말이 있는 것입니다."로 풀이하는 경우

---

10) 梁株東, 前揭書, P.216.

이러한 諸說 중에서 가장 近理한 것은 梁 博士의 견해라고 생각한다.
마지막으로 '도람 드르샤'는

① 돌리어 (돌려) 들으시어
② 懇曲한 言辭를 들으시어
③ 다시 登用하시어
④ 다시 들으시어

이 경우에도 梁 博士의 견해인 ②가 가장 타당하다고 본다.
이상의 논거를 중심으로 '鄭瓜亭' 全篇을 解하면 다음과 같다.

나의 임을 그리워하여 울고 다니니
산 접동새와 나는 비슷합니다
(사실이)아니며 거짓인 줄을 아아,
天地神明이나 알 것입니다
넋이라도 임과 함께 가고 싶구려 아아,
(나에게 잘못이 있다고)우겨대던 사람이 누구였습니까
(나에게는)과실도 허물도 전혀 없습니다
슬프구려 아아,
임께서 나를 벌써 잊으셨습니까
맙소사, 임이시여,
간곡한 말을 들으시어 사랑해 주십시오

참고로 鄭敍가 放逐 당하게 된 배경을 보면 다음과 같다. 즉 仁宗의 死後
毅宗이 卽位하였으나, 太后는 大寧候를 더 총애했는데, 정서는 평소 대녕후와
친근하게 지냈었다.
이 사실을 빌미로 鄭誠·金存中 등이 모함해서 流滴 당하게 되었다.
毅宗이 약속했던 "不久當召還"을 끝내 이루어지지 못했고 '武臣의 亂'이 일
어 난 후 明宗의 大赦令에 의해 비로소 配所에서 풀려 날 수 있었다.

정서는 東萊·巨濟 等地에서 19년 간이나 유배 생활을 했었다.

4) 靑山別曲

'靑山別曲'에서 먼저 거론이 되는 것은 이른바 '錯刊'의 문제이다. 즉 "어듸라 더리던 돌코……" 운운의 제5련과 "살어리 살어리랏다 바라래 살어리랏다……"의 제6연이 뒤바뀐 게 아니냐는 것이다. 이렇게 엇바꾸어 놓으면 '靑山曲' 4개 연과 '海邊曲' 4개 연이 balance를 맞출 수 있다는 발상이다.

이러한 착안은 一石에서 비롯되는데[11], 그 뒤 金尙憶이 좀더 자세하게 보완한 바 있다.

필자는 이 의견에 찬동할 수 없다.

왜냐하면 '청산곡'은 완료의 상황을 노래하고 있지만 '해변곡'은 未完의 章이다. 이 노래의 작자는 바다를 향하여 가다가 중도에서 포기하고, 잔치가 벌어지고 있는 民家에 들러 醉樂에 빠짐으로써 상황이 끝나기 때문이다.

따라서 '靑山別曲'은 '靑山曲'에 注眼點이 있는 것이고, '海邊曲'은 어디까지나 副次的인 존재에 불과하다고 할 수 있다.

해석상에 문제가 되는 것으로 우선 제2련을 들 수 있다.

> 우러라 우러라 새여
> 자고 니러 우러라 새여
> 널라와 시름한 나도
> 자고 니려 우니로라

여기서 문제가 되는 것은 '우러라'이다.

> ① '울다'의 감탄형
> ② '울다'의 명령형

---

11) 1961년 10월 '동양 연구 대회'에서 李熙昇이 이 문제를 제기하였다.

③ '울다'의 청유형
④ '울다'의 강한 명령적 호소형[12]

위와 같이 해석한다면 '널라와'를 처리할 수 없다. 즉

우는구나(혹은 울어다오)새여
자고 일어나서 우는구나(혹은 울어다오)새여
너보다 시름이 많은 나도
자고 일어나서 울지 않느냐

로 解하게 된다. 상식적으로 생각하더라도 시름이 새보다 더 많으면 우는 것이 당연한 일인데, 어떻게 새더러 울자고 할 수 있는가?

본 연의 情調는 울음의 억제 내지 수심의 극복에 있는 것이지, 感傷의 慣出에 있지 않다.

필자는 오래 전에 이 점에 착안하여 '새가 울다.'의 英文 "Birds song."과 연관시켜서 '우러라'를 '지저귀다'의 청유형으로 보고, 다음과 같은 해석을 시도한 적이 있었다.

(유쾌하게) 지저귀자꾸나 지저귀자꾸나 새여
자고 일어나서 지저귀자꾸나 새여
너보다 시름이 많은 나도 (유쾌한 양) 홍얼거리고 있지 않느냐[13]

필자의 上揭 논문 발표지는 통념상 학술지로 인정 받을만한 것이 아니어서 公論化될 기회가 없었던지 이와 비슷한 견해가 尹榮玉에 의해서 최근에 제기되고 있음을 본다.

---

12) 徐在克은 이를 강한 명령적 호소로 보아서 "새야 자꾸자꾸 울어라 내가 못다운 나머지를 너라도 실컷 울어"로 풀이하고 있다.
13) 註 6)참조

"친구야 웃어라, 너보다 슬픈 나도 웃노라."는 성립되지만, "친구야 울어라, 너보다 슬픈 나도 울고 있노라," 는 표현은 모순된 語法인것처럼, 여기서 "슬퍼서 눈물을 흘린다."는 모순된다. 그러므로 내가 '우니로라'한 것은 새가 우는 것과 같은 의미를 지녀야 한다. 새에게 "울어라"한 것이 "노래하라"는 뜻임과 같이 '나도 우니노라'한 것은 "노래하노라"의 뜻이다.[14]

'청산별곡' 8개의 연 중 논의의 빈도가 가장 높은 것은 제3연이다. 혹은 이 것은 고려 속요의 모든 聯 중에서도 가장 많은 쟁점이 내재되어 있다고 볼 수 있을 법하다.

> 가던새 가던새 본다
> 믈아래 가던새 본다
> 잉무든 장글란 가지고
> 믈아래 가던새 본다

먼저 '가던새'의 '가던'을

① '가다'의 과거형
② '가다'의 회상형
③ '갈다(耕)'의 과거형

등으로 보고 있는데, 여기서 이색적인 것은 서재극의 주장 ③이다. 그는 고려가 農耕 社會였다는 인식에서 '가던새'를 '갈던 서리(耕畝)'로 풀이하고 있다. 또 '믈아래'에 대해서도

① 물 아래, 물 속
② 下流, 下流 地域
③ 平原 地帶

---

14) 尹榮玉, 高麗詩歌의 研究 (嶺南大出版部, 1991),PP.223~224

등의 다양한 견해가 있다.

또 '본다'를 의문형으로 보는 경우와 '보다'의 현재형으로 보는 견해가 엇갈리고 있다.

'잉무든 장글란 가지고'에 대해서는

① 날이 무딘 兵器
② 이끼가 묻은 병기
③ 이끼가 묻은 쟁기(보습)

등 여러 해석이 있다.

필자의 견해로는 '가던새'의 '가던'은 '가다'의 과거형이기는 하지만, 이는 현재까지도 포함하는 시간적 의미를 가진다고 본다. 즉 조금 전에 보았던 그 날아 가고 있던 새의 영상이 지금까지 연장되고 있다는 뜻이다. 또 '새'는 꼭 조류만을 지칭하는 것은 아니라고 생각한다. 그것은 관념상의 어떤 表象일 수도 있다.

날아 가던 새를 보고 있다.
날아 가던 새를 보고 있다.

(바위나 벼랑에서)물 위에 비친 새를 보고 있다.
이끼 묻은 병기(창 따위)를 가지고 서서
물 위에 비친 새를 보고 있다.

로 해석할 수 있을 것이다.

제5연은 당시의 사회상과 결부시키려는 관점이 제기되면서 해석상의 혼선을 빚고 있다.

어듸라 더디던 돌코

누리라 마칙던 돌코
믜리도 괴리도 업시
마자셔 우니노라

  朴魯埻은 몽고 침략 이후의 "遣使諸道徙民山城海島"라는 <고려사>의 한
기록을 들어, 몽고군과의 石戰의 상황을 노래한 것으로 풀이하고 있다.
  그러나, '청산별곡'이 高宗 때의 작품이라는 문헌적 근거도 없고, 더구나 이
시의 情調에는 전쟁의 살벌한 분위기나 민심의 흉흉한 幾微는 작품의 어디에
서도 感知할 수 없다. 또한 民俗의 한 형태로서의 石戰과도 무관한, 순전히 情
感上의 문제로 보아야 할 것이다. '청산별곡'이야말로 社會詩나 敍事詩가 아
닌, 순수 抒情詩이기 때문이다.
  혹은 굳게 믿었던 사람으로부터 뜻밖의 충격을 받은 그 슬픔을 이렇게 形象
化한 것은 아닐까?
  마지막으로 문제가 되는 것은 제7련의 "사스미 짒대예 올아셔"의 '사슴'의
正體이다.

    ① 卑猥한 장면을 희학적으로 노래한 淫詞이거나 嘲世·傲人의 희학어
    ② 표현 그대로의 사슴
    ③ '사라미'의 誤綴
    ④ 扮裝된 사슴으로 실체는 사람
    ⑤ 사람의 어깨 위에 올려놓은 유희 기구

  ④를 좀 더 구체화시켜 '사슴의 탈을 쓴 광대'쯤으로 보는 것이 가장 타당
할 것 같다.
  끝으로 主題에 관한 논의들을 보기로 한다.
  梁 博士가 "짝사랑을 중심으로 한 生의 비애"를, 陶南이 "짝사랑의 비애"를
말한 이래 다양한 의견들이 속출하였다.

① 고려 지식인들의 향락 추구의 노래
② 유랑민의 노래
③ 핍박받는 자의 암울한 노래
④ 流配人의 抒情
⑤ 草根 木皮로 후일을 기약하는 강인한 삶의 의지

　各人은 나름대로 各者의 시각과 논리가 있겠지만, 고려 속요의 전반적 특질과 '청산별곡'의 각 연이 지니는 小主題를 통괄하고 있는 정서의 흐름 등을 종합해 볼 때, 이 노래는 '失意한 靑年의 悲哀와 醉樂'을 그 주제로 삼고 있다고 할 수 있다.
　이상의 논거를 중심으로 '청산별곡' 全篇을 解하면 다음과 같다.

살겠노라 살겠노라
청산에 살겠노라
멀위랑 다래랑 먹고
청산에 살겠노라

지저귀자꾸나 지저귀자꾸나 새여
자고 일어나서 지저귀자꾸나 새여
너보다 시름이 많은 나도
자고 일어나 흥얼거리지 않느냐

가던 새 가던 새를 본다
물에 비친 가던 새를 본다
날이 무딘 兵器를 가지고
물에 비친 가던 새를 본다

이러고 저러고 하여
낮일랑 지내 왔지만
찾아 올 사람도 찾아 갈 사람도 없는
밤일랑 또 어떻게 하겠는가

어디에 던지던 돌인가
누구를 맞히려던 돌인가
미워할 이도 사랑한 이도 없이
맞아서 울고 있네

살겠노라 살겠노라
바다에 살겠노라
나문재와 굴·조개랑 먹고
바다에 살겠노라

가다가 가다가 듣노라
작은 부엌 쪽을 가다가 듣노라
사슴의 탈을 쓴 광대가 장대에 올라서
해금을 타는 것을 듣노라

가다니깐 배불뚝이 독에
먹음직한 强酒를 빚었구나
조롱꽃 누룩으로 담근 毒酒가
誘惑하니 내 어찌 하리오

3. 結論

<악장가사>와 <악학궤범> 등에 所載된 고려 속요들 중 語句의 해석이나 文脈의 파악에 있어서 비교적 많은 쟁점이 부각되어 있는 '정읍사'·'동동'· '정과정'·'청산별곡'에 대하여 先行업적들은 중심으로 논의해 보았다. 이 때에 항상 기준이 된 것은 梁柱東 博士의 所著 <麗謠箋注>였다.

지금까지 서술해 온 내용들을 요약하여 결론으로 삼고자 한다.

● 井邑詞

① "後腔全져재……"는 '後腔全'으로 묶는 것이 더 합리적일 것 같다. 그렇더라도 이 작품은 그 情調上 고려 속요에 속한다고 하겠다.

② "즌디"는 '질퍽한 곳, 위험한 곳' 정도의 뜻으로 본다.

③ "내가논디 졈그롤셰라"는 '나의 남편이 가는 곳에 좀 잘못되면 어떻게 하나, 걱정이 된다.' 로 풀이할 수 있다.

● 動 動

① '동동'의 주제로 임에 대한 칭송이나 축복으로 보기 보다는 '男女 間의 연정'으로 보고자 한 다.

② 첫 연의 "곰비"・"림비"는 '자꾸자꾸'로 解할 수 있다.

③ 정월 연의 "어져녹져"는 會者定離의 비유적 표현으로 보인다.

④ 삼월 연의 "滿春둘욋고지여"의 꽃은 진달래꽃으로 보는 것이 가장 어울린다.

⑤ 구월 연의 "새셔가만ᄒ애라"는 '띠풀로 얽은 집이 고요하구나'로 풀이할 수 있다.

● 鄭瓜鄭

① "아니시며거츠르신들"은 '(사실이) 아니며 허망한 것을'로 解할 수 있다.

② "벼기더시니뉘러시니잇가"는 '우겨대던 사람이 누구였습니까'로 解할 수 있다.

③ "물힛마러신뎌"는 梁 博士의 所說대로 誤刻으로 보아서 '뭇 사람들의 참소하는 말입니다'로 풀이할 수 있다.

④ "도람드르샤"는 '간곡한 言辭를 들으시어'로 解할 수 있다.

● 靑山別曲

① 제 5연과 제 6연은 錯刊으로 볼 필요가 없다. '청산곡'이 중심이고, '해변곡'은 부수적인 존재이기 때문이다.

② 둘째 연의 "울다"는 새의 경우는 '지저귀다'로, 작자의 경우는 '흥얼거리다' 정도의 의미로 볼 수 있다.

③ 셋째 연의 "가던새"는 '조금 전에 날아가는 것을 보았던 새'이고, "잉무

든장글"은 '날이 무디어진 兵器(창 따위)'로 봄이 좋겠다.

④ 다섯 째 연에 등장하는 "돌"은 '뜻밖의 충격으로 인한 슬픔의 형상화'로 본다.

⑤ 일곱 째 연의 "사스미"는 '사슴'의 탈을 쓴 광대로 생각된다.

⑥ '청산별곡'의 주제는 '失意한 靑年의 悲哀와 醉樂'이다.

지금까지의 논지는 정확한 어휘론적 고증에 입각했나/보나는 비약적, 영감적 논리에 의존한 바가 더 많았다는 점을 솔직히 인정한다.

그렇더라도 다양하고 번다한 학계의 논의를 어떤 형식으로든지 일단 한 번 정리해 보는 것도 유익한 작업임에는 틀림없는 일이라고 생각한다.

보다 치밀한 어학적 고증과 다각적인 문학 해석상의 논리를 조화시킨 새로운 시도가 요청된다고 하겠다.

참 고 문 헌

1. 자료

악학궤범
악장가사
시용향악보
대악후보
고려사(악지)

2. 단행본

김학성. 국문학의 탐구. 성균관대 출판부, 1987.
김형규. 고가주석. 백영사, 1955.
박노준. 고려가요의 연구. 새문사, 1990.
박병채. 고려가요의 어석연구. 국학자료원, 1994.
양주동. 여요전주. 을유문화사, 1947.
윤영옥. 고려시가의 연구. 영남대 출판부, 1991.
최 철. 고려 국어가요의 해석. 연세대출판부, 1996.
한국어문학회. 고려시대의 언어와 문학. 형설출판사, 1975.

3. 논문

권영철. "정과정가 신연구". 효성여대 논문집, 1968.
김상억. "청산별곡 연구". 국어국문학 30. 국어국문학회, 1965.
서재극. "여요 주석의 문제점 분석". 어문학19. 한국어문학회, 1968.
_____. "여요 해석에 따른 몇 가지 문제". 국어국문학 64. 국어국문학회, 1974.
이승명. "청산별곡 연구". 고려시대의 언어와 문학. 형설출판사, 1975.
지헌영. "정읍사 연구". 아세아연구 3권 1호. 아세아 연구소, 1961.

강원 민요의 세계

인쇄일 초판 1쇄   2001년 2월 28일
          2쇄   2015년 4월 15일
발행일 초판 1쇄   2001년 3월 5일
          2쇄   2015년 4월 22일

지은이 이 동 철
발행인 정 찬 용
발행처 **국학자료원**
등록일 1987.12.21, 제17-270호

서울시 강동구 암사동 463-25 2층
Tel : 442-4623~4 Fax : 442-4625
www. kookhak.co.kr
E- mail : kookhak2001@hanmail.net
ISBN 978-89-8206-544-6 *93800
가 격 14,000원